U0530062

ABDULRAZAK
GURNAH

Abdulrazak Gurnah
古 尔 纳 作 品

Desertion

遗 弃

〔英〕阿卜杜勒拉扎克·古尔纳——著
孙灿——译

上海译文出版社

目 录

第一部分

1. 哈桑纳利 …… 003
2. 弗雷德里克 …… 034
3. 蕾哈娜 …… 064
4. 皮尔斯 …… 095
  插叙 …… 128

第二部分

5. 阿明与拉希德 …… 143
6. 阿明与贾米拉 …… 181

第三部分

7. 拉希德 …… 229
8. 阿明 …… 269

后 续

附录
2021年诺贝尔文学奖得主阿卜杜勒拉扎克·古尔纳
获奖演说"写作" …… 305

第一部分

1. 哈桑纳利

关于他的出现有一个故事。事实上，故事不止一个，但它们的要素随着时间和讲述融为一体，最终变成了一个故事。在所有这些故事中，他都是在黎明出现的，就像一个来自神话的人物。在一个故事中，他是一个直立的影子，在奇异如水下的光线中缓缓移动，让你几乎觉察不到他的靠近，如命运般一寸寸朝你走来。在另一个故事中，他完全没有移动，甚至连战栗和抖动也不曾有，只是隐现在小镇边缘，闪烁着一双灰色的眼睛，等着别人靠近，如命中注定般不可避免地找到他。随后，他才会悄无声息地迎上前去，为他们的相遇带来不可预料的结局。还有人说在看见他之前就已经听见了他的声音，听见他在最深的夜里苦苦哀嚎，就像传说中的一只动物。但有一点毫无争议——尽管这些故事之间并没有真正的争议，都只是为他的出现增加奇幻色彩而已——那就是，是小店店主哈桑纳利找到了他，或者说，被他找到。

所有的事情中都带有运气的成分，他的到来也不例外。但运气不等同于巧合，而且就连最意外的事件也可能暗合着某种设计。这件事情在未来显现出的后果会让人们觉得，哈桑纳利找到此人也许并不全是出于偶然。那时，哈桑纳利总是这个地方早上第一个起来的人。他会在天光破晓之前起身，去清真寺打开门窗，随后站在台阶上喊人们来做礼拜，亮开嗓门，让声音穿过面前的空地，传到小镇的每一个角落。做礼拜了！做礼拜了！有时，晨风会带来周围清真寺类似的呼喊声，那是别的穆安津在责令人们起身。祈祷比睡觉更美妙。哈桑纳利想象着有罪之人被他吵醒，烦躁地翻了个身，而他自己心头则会涌起愤愤然却又飘飘然的满足感。宣礼完成之后，他会拿起一把羽毛般的木麻黄扫帚，把寺前台阶上的尘土沙砾打扫干净。扫帚扫得又快，又没有声音，这给了他莫大的愉悦。

　　为清真寺开门开窗、清扫台阶、喊人们来做礼拜，这些事情都是他给自己找的，其中自有他的原因。总得有人做这些事情，第一个起身，来清真寺开门，召唤大家来做晨礼，而且这些事情也总会有人去做，每个人都自有他的原因。当这个人病了，或是干烦了，一定会有另一个人顶上。他的前任叫做沙里夫·穆多戈，两年前在卡斯卡吉得了很严重的热病，现在依然卧床不起。哈桑纳利主动接过宣晨礼的任务，其实还是挺让人惊讶的，但最想不到的还是他自己。他并不是清真寺的狂热爱好者，但每天天不亮就起身，把人们从睡梦中强行唤醒，还是需要一点狂热的。沙里夫·穆多戈就很有这种热情，喜欢把自己架到这个位置上，好好地显摆一番。况且，哈桑纳利天生就胆小怕事，也可能是过往的经历造就了他这种性格，让他变得焦虑而又警惕。这种半夜班式的苦役折磨着他的神经，让他夜不能安，而且他怕黑，也害怕走过阴影笼罩下空无一人的小路。但这也恰恰是他自告奋勇接过这个任务的原因，作为对真主的服从和他自己的忏悔。他是在玛莉卡刚嫁过来的时候开始做这个差事的，距离他今早看见那个男人刚好两年。他想借此恳求真主保佑他婚姻美满,祈祷他姐姐的悲伤得到终结。

他的店铺和清真寺之间只隔着一片空地,但刚开始宣晨礼的时候,他觉得自己有责任向前任沙里夫·穆多戈学习。于是,他会沿着附近的小路走街串巷,边走边有意无意间朝各家的卧室窗户呼喊着,叫醒熟睡中的人们。他规划出了一条路线,可以避开那些最深和最远的地方,因为那些地方黑影深重,鬼气森森。但他还是会在沿途街道上看见匆匆钻进暗处的鬼影,躲过他在规劝信徒醒来时说出的祈祷和神圣的话语。那些幻影是如此真实——小路转角处瞥见的怪兽的爪子,身后冤魂轻轻的叹息,还有恶心的地下生物,亮了又灭,顷刻消失,不给他机会看个仔细——因此,他纵然奔忙在黎明的寒意中,还是常会惊出一身冷汗。一天早上,在又一次紧张的穿行中,汗流浃背的他发现幽暗的小路正在朝自己逼来,让他仿佛置身于狭窄的隧道之中,还感到一阵凉气拂过手臂,眼角瞥见一只黑色翅膀的暗影。他撒腿就跑,决定以后再也不做这么折磨人的事情,改为退而求其次,站到清真寺的台阶上宣礼,只要穿过空地,几步就到。作为补偿,他为自己增加了一项清扫台阶的工作。尽管伊玛目告诉他,站在台阶上宣礼就足够了,之前那位纯属过度热心。

那天黎明,哈桑纳利正走过那片空地,突然发现对面有个黑影,开始朝他移动。他惊恐地眨了眨眼睛,咽了一口口水,果不其然,又来了。这世界上遍地都是死魂灵,它们就藏匿于这个灰色的时间。他只觉得嘴巴发干,神圣的话语也卡在了嗓子眼里,有些灵魂出窍的感觉。那个黑影缓缓朝他移动过来,借着拂晓的天光,哈桑纳利觉得他可以看到黑影的眼睛中闪烁着冷酷无情的光芒。此情此景,他在想象中早已见过,知道他只要一转身,就会被食尸鬼吞没。如果他在清真寺里就不会害怕了,因为那是一个圣地,恶灵无法进入,但他离那里还有很长一段路,门都还没有摸到呢。惊恐万状的他,最后只得闭上双眼,结结巴巴地重复着请求真主宽恕的祷告,任凭自己双腿一软,跪了下去。无论来者是何方神圣,他都认命了。

等他再慢慢睁开双眼,就像做噩梦时偷偷掀开遮着自己的床单往外看一样,却发现那团黑影已经倒在了离他几英尺开外的地上,侧躺着,一条腿弯了起来。此时天光渐亮,他可以看到那不是一个幽灵,也不是一个食尸鬼,而是一个面如死灰的男人,精疲力竭地睁着一双灰色的眼睛,就在他脚边不远处。"真主保佑,你是谁?是人是鬼?"为了安全起见,哈桑纳利问道。那人叹息着咕哝了一句什么,宣告自己是人类无疑。

这就是他刚到这个地方的样子,迷了路,也花光了全部的力气,身体疲弱不堪,脸上和胳膊上都是划痕和咬痕。跪在尘土中的哈桑纳利伸手探了探那人的呼吸,发现他喷在自己手心里的气息温暖而有力,不由得暗自笑了起来,觉得自己做了一件很聪明的事情。那人睁着眼睛,但哈桑纳利在他眼前挥手时,他却并没有眨眼。这让哈桑纳利有些失望。他小心地站了起来,看着脚边这堆呻吟的东西,觉得简直难以置信,过了好一会儿,才想起要赶紧去搬救兵。这时天已经渐渐亮了起来,晨礼的至福时刻在飞快地溜走——这段时间转瞬即逝——而哈桑纳利还没有履行自己应尽的职责。他怕那些忠实的晨礼爱好者会怪罪他，醒来时发现自己睡过了头，没赶上早晨的至福时刻。这些人大多数都上了年纪，需要保持自己功德簿上的良好记录，并时时更新，以应对突如其来的主的召唤。但他不应该忘记，这些人的睡眠也没有以前那么好了，整晚辗转反侧，巴不得黎明和宣礼声早点到来，好摆脱床的束缚。所以就在哈桑纳利一边担心自己没有履行穆安津的职责，一边急急忙忙去搬救兵的时候，他们中的一些人已经走出了家门，想看看到底是什么原因让那天早上没有响起宣礼声。因此，那人的首次登场也就有了目击证人，他们围在他双眼圆睁的身体旁边，看着他像一团黑影般在清真寺前的空地上人事不省。

哈桑纳利带回了两个小伙子。他们之前正靠在咖啡馆门上打瞌睡。两人都是那里的员工，正在边等店铺开门，边抓紧时间进行最后的休息，好迎接新一天的闹剧。被哈桑纳利摇醒之后，两人二话没说就跟着过来了。以前大家都是那么乐于助人。哈桑纳利迈着大步走在前面，眼见着自我感觉越来越良好，而他们两人紧随其后。到了现场，他们却发现那人的旁边多了三个老人，站在几步开外，略有狐疑却又饶有兴味地打量着地上的这个身体。这三人分别是哈姆扎、阿里·齐帕拉和祖玛内。他们是晨礼的忠实拥趸，每次都站在人群最前面，就在伊玛目身后，而且也是每天早上咖啡馆的第一批客人。他们早已过了自己最好的年纪，如今已经变身智者，希望自己一生的努力在别人眼中是完美无瑕的象征，而且也总是睁大了眼睛，不放过身边发生的每一件事情。除了自己，他们通常不会为其他任何人操心，而且觉得是年纪给了他们这个特权。所以他们并不是大家眼中三个普通的老人，而是三个德高望重的长者，就连他们的虚弱也成了一种尊贵的象征，而他们无处不在的身影，或许也正是为了满足人们的期待所做出的努力。总之，他们现在正站在那里，装作若无其事的样子，说着无关痛痒的话语，看着哈桑纳利和那两个小伙子忙前忙后。哈桑纳利打开了清真寺的大门，两个小伙子抬出了一个绳床，就是为死者净身的那一个。哈桑纳利皱了皱眉头，但没说什么。两个小伙子把那个呻吟着的身体搬上绳床，准备抬走。

　　这时，哈桑纳利和哈姆扎突然就病人应该抬往何处起了短暂的争执。尽管到了这个年纪，哈姆扎还是很强势，脸上沟壑遍布，带着灰白的胡茬，双眼炯炯有神。他多年前曾是个富有的芝麻商人，但现在已经不干了，只是单纯地富有。他有儿子们在蒙巴萨开屠宰场替他挣钱。他对于自己受到的尊敬特别敏感，哪怕再小的事情，也喜欢自己说了算。他喜欢别人把他看作编外镇长。阿里·齐帕拉年轻时是个编篮子的，而祖玛内是个粉刷匠，所以两个人都知道自己在编外镇长身边应该担任什么角色，一旦有需要，就努力扮演好。哈姆扎往旁边走了几步，带着不耐烦的神色，示意两个小伙子跟他走。但从道义上来说，这个精疲力竭的男人显然应该归哈桑纳利负责，既然是他找到了他，就理应由他提供照顾和住所。哈姆扎和其他人一样，对这一点心知肚明，但也许他这么做，是为了提醒大家，他才是那个有钱人，这种好事理应由他来做。

不管怎样,大家都礼貌地忽略了哈姆扎,就连他的两个智者同伴也不例外,径直把那人用绳床抬到了哈桑纳利的店铺。店铺旁边有个院子,院门也就是这家人住宅的入口,但对于躺着一个人的绳床来说太窄了,于是两个小伙子把那人抬了起来,直接搬进了院子,放在了房子伸出去的茅草遮阳棚下面的垫子上。

三个老人也挤进了院子,飞快地朝四周打量着。院子里虽然没什么可看的,但他们是第一次进来,所以哪怕在这么兵荒马乱的时刻,也忍不住要满足一下自己的好奇心。院子很大,进深和整幢房子的长度一样。院子里摆着一些盆栽,通往内室的门两边各有一扇朝外开的窗户,挂着窗帘,有一个铺着石板的平台,用来洗衣服,还有一个做饭用的炭炉,院子尽头是厕所和储物间——就是一个普普通通的院子。他们也许注意到了新近粉刷过的墙,还有郁郁葱葱的盆栽,其中有一盆红玫瑰,一丛开着花的薰衣草,还有一棵挺立的芦荟。

六个人在那人旁边站了一会儿,谁都没有说话,仿佛不敢相信竟会有这种事情发生。随后,人们便对下一步该怎么做发表起各自的看法来,一个接着一个,像是依次发誓一般。我们应该去把扎依图尼大妈叫来,她是巫医。再派个人去叫正骨师。应该有人马上去向伊玛目通报这件事,让他做好做特殊祈祷的准备,防止有传染病或更糟。说这句话的是哈姆扎,他总是很有大局观。哈桑纳利频频点头,表示对这些建议照单全收,并顺势把其他人往外送。他们虽不愿走,但也别无选择。要不是这个呻吟着的男人,他们本也没有理由闯进他的家中，所以哈桑纳利张开了双臂，轻轻地把他们往院子门口赶去。

"谢谢，谢谢大家。可以拜托你们去把扎依图尼大妈请来吗？"他问道，不惜背负上更多的人情。

"必须的，"商人哈姆扎用自觉了不起的语气说道，对着两个小伙子中的一个挥舞着拐杖，"去，赶紧的，你，这可是人命关天的大事。"

众人临别前又嘱托了一番。在扎依图尼大妈来之前别碰他。我不会碰他的。在正骨师来之前别动他。我不会动他的。如果你需要任何帮助……我会叫你们的。哈桑纳利关上了院门，但没有上门闩——他不想显得太不好客——随后回到遮阳棚下面垫子上的旅行者身边。他突然起了警觉之心，对于单独和这个男人待在一起显得很焦虑，仿佛他让自己离一只野兽太近。他会是谁呢？什么样的人才会独自去野地里游荡？他现在记起自己之前曾问过这个躺在地上的男人：你是谁？刚才的嘈杂肯定已经吵醒了他的妻子和姐姐，她们可能就站在窗帘后面，等着出来看看究竟发生了什么。他瞬间开始害怕，担心他做了一件蠢事，不应该把这个得病的陌生人带回家。这个念头让他心里焦虑万分，不禁打了个哆嗦。

他看着这个人，脸上浮起惊奇的笑容。这样一个陌生人，在野外弄得伤痕累累，怎么会躺在他们院子里的垫子上呢？简直像飞马或会说话的鸽子一样不可思议。不像是会发生在他们身上的事情。他还记得自己第一眼看见这个人时的恐惧，把他的影子当作了面目狰狞的食尸鬼。很多事情都会吓到他，一个成年男人。有时他觉得生活阴森地向自己逼近，处处都是鬼影。在那样一个黑暗与光明交界的时间，正是活人与活死人世界变换的中间点，什么丑恶的东西都可能出现，但他也许并不应该像那样扑通一声跪在地上。如果那真是一个幽灵，肯定会在摧毁他灵魂之前笑话他的。哈桑纳利的笑既是因为胆小怕事的自己，也是因为脚下的这个男人。这并不是一个幽灵，也并不比其他所有人更丑恶。他面容枯槁，久未修剪的灰白头发披散了一脸。他的双眼依然睁着，目光涣散，尽管他觉得自己分明看到他在眨眼。他的呼吸很浅，像是在轻轻地喘息，还带着一丝几不可闻的呻吟。他的双臂都是荆棘的刺伤和划痕。他罩在裤子和凉鞋外面的棉布罩衫已经成了灰色，满是尘土，太久没有换过。看得出是破了又补的，污渍斑斑，可能是在流浪过程中弄来的，而不是旅途刚开始穿的衣服。没有人会穿这么一身破烂上路。凉鞋用布条绑在脚上，腰里有一条带子，是一件棕色衬衣的残余部分。还有一条类似的带子，绑在他头上。哈桑纳利看着他这一身唱戏似的打扮，笑了出来，这扮相就是个标准的迷了路的沙漠探险者，或是一个斗士。这么一想，他心里一下子轻松了起来。之前他生怕自己把一个土匪弄回了家，或是一个强盗，会把他们都杀掉。但这个男人已经半死不活了，可能他自己才是土匪的受害者。

"这是谁？"他的姐姐蕾哈娜在他身后问道。

"他受伤了。"他回头应道，意识到自己还挂着略带兴奋的笑容。

她站在门边，左手撑着门帘，应该是刚醒，眼神还有些迷离和呆滞，声音也哑哑的。她往前走了几步，仔细打量了一下这个男人。他的眼睛还睁着，泛着冷光，就像泡在盐水里的灰色鹅卵石，目光如暮色蒙眬。这一次，他真真切切地看到他的眼睛眨了一下。他张开干裂的嘴唇，发出了一声呻吟。蕾哈娜飞快地缩回了身子，对哈桑纳利隐藏起了刚才那一瞬间心头闪过的不切实际的希望。

"你把什么贵客给我们带回来了，尊贵的主人？"她在他身后问道，语气中满是嘲讽。哈桑纳利不禁皱起了眉头。一听这个声音，他就知道自己今天十有八九会饱受羞辱，倍感难挨。他闭起眼睛，调整了一下自己，做好了迎接这一切的准备。

"他受伤了。"他又说了一遍，转身面对着她。

她撇着嘴，咬着牙，一副要发脾气的模样。他很讨厌她这个样子，身子不由得一僵。他看到她下巴微微一抬，像是被惹怒了，才意识到自己的嫌弃肯定写在了脸上。但他也能看到她愤怒之余目光中的伤痛，所以他放松了一下面部，又换回了低眉顺眼的表情。或许她生气是因为他们扰了她的清梦。她喜欢在早上睡懒觉。但至于吗？这可是一个人啊，瘫在她脚边，可能就快死了，而她却只想着自己没有懒觉睡了。就在这时，他的妻子玛莉卡从蕾哈娜身子右边挤了过来，一看见地上的这个男人，就倒抽了一口冷气，发出了一声充满同情心而又恐惧的惊叹，飞快地用手捂住了嘴巴。这让他脸上浮现出了一丝笑意，多么善良的女人。

"别动，你！"蕾哈娜说着，制止了想要上前的玛莉卡，"别急着过去。这人是谁？你是在哪里找到他的？他有什么毛病？"

"我不知道。"哈桑纳利轻声说，每当蕾哈娜发脾气，他就会换上这种安抚的语气，但有时只会让她更生气。但他不知道还能用什么别的语气和不开心的她说话，特别是当他无法回答她的问题时。而且就算能回答，他也会被她的轻蔑弄得怀疑自己，不敢随便回答。而此刻他的支支吾吾，越发让他显得心虚，好像又做了什么轻信别人的事情。"他是从外面来的。他受伤了。"

"外面哪里？什么方向？因为什么受伤？他得了什么病？"蕾哈娜问道，脸上半是讥讽，半是质疑。哈桑纳利对这种表情很熟悉，真希望自己可以告诉她，这让她原本迷人的一张脸变得无比丑陋。但他始终找不到合适的方法跟她说出这些话，每次都只会让她更生气。"你把什么给我们带回来了，你和你可笑的脑袋瓜子？一个不知从哪里来的病人，得了天知道什么病，而你就这么把他带回了家，好让我们都被他传染，和他一起死掉？行啊，你可真有本事。是个见过大世面的人了，对吧？你碰过他吗？"

"没有。"哈桑纳利说道，很惊讶自己还没有碰过他。他瞄了妻子玛莉卡一眼，玛莉卡赶紧垂下了眼睛。她看起来是那么可爱，那么单纯，那么年轻。他看着她的时候会感觉到一种苦恼，既害怕失去她对这个家的付出，又一心想讨好她。"是那两个小伙子把他抬过来的。但你是对的，我的确没有想到传染病的问题。我以为他就是受伤了。在扎依图尼大妈给他做过检查之前，我们最好还是别碰他。我已经派人去叫她了。玛莉卡，离他远点，听蕾哈娜的话。"

"你现在脑子倒是很清楚嘛。"蕾哈娜挖苦道,带着一丝倦意。她看了一眼躺在地上的男人,放低了声音,好像不想让自己显得太失礼,用近乎耳语的声音说道:"你还把他放在吃饭的垫子上。你怎么想的,弄回来这么一个得病的陌生人,还不知道他到底得的是什么病?他可能会死。"接着,她又把声音压低了一些:"你就等着他家人来骂我们吧。"

"你总不能让我把他扔在那儿不管吧?为什么不能给一个正在受苦受难的亚当之子提供一些善意和照顾呢?"哈桑纳利抗议道。

"哦,我忘了你有多么虔诚,"蕾哈娜换上了轻快的语气,甚至在脸上挂了一丝笑容,"下次记得把他弄到清真寺去,让真主照顾他。真是谢谢你呀,没给我们弄回来一个臭烘烘的蛮族野人。扎依图尼大妈怎么还不来?"

这么多年来,蕾哈娜一直把他当傻子看待。以前不是这样的。是等她长大成人之后,才用这种语气跟他说话,好像他脑子迟钝,诸事无能。他起初还觉得很好笑,认为蕾哈娜是在装大人,学他们因为年老和守寡而日趋暴躁的母亲的样子。而与此同时,他日夜劳作,就是为了保住她们的尊严,让她们有饭吃。这又是一件他始终难以启齿的事情,他不敢说自己有多么辛苦,而她们非但不感谢他,反而当着全世界的面骂他无能。后来,蕾哈娜把这种态度固定了下来,对他越来越蔑视,而他则不可避免地越来越顺从。他不知道还能怎么做。因为让她变得如此刻薄的并不只有时间。不,不是的。还有阿扎德和哈桑纳利自己的错。有时她的声音会在他体内膨胀开来,让无助的泪水充满他的双眼。

"快了,已经派人去叫了。"他说着,飞快地看了玛莉卡一眼。而玛莉卡回赠了他一个赞赏的目光,便看向了别处。"有咖啡吗?"他问,跟她搭着话,暂时避开蕾哈娜。

玛莉卡点了点头。"我去煮。"说完她便迈开了步子,小心翼翼地绕了一个夸张的圈,避开在地上呻吟的人,往炉子走去。

店铺生意不忙的时候,如果也恰巧数腻了念珠,他的心中会泛起一阵没来由的焦虑,直觉得窒息。这些焦虑都是关于不可预知且通常琐碎的事情的。那些久久没有定数的小事会在这种时候被放大,成为一个麻烦,其中也包括他自己的恐惧,担心玛莉卡的赞赏有朝一日也会变成嫌弃。

蕾哈娜坐在了后门旁边的一个凳子上,往墙上一靠,叹了口气,等着扎依图尼大妈。哈桑纳利略一转开身子,压抑着心中的内疚。他认怂也认得太快了。他本应该强硬起来,抵制蕾哈娜那些话背后的指控。他靠在遮阳棚的柱子上,看着地上自己带回来的这堆灰扑扑的东西。他想起自己刚才还在为把他弄回自家后院而开心,不禁笑了起来,因为他想到了哈姆扎试图把他偷走。哈姆扎是无法抗拒那种事情的,总是在争,总是在炫耀。如果这是个蕾哈娜口中"臭烘烘的蛮族野人",他还会试图把他偷走吗?应该不会了。哈姆扎对蛮族可没有什么好评,因为他年轻时和他们一起走南闯北,做过生意。在他口中,那些人喜怒无常、贪得无厌、欲求不满。活脱脱就是一个动物。哈桑纳利自己会把那种人带回家吗?这个想法让他笑得更欢了一点。肯定不会的,人人都害怕蛮族。关于蛮族的故事很多。大家都说没人能活着走出那些人迹罕至的地方，除了野兽和蛮族，因为两者都不知害怕为何物。当然还有那些对宗教持狂热态度的索马里人和阿比西尼亚的哈布希人，及他们的亲属，这些人早就因为长期的氏族纷争而理智全无。他瞟了蕾哈娜一眼，发现她正看着在傻笑的自己。她对着他缓缓摇了摇头，眼睛睁得大大的，想必已经完全清醒了。

"你啊，"她说，"真是个可怜的家伙。"

"我在想哈姆扎，"他说，"他想把他带到他家去。那个老头子，什么都想争第一。"

"而你阻止了他，对吧？"她说着，假装敬畏，实则讽刺。

就在这时，院墙外传来了叫门声。扎依图尼大妈到了。哈桑纳利打开院门，发现这位上了年纪的巫医正坐在绳床上，等候完成自己的使命，而两个小伙子躬身肃立其后，像是她的保护神。巫医大步流星地从他身边走了过去，个子虽小，却精力无限，口中不断低声念着祷词，释放着自己的魔力。哈桑纳利没想到门外还等着一大帮人。他挥手示意他们离开，但动作幅度不大，免得惹任何人不快，随后关上了院门，上好了门闩。

"里面没事吧？"问这话的是哈姆扎，一如既往地声压众人。哈桑纳利又打开院门，轻声"嘘"了一下，很高兴地看到三位长者已经站了起来，两个小伙子也已经抓紧了绳床，准备抬着走了。他挥手跟他们道别，飞快地关上了门。

"哈桑纳利，你的店什么时候开门？"祖玛内隔着院墙问道。他们想让他早点到店里去,跟他们汇报事情的进展。

"快了,我的兄弟们。"他喊了一声,作为回答。

"我们要去做礼拜了。"阿里·齐帕拉喊道,也许是想诱惑哈桑纳利加入他们。

扎依图尼大妈亲吻了蕾哈娜和玛莉卡的手,尽管她不允许她们中的任何一个亲吻她的手,但她必须确保自己亲吻了她们的手。这就是显示谦恭的秘诀。亲吻别人的手,再及时把手抽回来,让对方吻不到。这就是她显示自己谦恭的方式,哪怕对最卑微的人也不例外,但她从不允许任何人亲吻她的手。因此大家都说,这正是她至善的一种表现,也是真主赐给她疗愈能力的原因之一,就像之前赐给她父亲一样。她一边喃喃自语地祈祷,一边脱下长袍,小心地叠了起来,仿佛那是由最精美的丝绸做成的,散发着檀香木的香气,而并非最削薄的棉布,闻起来一股烟熏火燎的油烟气。她的旧棉布头巾裹得很紧,往下一直垂到手腕,所以只有双手和遍布沟壑的脸露在外面。她褪下凉鞋,走到了垫子上,绕着男人转圈,却并不去碰他,像一只瘦骨嶙峋弯着腰打量猎物的老鹰。她念了一句祷词,祈求真主护佑,免遭未知的不测。随后,她请蕾哈娜和玛莉卡进屋回避一下,毕竟这是个陌生男人,还是需要避嫌,她说。她措辞尖锐,语气烦躁,似乎她们围在旁边看着,就是为了获取某种不正当的快乐。这是她一贯的风格,说话做事风风火火,不容置疑,对于体面与否向来有着清晰的界定。

蕾哈娜发出了不耐烦的声响,但并没有抗拒。这种客气而又果断的态度,让扎依图尼大妈有着一种不容抗拒的力量,而且她总是能时刻保持沉着,知道怎么做才最好。她并没去动那个人,只用一把尖刀割开了他的罩衫,从领口一直割到脚踝。他是个白皮肤的欧洲人,骨瘦如柴,在渐亮的天光中看起来既脆弱,又奇怪。哈桑纳利起初以为他是那种肤色很浅的阿拉伯人,听说北边有那种人,也长着灰色的眼睛和金色的头发,但当他们脱去他的凉鞋和裤子时,发现他没有受过割礼。欧洲白人,扎依图尼大妈自语道。他的腹部苍白、平滑得出奇,看起来冷冰冰的,就像个死人,而扎依图尼大妈枯瘦的双手就迟疑地悬在这个部位上方,在哈桑纳利看来仿佛既着迷又恐惧,好像待会儿摸上去是出于好奇。正是这双不知疲倦的手,每天都在帮扎依图尼大妈制作面饼出售:揉面、擀开、扔在鏊子上,再翻个面,等烙好了就拿出来,还要小心不烫伤自己。这双手还会按摩发炎的肾脏、包扎流血的小腿肚,也会毫不留情地戳入人类的痛处。而此刻,它们正悬在那个男人苍白的腹部上方。

  他们帮他翻了个身,侧躺着。他咕哝着睁开了眼睛。哈桑纳利本以为会从他身下散发出难闻的味道,但其实他只闻到了干肉和尘土的气息,就像布在太阳下晒得太久,或是长途跋涉的味道。他肯定迷路已经有一阵子了,从他饥容满面的样子和身上尘土与太阳的气息来判断。他后背上还有些别的磕伤和划痕,右肩周围有一块颜色很深的淤青,但没有伤口,也没有血迹。他们又把他放回平躺的姿势,随后扎依图尼大妈又把那件割开的罩衫给他盖了回去,把屋里的两个女人叫了出来。她用手感受了一下他的面颊,他又咕哝了一声,努力想睁开眼睛。

"给他喝些温热的蜂蜜水，"她用一贯果断的语气吩咐道，"一份蜂蜜，三份温水，兑在一个咖啡杯里。"她扫了蕾哈娜一眼，便飞快地移开了目光，并没有给她和自己四目相对的机会。蕾哈娜对她这一眼报以冷笑。我才不会去干这种事情，哈桑纳利想象着她在心里说。"然后让他好好休息。他没什么大问题，但肯定累坏了，而且很渴。他右肩周围有一圈严重的淤青，所以那里可能有骨折或脱臼。让正骨师来看看。我得去接着做饼了，大家都等着买呢。晚一点我会给他拿点药汤过来。"

"他没有病？"蕾哈娜诧异地问道，显得难以置信。

"反正我没看到任何迹象，"扎依图尼大妈说，"没有发热，没有疹子，也没有难闻的气味或腹泻的痕迹。可能只是中暑了，有些神志不清。你们先给他喝点蜂蜜水，让正骨师来看看，我晚些再过来。我得先回去做饼了。"

两个女人叽叽喳喳地彼此吩咐起来，仿佛哈桑纳利的存在已经成了多余，而扎依图尼大妈也准备动身离开。哈桑纳利恋恋不舍地往外走去，多希望那人能说句话，或是朝他或他这个方位看看。把他留给别人照看似乎有些不对劲，毕竟是他找到了他。但他还不能说话，至少目前还不能，哈桑纳利只得不情不愿地穿过屋子，去给店铺开门。

"需要帮助就叫我，"他朝院子里喊道，"玛莉卡，别忘了我的咖啡。"

"好的，主人。"玛莉卡说道，夸张地表示着服从。

这就是英国人皮尔斯出场的全过程，尽管他永远也无从得知，自己掀起了怎样的轩然大波。

哈桑纳利是一个小男人。他觉得自己在别人眼中是一个有点滑稽的小个子家伙，圆圆胖胖，有些超重。大家一起开玩笑的时候，他总是尽量和各种嘲讽与笑话保持距离，保持安静，以免惹上麻烦。他心甘情愿地生活在自己的怯懦中，觉得自己一定会受到嘲笑，而且也不可避免地要忍受嘲笑。他无法掩饰自己的焦虑，从小就认识他的那些人很清楚这一点，还会拿这一点开玩笑。他们说这和他的种族有关，因为他有这个血统。印度人都很胆小，他们说，就像紧张的蝴蝶一样，生怕有任何风吹草动。但他父亲并不胆小。他年轻时胆子很大，总是唱唱跳跳，和别人在街上到处乱跑，而他就是个印度人。是真主把他造成了这个样子，和种族没有关系，所以他也只能和真主理论。感谢真主。他总是睁大了眼睛，对麻烦保持警惕，觉得这是他能做的最好的事情。这些年来，他学到了一种和周围的人们打交道的智慧，尽管这也不是万能的护身符，可以让他一直远离麻烦。他会友好地对待他们的嘲讽，假装其中没有恶意，只是人们一时兴起，用粗糙的方式表达着自己的友谊。这些年来他还学会了在与顾客和邻居打交道时带上一点优越感，尽管他看起来依然那么羞怯。他是一个小男人，毋庸置疑，但他是一个狡猾的小男人。他是小店店主，这种职业注定需要他比顾客们更智慧，让他们不知不觉掏出更多的钱来，却只能买到更少的东西。但这么做的时候他依然需要保持谨小慎微，不能太明目张胆，也不能太贪得无厌。当他听到其他商人耍的那些心眼、做的那些生意，以及从中获得的利润时，他会因为惊恐和嫉妒他们的胆量而身上直打颤。所以就让他们笑话他好了，反正他会让他们多掏钱,一点点。做这一行嘛,在所难免。

有时他会觉得,他们之所以笑他,是因为他们可以看到他在占他们小便宜时展现出来的快乐。有时他真希望自己从事的是别的职业,面包师或木匠之类,做些有用的事。但他不是,他是个店主,就像其他许多人一样。他的父亲就是店主,而他的儿子,如果他以后会有的话,也会是个店主。他们都是小人物。

那天早上他打开店门的时候,外面已经站了三个人。这让他措手不及,尽管其中一个只是个小孩,另外两个就是把受伤的欧洲人抬到他家的小伙子,现在只不过在等着他感谢他们。我们等你好久了,两个小伙子说道,上班肯定要迟到了。通常他都可以在做完晨礼回来之后慢悠悠地打开店门,因为一般这个时候外面不会有人。开店可是件精细活儿。前门是由很多块厚实的木板组成的,每块都有两掌宽,一共有十八块。他先移开了两块,好招呼那个小孩。这是你的一勺酥油,记得代我向家人问好。接着,他给了两个小伙子每人十安纳硬币。他们接过硬币,却并没有离开,还是站在他面前,脸上隐约带着笑意。这两个小伙子人不错,萨利姆和巴布。他们平时也会替母亲到他店里来买东西,就像刚才买了一勺酥油的孩子一样,而且可能一辈子都会是他的顾客。他又给了他们每人十安纳,在他们转身离开之前,再一人加了一个硬币,似乎并没有因为他们逼着他慷慨解囊而生气。这是因为人人都觉得他比他实际上更富有,所以把他的节俭当作吝啬。被看作吝啬鬼是很可怕的一件事情,因为这是一种罪孽,有悖于真主关于富人应该济贫的指令。人们总是把自己有限的安纳和卢比送到店主手里,而店主整天都安坐在店里,守着人们渴望的大堆大堆的东西,所以他们认定他手里的钱一定都堆成山了。人们常说店主都是些装穷的人,会把财富都藏在后院的洞里。

哈桑纳利一块块移开了剩下的十六块门板,把它们堆在店外的墙根下面。随后,他拔出门上的合页插销,把它们放在了那堆门板上,才开始整理起货物来,按照惯常的位置放好。货物包括用各色容器盛放的油、酥油和香料,还有用稻草篮子装着的小扁豆、菜豆和椰枣,加上一袋袋的米和糖。整理这些东西都是要花时间的。等整理完毕,他想起玛莉卡答应要给他煮咖啡的,可能还会给他拿来一个圆面包,或是一块饼。他也想到了此刻正躺在他院子遮阳棚下的那个男人。他突然感到了一阵自不量力的痛苦。到底是什么样的人,才会远离家乡,到几千英里外的荒郊野外游荡?这到底是勇气还是一种疯狂?他去的那个地方,又有什么比他离开的地方要好呢?哈桑纳利实在想不明白,是什么样的冲动会让他这样游荡。他是不是不应该把一个一声不响、不知姓甚名谁的陌生男人留在家里,和他的姐姐、妻子单独在一起?要是他突然暴起,或是做了什么不可想象的事情,那哈桑纳利的疏忽将会成为不可饶恕的罪过。他站在店铺通往里屋的门口,喊了玛莉卡一声:"快点,快过来。"

"来啦,这就给你拿咖啡过去。"她高喊着回答道,声音被过道上的麻袋和箱子挡住了,有些发闷。

"现在就过来。"他催促道,但听了她的声音,他的心已经放了下来。这声音听起来没有半点惊恐,但他还是想让她快点过来,好交代她小心,多留个心眼。"没事吧?"她刚一过来,他就问道,接过她带来的一壶咖啡和用布裹着的一个穆子面包,"里面怎么样了?"

"知道吗?原来他竟然是一个假扮人形的魔鬼,"玛莉卡说道,她站在门口,没有裹头巾,用惊恐的眼神看着哈桑纳利,"蕾哈娜刚给他喂了第一口蜂蜜水,他就变成了一只鲁克鸟,现在正蹲在屋顶上,等着我们有人突然死掉,好偷走我们的灵魂。"

"别傻了,"哈桑纳利说,但其实他很喜欢玛莉卡逗他,"他不可能是鲁克。我已经告诉过你啦,鲁克是个名字,但没有身体,所以是不可能蹲在屋顶上的。"而且鲁克指的就是不朽的灵魂本身,会在人死后离开身体,并不会偷走灵魂。他们的白人客人是一个无名的身体,因此肯定不是鲁克。但她对这些并不在乎,还是错误地重复着他告诉她的事情,就是为了逗他。他们两个单独在一起的时候,她可爱逗他了。两人的私密游戏之一,就是让玛莉卡一边骂他,一边听他道歉,被他爱抚。她的到来,改变了他的人生。

"你觉得里面能有什么事?"她问,"那个白人躺在那里哼哼唧唧,喝着蕾哈娜喂他的蜂蜜水,还漏得到处都是,打着嗝,像个婴儿一样。正骨师几分钟之前到了,现在正在给他做全身检查。你就别瞎操心了。"

"我这可不是瞎操心。"他皱起眉头说道,试图提醒她,自己比她大了将近一倍年纪,她应该对他更尊敬。但其实,他并不是想要更多的尊敬,而只是想让她别急着走开。"我只是想确定你们都好。你煮咖啡煮了这么久,而且我们也不知道那个人的底细。我不知道里面到底怎么样了。"

"那个人躺在那里，气都快喘不动了，我的主人。"

哈桑纳利点了点头。"正骨师怎么说？"他问。

"他还没说什么。而且就算要说，应该也不会对我们两个女人说，"玛莉卡说，随后又压低了声音补充道，"他可真是个吓人的老头儿。"

"总之自己多当心，"哈桑纳利说着，挥手示意她可以回去了，因为他看见又有一位顾客过来了，"告诉正骨师，在采取任何行动之前，过来见我。"

正骨师外号"断腿大夫"，因为他经常把折断的骨头接错，所以才有了这个吓人的名号。他往往需要把接错的骨头再敲断重接，有时还不止一次，所以让断腿大夫治病，可能会沦为一场小型悲剧。孩子一摔倒，家长们就胆战心惊，生怕需要让断腿大夫治疗。但这里又没有第二个人知道该怎么接骨。他只能在心里希望这个可怜的白人没有骨折。

想到家里有个白人，哈桑纳利就暗自高兴。他以前见过一个白人，大概在两三年前，他去镇上水边那次。他小时候也很喜欢去海边，就像其他所有人一样，尽管那时并没有白人可看。但现在只有他一个人看店，而且他有了长期固定的供应商，并不需要跑来跑去地进货。除非有邻居或当地名人去世，他才会关上店门，和人们一起去公墓参加葬礼。或是在斋月期间，因为白天没人出来，所以他也不会在那个时间开店。再就是自从玛莉卡嫁过来以后，他会中午关店回家吃饭，再睡一会儿午觉。除此之外，顶多再除去一两种类似的情况，店铺都是从早上晨礼之后开到太阳下山一个小时以后,天天如此。哈桑纳利基本不会因为任何原因离开他钱柜后的岗位,他甚至训练自己的身体适应了这种雷打不动的规律。

那次他去海边是开斋节当天,按照习俗,所有的商业形式都要关闭,至少是在当天部分时间要关闭。所以他也和大家一起去了海湾,看一年一度的赛船。他就是在那里看到白人的。当时那人正站在有顶棚的看台上,和阿拉伯贵族在一起。他身材高大魁梧,穿着绿色的夹克和浅色的裤子,还戴着一顶他只是听过却从没见过的有衬里的帽子。他知道那人是苏丹从桑给巴尔派过来管理种植园的,但没想到他解放了所有的奴隶,让地主们的财富毁于一旦。那个白人站得太远,哈桑纳利只能看到他的绿夹克和帽子,觉得他更像是故事里的一个角色,而不是真人。但这一位是他的客人,就躺在他院子里吃饭的垫子上呻吟。

有客人总是件令人兴奋的事情,特别是头几天。一切都是那么快乐与混乱,人人都会开心一阵子。他喜欢那种感觉。但这位客人的到来则另当别论。一个欧洲人,一个白人。他们该怎么接待欧洲人?让他住在哪儿呢?早知道他就让哈姆扎把他带走了。哈姆扎家里空房间多,而且他那么有钱,家具陈设一应俱全,会让白人住得舒舒服服。而他们只有两间卧室,哈桑纳利只能让他和自己睡在一个房间。但他听说,欧洲人都是喜欢一个人睡一个房间的,甚至要一个人住一幢房子。他们该给他吃什么?该怎么跟他说话呢?他可能是个英国人,德国人或是意大利人。但这些国家的语言,哈桑纳利一个字也不会说。他为什么要会呢?他只是破败小镇上的一个店主，在文明世界的边缘徘徊。他一边整理着店里的篮子和麻袋，一边暗自想，也许应该带个话给哈姆扎，请他来把这个英国人或是别的国家的什么人接走。他越想越觉得应该，那颗小心脏跳得越来越快。应该立刻请人带话过去。请过来把英国人接走吧，我的寒舍里容不下这么个贵客。但要是这么做了，人们该怎么说闲话，怎么笑话他啊。他们会说，他怎么这么心狠，这么吝啬，甚至不能为一个受伤的陌生人提供食宿，尽管他家里藏着那么多金银财宝，诸如此类的胡扯八道。他是藏了几个小钱，但绝对称不上财富。

而且，是他在黎明前的黑暗中发现了这个人，还把他当作了被困在晨光里的幽灵。他也是那个男人薄暮般的灰眼睛一直在寻找和追随着的人。是真主让这一切偶然发生，但真主的用意却绝非偶然。这是真主对他委以重任，或许是为了试探他、惩罚他或考验他，因为他具有一种特别的智慧，尽管这种智慧还没有在他身上显现。他怎么能想着拒绝为这个伤者提供食宿与救助？放弃这个欧洲人，就等于冒犯真主。在被这些想法说服之后，哈桑纳利觉得自己又恢复了平静，再次体会到了之前想到家里有个英国人的那种兴奋。这种感觉就好像是他弄到了一只异国来的宠物，差点送走，但又及时劝说自己恢复了理智。

断腿大夫出来的时候，正值店铺生意的早高峰。他是从里屋沿着过道出来的，而那里也是店铺的仓库。哈桑纳利狐疑地瞟了他一眼，担心他出来的路上顺手牵羊拿了什么东西。这是一个下意识的眼神，带着习惯性的不信任。人们总是会从他这里顺走点什么,每个人都是。谁告诉他可以从那个地方出来的?

"叶海亚,你好吗?"哈桑纳利问道。没人会当着他的面喊"断腿大夫",除非他跑得足够快,或是不害怕会遭遇骨折。"我们的客人怎么样?"

断腿大夫是个上了年纪的大块头男人,长袍下面腆着个大肚子。关于他年轻时孔武有力、风流无边的故事是他传说的一部分,而且就算到了这个年纪,他走起路来还是会忍不住昂首阔步,像个胜利的武士。箍在他头上的粗布白帽使这个形象更加突出,让他的脑袋看起来就像个加农炮弹。他对每个人都没有好脸色,走在街上的时候挺着肚子,像士兵一样摆着胳膊,对自己滑稽的形象浑然不觉,而这也正是他好笑的地方。人们喊他"队长",哄他开心。就算有人要笑话他,也只敢背着他或离他远远的,因为据说他很疯狂,也很危险。他独自住在一间位于一楼的出租屋里,窗户对着马路。在许多个夜里,过往行人和邻居们都听到他在睡梦中大声发着牢骚,但没有一个人敢把他叫醒,因为怕他发飙。

他以前是一名俾路支士兵,被桑给巴尔的苏丹派到此地看守新种植园。不知为何,赛义德王朝的苏丹们特别钟情于俾路支雇佣兵,从征服沿海地区时就开始使用他们。后来,马吉德苏丹决定要振兴自己统治下这处偏远小镇后方的土地,便派出一支俾路支军队,押送了数千名奴隶到此开垦种植园。就是在这些种植园里,断腿大夫为自己赢得了正骨师的声誉。一想到最早成为他病人的那些可怜的奴隶,哈桑纳利便觉得不寒而栗。

哈桑纳利的顾客们此时也已经得知了欧洲人到来的故事，都等着听断腿大夫的诊断结果。哈桑纳利发现，三贤士哈姆扎、阿里·齐帕拉和祖玛内原本正在咖啡馆喝早上的咖啡，此时一见断腿大夫出现在他的店里，也起身穿过空地走了过来。他们也想知道，断腿大夫到底需不需要开展自己可怕的治疗。

"队长，听说欧洲人骨头断了都能自己长好，是不是真的啊？"一位顾客向断腿大夫问道。那是一个精瘦的年轻人，靠替人在镇上运送农产品为生。他每天早上都会来店里讨口嚼烟，哈桑纳利从不问他收钱，一是为了获得他的好感，必要时可以请他免费跑个腿什么的，二是觉得他可怜。据他所知，他没有家人，也无家可归，成天疯疯癫癫，时不时神经质地咧嘴一笑，或是发出精神病般的狂笑声，满嘴下流的玩笑。麻药嗑多了，人们都说。总之，一听他用这种语气提问，大家脸上都浮现出了笑容，知道下面他肯定还要犯傻，注定要让断腿大夫大为光火，赏他一顿臭骂，甚至更糟。

"胡说些什么呢，"断腿大夫平静地说道，意味着在这个紧要关头，他还顾不上发火，"欧洲人的骨头只会更脆弱，因为他们国家的天气又湿又冷，而且他们还会生吃猪的肥肉。这一点人人都知道。"

"队长，所以你给他接骨的时候，就很容易敲断再敲断咯。"年轻人说着，上蹿下跳，嘴里还哼哼唧唧，模仿着断腿大夫做手术的样子。

断腿大夫饶有兴味地看着他，目光炯炯，盯着这个芦柴棒似的年轻人。随后,他似乎带着几分不舍般慢慢转过身来,对着刚才和他说话的哈桑纳利。

"有骨折吗?"哈桑纳利问道。

"不,没有骨折,"断腿大夫遗憾地说道,摇着脑袋,宣布了这条令人神伤的消息,"只有些严重的淤青。我给他肩膀糊了一剂膏药,过几天再来看看。也许你应该把他送到镇上的阿拉伯人那里去。他们可以照顾他,直到有船过来。他们也可以带他去蒙巴萨或别的地方看医生。"

"没错,"哈姆扎说,此刻他刚巧赶到,听到了最后几句话,"把他送到镇上的大人物那里去。你可不想让他在你家出事。"

"你绝对不想。"阿里·齐帕拉说着,摇晃着一根手指,作为强调。

"先让他休息吧。"哈桑纳利说,暂时还不太想和自己的白人客人告别。

他称了一夸脱米,整整齐齐地用布包好,递到了断腿大夫手中。大夫一声不吭地接过自己的酬劳,大步朝店外走去。小瘦子年轻人还没等意识到发生了什么,已经被断腿大夫揪住了衣领,猛地扭住了耳朵。"一点规矩都不懂,你这个下流坯,野人家的狗杂种,老妖怪的龟孙子,"他咆哮着,把年轻人的耳朵扭得更紧了,"你就是个猴子,没脑子的狒狒,流着口水的狗崽子。你算个什么东西?"说完,他又最后狠扭了年轻人的耳朵一把,昂首阔步地离开了,像参加检阅的士兵那样甩着胳膊。店外的人群爆发出雷鸣一般的哄笑声,有的老人家笑得气都快喘不过来了。那个小瘦猴儿紧紧捂住自己受伤的耳朵,一边破口大骂,一边流着愤怒与屈辱的眼泪。

哈桑纳利开始招呼起自己的客人来,等到忙过了这一阵子,议论声也渐渐平息,人们便四散开去,有的去工作,有的回家吃早饭。他知道三老上午晚些时候还会过来,等太阳隐入附近几幢房子的身后,他们就会回来,在店外他给他们放的那张长椅上落座。等太阳又照过来,他们可能就会溜达到别处乘凉,或是再去泡咖啡馆,然后上清真寺,等下午晚些时候再回到他的店外。下午和傍晚比较凉快,他们的八卦也就不那么尖刻,说的故事也更长、更古老。这一幕始终没有改变,从他父亲的年代到现在。坐在长椅上的老人会一批批慢慢更换,毕竟天命难违,世事难料,但长椅却始终在那里,也从来不会少了人坐。

在早高峰后的平静中,他终于有时间考虑一下对客人的安排了。等他醒了,休息好了,他会问他想不想被送到阿拉伯人或是政府的白人官员那里去。但现在还是让他先休息。他们从未接待过如此不同寻常的不速之客。结婚这两年来,玛莉卡的母亲每几个月就会过来一次,每次都住得太久。而他们的姨妈玛利亚姆,也就是他们母亲的大姐,每隔几个月也会来一趟,有时还会刚好碰上玛莉卡母亲在的日子。她们是老朋友了,也就是因为这种关系,玛利亚姆姨妈才会撮合哈桑纳利和玛莉卡的婚事。他只是答应了一声,这门婚事就算定下了,没过多久,可爱的玛莉卡就出现在了他的生命中。这样的婚姻幸福与否并不好说,好在他们很幸福。这真是个奇迹。

玛利亚姆姨妈来的时候，总会带来一个他们的表亲，或是她自己的一个侄子之类。哈桑纳利坚信，这些人只要一有机会，就会掠夺他的库存。侄子们是住在蒙巴萨的哈马迪舅舅的儿子。哈桑纳利只见过这个舅舅几次，有一次是在他们父亲的葬礼之后，他来吊唁。尽管哈马迪舅舅说他来是为了确保自己的妹妹守寡时不受欺负，但其实人人都认定他只是来看看能不能捞到什么好处。还有一次是他们的母亲去世后不久。这一次他说他是为了来看看自己的侄子和侄女需不需要什么帮助。而他对快要年满十九岁的蕾哈娜上下打量的眼神，被哈桑纳利清清楚楚地看在了眼里。他生怕他会对她提亲，让她做自己的不知道多少任老婆。当时玛利亚姆姨妈也在，可能就是因为她在场，他才不好意思开这个口。她是三姐弟中最年长的那个，总是会一眼识破人们行为举止中的荒谬之处。要是哈马迪舅舅敢对蕾哈娜提亲，她一定会无情地嘲笑他，让他无地自容。他不记得小时候还有没有在别的场合见过这位舅舅了，反正自从他用那种吓人的眼神打量过蕾哈娜之后，他们就再也没有见过他，算来也已经有十几年了。

玛利亚姆姨妈的到来总是很受欢迎。进门没过多久，她就会脱下好衣服，换上家里穿的便服，开始跟大家说起各种新闻和八卦，总是笑个不停，给大家发着自己从乡下带来的各色蔬果。之后不久，她就会给自己找到事情做，比如从米里捡石子、扫院子、洗床上用品之类，都是些本来就应该有人做的事情。这是她的天赋。她帮忙的时候从不会让别人觉得受到了打扰，也不会对别人指手画脚，都是陪伴式的，非常自然。每当她过来小住的时候,那些拖了好几个月的活儿不知怎么就都能干完了。只要她在身边,欢声笑语就永远也不会停歇,那些平时不上门的乡亲邻里也都会过来拜访。她自己没有孩子,这么多年来都是一个人生活。她喜欢自己的侄男甥女们每年到她那里住上几周。哈桑纳利也去过她家,所以对她的丈夫还有印象,是一个矮矮胖胖的男人,对人很和气,后来死于突发内出血,原因不明。玛利亚姆姨妈总说哈桑纳利像他,即使在丈夫还没有过世的时候,就开玩笑说总有一天要把他抛弃,改嫁哈桑纳利。哈桑纳利和蕾哈娜的父亲还活着的时候,玛利亚姆姨妈也会和他调情,每过几天就向他求一次婚,说要嫁给他做二房太太。他们的母亲骂她不知羞耻,但玛利亚姆姨妈说既然男人可以娶四个老婆,那她也想要四个英俊的老公,一个看腻了就换一个。话虽如此,但丈夫去世后她却一直没有再嫁,守了一辈子的寡。如今她每次来的时候,要么就是带着去看望她的哈马迪舅舅的某个儿子,要么就是一个远房表亲,是她自己某个侄女的孩子,虽然这个侄女哈桑纳利从来没有见过。似乎这个侄女很容易离婚,又有很多孩子,所以就分给自己的亲戚们照顾。玛利亚姆姨妈说她想让这个大家族里的每个人都互相认识,但所有的麻烦都由她一个人来承担。玛莉卡的母亲要是总住着不愿意走,那么玛利亚姆姨妈就会适时告辞,不会让任何一个人觉得难堪。

房子里并没有空卧室,所以安排客人吃住还挺伤脑筋,上厕所也多了很多不便。但餐食会更加精美,谈话会更有意思,也多了很多笑声,至少头几天总是如此。这种忙乱的安排和之后的调整在哈桑纳利看来也很令人兴奋。玛莉卡的母亲来的时候需要和蕾哈娜共住一个房间，逼得蕾哈娜不得不全天多数时间待在院子里无病呻吟。今天觉得光线太亮，明天又觉得天气太热。既耐不得清晨出来时的寒意，又受不了半夜耳根子不清净，觉得睡不好。但她偶尔也会放下这些说不清道不明的抱怨，成为一个令人愉悦的谈话对象，用惊人的记忆细细描述着往事和各种故事。有时哈桑纳利也会坐在院子里离她们不远的地方，偷听在黑暗中的垫子上或坐或躺的女人们的谈话，强忍住插嘴或是打探更多细节的冲动。她们知道他在那儿，所以说到男性不宜的部分时就会提醒对方打住。他对此并不介意，因为他可以脑补她们在黑暗中微笑的样子。

　　玛利亚姆姨妈带侄子们来的时候，情况就更复杂了。有时哈桑纳利直到脑袋挨到枕头的前一秒，都不知道自己今晚该在哪里睡觉。他不知道该如何对自己的白人客人开口解释这一切。要么索性把他们自己的卧室让给他睡算了。玛莉卡可以去和蕾哈娜睡，他可以睡在过道上。等那人恢复理智，再问他想让他们怎么做。

2．弗雷德里克

弗雷德里克·特纳是在去庄园的路上听到这个消息的。他每周二早上都会去那里，只要情况允许。"情况"包括处理信件、报告和阅读，多数都很无聊，也很平静，而且都是可以往后推一推的事情。因此，自从他被派驻到这个小镇上以来，他从未错过任何一次骑马前往庄园的活动。他会在上午骑马过去，待一个下午加一个晚上，第二天一早再骑马回来。这会让他更了解本地情况，又可以让他出去转转，亲眼看看周围的一切，也可以让庄园经理伯顿忙活起来，虽然他并不直接归他管。伯顿在他刚来小镇的第一周便过来拜访，顺道拿信，并对他发出了邀请，说只要想过去，随时欢迎。镇上只有他们两个英国人，所以这种拜访在享受骑马的乐趣之外，还多了一种尽义务的意味。伯顿人很友好，对自己的工作也很尽心，个子不算太高，一张圆圆的大脸被太阳晒得通红，身材壮实，因此显得动作不是太灵活，看起来就是那种地道的英国农民。他很了解自己所从事的行业，也很善于创新，搞了很多试验性质的项目，又是挖塘，又是蓄水，又是育苗，有点科学家的意思。但他有时也会显得不情不愿、心事重重，还带着点海滩流浪汉的气质，因此弗雷德里克怀疑，如果让他一个人待得太久，会惹出麻烦来。他有时会呆呆地盯着一个地方，像是在盘算着要发疯。弗雷德里克觉得伯顿应该会对他的到来充满期待，因为可以有人和他做个伴、聊聊天，还可以趁着社交的机会痛饮一番。他不仅是这一带除了他之外唯一的英国人，也是他唯一的陪伴，其他要么是古吉拉特来的博拉人，要么是阿拉伯人，再不然就是混血的原住民。要是不和他交往才会显得奇怪。

伯顿很喜欢说起乌干达保护国，以及内地的高地和湖泊，设想铁路完工后可以在那些地方建设多少大庄园。在伯顿看来，设立保护国再有道理不过。政治家和新闻报道喜欢全球策略的宏大叙事，因此在他们和世界上其他不切实际的统治者看来，设立乌干达保护国和修铁路都是为了牢牢掌握住尼罗河的源头，防止法国人图谋不轨。但对于伯顿和他口中那些跟他一样的实干家而言，这些举措意味着那些美好的高地将对他们敞开怀抱。那些地方早就应该归欧洲移居者所有，但现在却盘踞着来自石器时代的野蛮人和嗜血成性的游牧民族。伯顿说这些狠话是为了显示自己的理性，通常都是在一两杯酒下肚之后。弗雷德里克还没有去过高地，尽管他觉得自己有一天应该去看看，只是看看。那是伯顿一直梦寐以求的工作，掌管一个占地广阔的种植园，就是他在南非东开普敦见过的那种。但弗雷德里克却怀疑他并不是这块料。做这种事情所需要的权威感和统率力，更不用说冷血的意志力，都不是一两代人可以造就的，除非天赋异禀，但伯顿花了那么多时间和工人们一起敲鼓和跳舞，充分说明他并不是那种旷世奇才。

而且他也可以借着去庄园的机会好好骑骑马。他多数下午都会去骑马，往北沿着海边绵延数英里的空地，一直骑到河边，或是往南绕过海湾，直到岬角。但骑去庄园要经过一些崎岖不平的路段，可以让他得到很好的锻炼，也可以给他的公马玛吉努找点事做，让这个倔脾气的小恶魔得到一点必要的磨炼。他的马夫伊德里斯也会骑着母马莎丽法随行，这样他的两匹阿拉伯马每周都至少可以好好活动一次筋骨。这两匹马和伊德里斯都是他从印度带来的，但他对于这个决定后悔不已。不是因为马儿们给他找了什么麻烦，也不是因为伊德里斯，尽管这位马夫的确有些郁郁寡欢。而是因为这个地区有可怕的马瘟，由蠓虫叮咬导致。染病的马儿先是会发烧与水肿，最终瘫痪并死亡。只有驴子可以在这里活下来。

他的两匹马品相很好，所以当他发现它们将遭遇什么样的厄运之后，心头充满了感伤。但毕竟为时已晚，他已经把它们带过来了。他实在是太蠢了，没有早一点得知这个情况，否则这种憾事根本不会发生。要是他在印度的时候就知道了这一点，自然可以另作安排，或许还能从中小赚一笔。因为这两匹马他买得很便宜。当时，一位信德族的地主在往一家英国公司发送棉花时遇到了问题，碰巧弗雷德里克可以出手相助。作为回报，这位地主建议弗雷德里克买下这匹阿拉伯公马，而这匹母马几乎相当于白送。给尊夫人探亲回来时骑，他说。（只不过克里斯蒂再也没有回来。）这无非是一种礼貌与慷慨，但东方式的殷勤与感谢向来很容易遭到误解，尤其是涉及政府官员时。的确有一些臭名昭著的例子，人们马上就可以联想到——比如克莱武、黑斯廷斯和萨克雷笔下那些富贵人物——但那些人掠夺国家财产，搬空了整个国库，而弗雷德里克只不过是加快了一些手续的办理。他觉得，这位地主的慷慨源自一种更讲究礼数的生活方式，代表着一种互恩互惠的处世态度。可惜这种态度在英国消失已久，因为它的统治者爱发牢骚，也容易嫉妒。

伊德里斯是和马儿们一起来的，或者说，他实在不舍得和它们分开。他名字的含义是坚定与诚实，这是他的地主告诉他的，说这个名字来自《古兰经》里的一个角色。弗雷德里克还没有时间研究《古兰经》，但他可以确信，这个名字很适合他。他的身形瘦长而结实，不怎么爱笑，但对待马儿们却十分温柔，就像对待自己的孩子。弗雷德里克一度幻想过要坐拥一个马的王国，但莎丽法誓死不从，尽管玛吉努使尽了浑身解数。但这两只可怜的动物也不是一点希望也没有。他已经带话去蒙巴萨的俱乐部了，并且收到了一个询价，来自一位姓考恩的先生。他驻扎在史密斯堡，最近正巧来海边度假。弗雷德里克邀请考恩先生过来玩玩，顺便亲眼看看这两匹马。反正蒙巴萨离这里只有两天的航程。

伊德里斯对于每周去庄园并不热心，说马儿们不喜欢那里，会被青蛙吵着。那里的确有很多青蛙，因为挖了不少灌溉用的水塘，但弗雷德里克很清楚，其实是伊德里斯自己不喜欢。他是拉吉普塔纳人，对同伴很挑剔，所以不喜欢去庄园。他拒绝睡在庄园的工人宿舍里，因为这些工人多数是从前的奴隶。他们数年前被劝说着离开了自己的主人，来为英国东非公司工作，当时这里依然是公司的土地。而保护国成立以后，自然也就不存在任何奴隶制的问题了。伯顿当时正在教这些工人打板球，梦想着有朝一日可以向镇上发起挑战，不过得等镇上的印度人成立了自己的球队之后。总之，伊德里斯拒绝睡在男工人寝室，而是在照料完马儿们之后就去阳台楼梯上坐下，在那里消磨一个晚上。他会就着防风灯读《古兰经》，或是打打瞌睡，在雇主眼皮子底下等着夜晚的活动结束。几百英尺外的工人宿舍里欢声笑语一片，常常说着说着就变成了刻薄的戏谑，就是女人不在场时男人间的那种对话。园中随处可见的椰子油灯散发着金色的柔光。伯顿有时会哄骗伊德里斯加入那些工人，或是给他递一杯酒，拿他寻开心，而对于这两者，伊德里斯都会彬彬有礼却不苟言笑地拒绝。弗雷德里克很同情他，觉得伯顿这样肆无忌惮地开玩笑着实烦人。等到准备睡觉的时候，伊德里斯就会悄悄钻进弗雷德里克为每周来访专门修建的马厩，在特意为他搭建的平台上展开自己的铺盖卷。

那天他们刚出发没多久，伊德里斯就策马赶了上来，跟他汇报了受伤男人的消息。那天他们选择的路线是在还没到市场的地方就向北转，为的是避开市场周围臭烘烘、乱糟糟的巷子，还有那些人挤人、脏兮兮的小店，其实就是一些在墙上开出来的洞。接着，他们便路过了博拉瓦基尔①西迪克的办公室。弗雷德里克很清楚这人是瓦基尔，因为了解这一点也是他的工作。他是镇上仅有的两个瓦基尔中的一个。但他也知道印度瓦基尔都很油滑与贪婪，是一种类似硬壳虫子的低等生物，吸附在无知与无助的人身上，用他人的鲜血养

---

① 瓦基尔（Wakil）：伊斯兰教称谓，意为律师、代理人、管理者等。

肥自己。他在印度见过这些人干的营生，就是骗子和放高利贷的，只不过不明说。他本也打算找个时间以官方的名义会会这个油嘴耗子，但这并不意味着他要在骑马兜风的时候跟他认识。瓦基尔一见他们路过便冲了出来，喊了一句什么，但弗雷德里克并没有理会。他又喊了一声，这一次伊德里斯搭腔了，还停下来等着听瓦基尔接着往下说。弗雷德里克知道他们说的是喀奇语，因为他听到了喀奇语中的"英国人"这个词。他觉得他们应该是在谈论他，说一些自以为是的俏皮话之类的。然后伊德里斯便赶了上来，用生涩的英文告诉他，有一个英国人伤得很厉害。

西迪克要亲自带路，领他们去见那个英国人。他先是把自己办公室镶满饰钉的大门关上、锁好，又整了整自己的金丝绣花小帽，才大手一挥，示意他们跟上。弗雷德里克看着这个驼背小男人，不禁嗤之以鼻。当他看见他直奔着那一团通往市场的羊肠小道而去时，他叫住了他。要是进了这种坑坑洼洼的逼仄巷子，他的玛吉努①肯定会像自己的名字一样发疯。他下了马，把缰绳交到了伊德里斯手里。他瞟了一眼自己的马夫，期待从他脸上看到一种焦虑的神情，因为他就要只身进入原住民的大本营，带路的只有一个不认识的印度人，但伊德里斯似乎并不担心。他也下了马，牵着缰绳，毫不迟疑地往树阴下走去。弗雷德里克跟着瓦基尔，心中默默对自己笑了一下，尽管也带着一丝失望，因为伊德里斯的表现是那么云淡风轻。他是个硬汉，伊德里斯，这也就是他雇

---

① 玛吉努（Majnoon）：阿拉伯语中的"疯子"。

用他的原因，但他对他的确也有喜爱之情，愿意对他有所照顾。他觉得伊德里斯应该自认与他有某种盟友关系，默认两人之间有某种誓约，从他接受了他的酬劳、表示愿意作为马夫追随他左右那一刻起，就是如此。他对尊严也自有老派的解读方式，并不觉得自己屈为仆从。弗雷德里克有时会发现他正凝望着自己，眼神中写满了在他看来浓烈的感情，甚至带着某种愿付肝胆、矢志不移的意味，那是一种男人之间的爱意。他觉得伯顿也发现了这种眼神，因为有一次伯顿说过"这个男人愿意为你去死"，这让他激动莫名。不知他把马儿卖掉后伊德里斯将何去何从。弗雷德里克提醒自己要问候伊德里斯的家人，并让他带个礼物给他们。

为他前方带路的瓦基尔肤色很浅，面容枯槁，背驼得很厉害。弗雷德里克觉得应该是他弓着背做了一辈子假账的缘故。（皱脸老头，狡猾似猴。弗雷德里克在脑中默念了两三遍这句打油诗，准备先记在心里，回头再写下来。）他穿着一件白色棉布外套，连脖子上的扣子都扣得整整齐齐，配着紧身长裤、棕色皮凉鞋和绿色金丝绣花帽。他的动作很多，幅度也很大，不停地打着手势、鞠躬、露齿而笑，实在让弗雷德里克无从喜欢。他的一些方面让弗雷德里克联想到了狄更斯笔下那些略带邪恶的人物——都是那么虚情假意。没走多远，他们就扎进了一片狭窄而拥挤的小道中，周围都是本地人年久失修的房子，屋顶几乎快要压到他头上了。他已经被派到这里快四个月了，但算上这一回，只踏足过这种臭气熏天的街区三次。在雨水的冲刷与黏腻污水的侵蚀下，路面已经损坏得很厉害了，上面铺满了垃圾，弗雷德里克每走一步都要分外小心。刚踏进幽暗的街区深处,他的耳边就充斥着一种嗡鸣,听不清是什么声音,只觉得很吵,仿佛走进了一个密闭的空间,里面有许许多多的人在喃喃自语。到处凌乱不堪,飘散着垃圾和下水道的恶臭。这个地方应该被整体推倒、移走,可惜他没有经费来做这种事情。

他强迫自己小口呼吸,尽管他本能地想大口大口地吸气,缓解一下人群和窄巷给他带来的窒息感。人们不停地朝他打量,他还听到前方有个声音喊着"白皮鬼"。那些本来坐在自家门口的人都站了起来,带着惊讶,或许还有不安。一个老人走上前来,亲吻了他的手。弗雷德里克对于这种表达敬意的行为已经习惯了。年长的本地人有时也会亲吻他的手,错把他当成数年前解放奴隶的那个白人。弗雷德里克并不会阻止他们这样表达自己的尊重。反正也没什么坏处,还会让某些事情简单一点。他看到周围全是咧着嘴巴的笑容,不确定这到底是在表达友善,还是被带路的老头逗乐了,或是在笑话他。那些墙洞小店的店主们都在冲他吆喝,试图用某种低劣的商品诱惑他。他简直难以相信,竟然有人会以出售这些物品为生:一小堆木炭、几个橘子、一捧鸡蛋。而其中最缺乏吸引力的,就是衣衫褴褛守着这些破烂的小贩本人。

小孩子们疯了一样地冲他挥着手,在他前面窜来窜去,喊着"白人、白人",仿佛不这样他就看不见他们。他还听见他们喊了别的什么,但实在听不真切。他也宁愿自己听不真切。尽管说那些污言秽语去吧,你们开心就好,反正老子不在乎。但他们说话的声音很烦人,就像虫子在嗡嗡,或是动物在叫,也像伦敦码头巷子里年老色衰的站街女的哀嚎。他前方的印度人正对人群疯狂地挥舞着手臂,恼怒地喊叫着,仿佛在显示他们有要事在身,让闲杂人等统统退散。弗雷德里克真恨不得举起马鞭朝他激动的背影捅过去,再咬牙切齿地命令他保住最后一点可怜的尊严,免得把他们两个人都变成笑话。他竭力保持着自己的步态,和前面的瓦基尔至少隔开两步以上的距离,好借助着他的嚣张气势,给自己清出一条路来。弗雷德里克并不高大,但身强体健,所以并不怕那些人和他们的吵闹,至少是不算太怕。更让他害怕的是可能会出丑或受到嘲笑,比如一不留神踩进烂泥沟或是被一个宗教狂热分子推倒。在世界上的这个地方,人们不用提醒也知道,大英帝国有着多么坚不可摧的力量。要是他们还不清楚,那就想想去年伟大的恩图曼战役吧,英国人军威远扬的消息,甚至传到了这种穷乡僻壤,势必会让他们重新认识到这种力量。但有时这些原住民会变得过于激动,可恶地闹个不停,所以他发现把愤怒和丑恶的想法施加到他们身上,可以有效地帮助自己抑制不安。

他揣测着伤者的身份。很可能是北边三角洲地带路德教派的传教士,在1886年英德签订了势力范围划分协议之后依然留在那里,尽管德军已经离开。他听伯顿说,在几年前他还没有来的时候,那附近曾发生过一次马赛人实施的大屠杀,受害者包括一名卫理公会派传教士及其妻子,还有一众信徒。据说那是个无所畏惧的人,为了传教四处奔走,手无寸铁,只随身带着一把雨伞。他坐船走遍了尼罗河沿岸,从未把鳄鱼或毒镖放在心上。这种行为想必赢得了当地原住民的尊敬，因为他们并未干扰他的传教活动，有些甚至加入了进来。他遭此结局着实出乎多数人的意料——"传教拯救灵魂"这一点，至少无法从他的经历上体现出来。

但马赛人居然打到了离海岸线那么近的地方，而且还选择了那么一位与世无争的上帝的追随者及其信徒作为他们的受害者，这还是十分令人惊讶的。他们向来都是在幅员辽阔的内地横行跋扈，把那里当作他们嗜血游戏的原始游乐场。雪莱在《勃朗峰》那首诗里是怎么写的来着？巨石散落在山间，仿佛这片荒地曾是地震与风暴之神的游乐场？马赛人就是这个岛屿内陆不毛之地上无法无天的神灵。人们都说马赛人只会为了牲口去袭击别人，就像狮子发起攻击只是为了猎食，但弗雷德里克却觉得真正的原因是两者都嗜血而残忍，而且祈祷自己永远都不需要去验证这条理论的真实性。所以那人受伤可能是因为一个马赛部落袭击了路德教派的基地，即使不是马赛人，也可能是其他劫掠成性的族群，比如盖拉人、索马里人或其他居无定所的游牧民族。是尼罗河像漏斗一样把他们引了过来，就像自古以来河流吸引着其他野蛮部落一样。

他已经从蒙巴萨方面得知，卫理公会派传教士们正在策划一场新的传教活动，这一次为了安全起见，将地点选在了靠近这个小镇的地方，不久一位名叫霍利迪的牧师大人就会动身前来。但这位好牧师应该只敢走海路，再也不敢走陆路了。而他们正在前往探视的那个倒霉鬼，很有可能是从内地走陆路过来的。

就在他们小心翼翼地穿行于垃圾堆和门都烂了的破房子

之间时，他脑中出现的却是另外一幅画面。画面中是一队破衣烂衫却忠心耿耿的本地人，站在一副他们自制的简陋担架旁边，准备把他们的好牧师抬到安全的地方去。这让他想起几年前那两个无比忠诚的桑给巴尔人。他们就是这样把大圣人利文斯通医生的干尸从大湖地区千里迢迢地运到了巴加莫约海边。他们先是挖出他的心脏，埋在了他去世的地方，随后对尸体进行了防腐处理。他们是怎么想到要这么做的？两个非洲当地脚夫怎么会想出这么一个具有伟大象征意义的办法？真的不像是两个农场工人或两个苦力坐在家里就能想出来的办法。也许是医生生前吩咐过他们，但即便如此，他们为什么没有把尸体往最近的沼泽地一扔了之，然后甩手回家呢？他该是怎样了得的一位圣人，才会让人们对他如此忠诚。一帮衣不遮体的贫儿懒汉对他百般信服、如影随形，尽管充斥他们内心的可能并不是忠诚，而更像是一种对苦修和奇异体验的病态好奇，源自无所事事、内心空虚。

小路突然到头了，一片敞亮的沙地展现在他的眼前。他又惊又喜地停下了脚步，没想到会遇见如此宜人的一片空地。有人从后面朝他冲了过来，他头也不回地扬起了马鞭，结结实实地打在了那人身上。只听得一声孩子般的尖叫，接着便响起了周围人群的笑声，弗雷德里克自己也忍不住露出了得意的微笑。空地远处的角落有一座外墙刷成白色的小清真寺，旁边有一条路。清真寺的两扇百叶窗和半掩的门则刷成了美丽的地中海蓝，就像提香画作中圣母长袍的颜色。而靠近他们这边的空地尽头，在他的右手边，有一家脏兮兮的咖啡馆，外面放着一些有大理石台面的桌子和几张长椅。这一带怎么会有铺着大理石台面的桌子？咖啡馆后面是一些石砌民居，有些还不止一层，就算只有朴素的一层，也十分干净，维修得当。他定睛一看，发现其实有不止一条小路通往这片空地。他右手边还有些别的民居，门帘轻柔地飘荡在微风里。这风似乎是从清真寺另一边比较宽的那条路上吹来的，因为道路连通着远处开阔的农田。弗雷德里克在自己站着的地方也可以感受到那股清风，想着这到底是哪里，怎么从来没有人告诉他，这个破败的小镇上竟有如此佳境。他努力回想着这里在办公室地图上的位置。瓦基尔此时也已经停下了脚步，朝他微微转过身来，指着弗雷德里克左手边的那片民居笑着点了点头，带着功臣的神色。

"大人。"瓦基尔喊了一声，示意弗雷德里克跟上，还摇晃着脑袋，带着自命不凡的紧迫感。一路上一直跟着他们的人群此刻从他们身边挤了过去，呈扇形分散在空地上，面对着瓦基尔示意的方向。弗雷德里克跟着瓦基尔走上前去，发现那是一个小商店，当地人叫"杜卡"。这种小杂货店最初是在印度城市里兴起的，又被印度商人带到了这个地方。开这种店的不全是印度人，哈德拉毛商人也精于此道，但这种理念是属于印度人的。他觉得这也许就是这片空地如此整洁的原因，如果这里是个印度聚居地的话。在这个地区，印度人走到哪里，哪里就会繁荣，尽管这也取决于来的是哪种印度人。他在桑给巴尔也见过那种只配扫马路的印度人，这种人在印度城市里随处可见，生活在毫无体面可言的贫困中，甚至靠在马路上乞讨为生，说起话来哭哭歪歪、吱吱嘎嘎，让人无比心烦。而且多数在墙洞里卖东西的小贩也是印度人。但有一点大致不会错：只要找来合适的印度人，你所在的地区就一定会繁荣。

店外有两三个顾客，还有几个上了年纪的男人，坐在小店旁边的长椅上。弗雷德里克不知他们为何要来这里，可能是为了问路吧。他想象中忠诚而穷苦的搬运工队伍至今还未见踪影。他把步子迈大了一点，在快到店门口时赶上了步履匆忙的瓦基尔，和他并排走了过去。老人家们立刻站了起来，小店店主也不例外，赶紧从守着货物的平台上走了下来。这些人就是这样，只要见到有一个欧洲人过来，就会马上表现得大惊失色又毕恭毕敬，而弗雷德里克自然很了解个中原因。似乎所有人都在一瞬间同时开始交头接耳，不时对他投来小心翼翼的目光。只见瓦基尔换上了一种严厉的命令式口气，对店主说着什么，脑袋的晃动也变得既睿智又富有洞察力。但看着他们紧张而急切地交谈了几个回合之后，弗雷德里克依然一头雾水，不知道究竟发生了什么。这时，店主突然转身回了店里，从那里去了院子，把院门从里面打开。瓦基尔抢先一步走了进去，招呼弗雷德里克跟上。几位长者中的一位试图用拐杖拦住人群，但人们还是蜂拥到了院门口，有的甚至爬上了院墙。

这一切都让他始料未及。踏进院门的一刹那，弗雷德里克就知道伤者一定在院子里，但他直到那一瞬间才想到这一点，已经来不及调整自己的预期。在他面前出现了一个须发皆长的男人，躺在茅草遮阳棚下的垫子上，全身都被一块奶油色的布盖着，布上还装饰着红白两色的花边。这种颜色非常古雅，会让人想起古罗马的托加长袍。男人侧着头，嘴唇微张，显得痛苦而疲惫，说句大不敬的话，这熟悉的神情简直就像是受难的耶稣。他身旁的垫子上坐着一个女人，双腿盘起，藏在垂下的淡绿色长裙中。见到他们，她想站起来，但又有些迟疑，像是因为惊讶而无所适从。看他们走了过来，她赶紧别过头去，用披肩遮住了脸的下半部分，但弗雷德里克早已看清楚，那是一个美貌的女人，年纪大约三十出头，可能是当地人种族杂交的产物，肤色棕中带着点黑亮，兴许有巴朱尼或索马里血统。他猜想这应该是店主夫人。希望店主和她过得幸福。有那么一瞬间，甚至还不到一瞬间，更像是一闪念间，他想到了远在英国的克里斯蒂，觉得有些思念她。可能也谈不上思念，更像是心跳快了一拍，转眼又平复下来。晚些再好好想她吧。

弗雷德里克在伤者身边单膝跪地，伸手探了探他的颈动脉。他的脉搏温暖而有力，摸起来也不像发烧。男人睁开眼睛，发出了一声有气无力的低吟。像小牛小羊含混而微弱的叫声，也像濒死动物的哀鸣。那个女人说了句什么，然后对着抬头看向自己的弗雷德里克点了点头，像是在确定他的想法。他掀起那块布，想看看下面有没有血迹和伤口，但这人身上干干净净，只是很瘦，有些尘土。他起身看了看周围，突然意识到这一切都是这么莫名其妙。他居然会出现在这么一个地方，在这些人家中的院子里，脚上穿着刚打过蜡的马靴，正用马鞭不耐烦地敲着自己的小腿，周围站满了肤色很深的陌生人，让他一看就没来由地生气，而脚下还躺着一个病号。这是一种熟悉的陌生感，仿佛有另一个自己正站在他身边，对这一切冷眼旁观，但他得逼着自己把这种感觉暂时放在一边。他回了回神,一扫之前的犹豫与软弱,尽管他知道那只是人类的正常反应,接着举起双手,做了一个抬担架的动作。"我们得把他带走,"他说,先是对着瓦基尔,又转头对着矮矮胖胖、一脸苦相的店主,"我们必须立刻把他从这里带走。快、赶快!"他重复着自己的指令,做出把那人抬出院子的动作。

一听这话,瓦基尔立刻带头忙活了起来,说话时显得镇定自若、不容置疑,和之前俯首帖耳的滑稽模样判若两人,让弗雷德里克大为震惊。瓦基尔说的话弗雷德里克一个字也听不明白,但他觉得他还是成功地做到了让每句话都听起来是那么工于心计和狡猾奸诈。眼前出现了意料之中的混乱与喧闹,人们像无头苍蝇一样跑来跑去,但终究还是有三个男人抬起了那个病号,连同垫子等一起,准备往院子外走去。"他的东西呢?"弗雷德里克问,"财物。他的个人财物在哪里?他随身带的东西。"瓦基尔努力传达了这个意思,但店主和他的太太什么也没有拿出来。瓦基尔对他们叫了起来,夸张地摇着一根手指,弗雷德里克觉得他应该是在骂他们偷人家东西,但也不排除在吩咐他们也给他留一份。他忍不住也跟着骂了几句,对店主怒目而视,但依然没有获得想要的效果。人群中有些人也加入了进来,用他们鬼才听得懂的本地话叽叽呱呱地叫嚷着什么。见此情景,弗雷德里克觉得最好还是先把伤者送到安全的地方去,免得局面失控。东西可以晚点再来要,他告诉瓦基尔,等病号恢复神志,可以说清楚自己到底丢了什么之后。

一行人浩浩荡荡地沿着小路走出来之后,弗雷德里克发现伊德里斯正坐在广场的一棵大芒果树下,身边围着一帮正静静看着马儿的孩子。一见人们过来,他立刻起身,但并不迎上来,只是站着等主人的指令。弗雷德里克很喜欢他这种分寸感。他用马鞭朝住处的方向一指,伊德里斯立刻翻身上马,前方带路。而他的出现,也让整个队伍显得更加戏剧化了。等他们到了他的住处,这一幕简直就像是在演一出什么中古时代的历史剧。人们并不想走,尤其是瓦基尔,但伊德里斯和官邸用人哈米斯还是努力把所有人控制在了楼下的门廊里,一个个说服他们离去,往帮忙搬病号的人手里塞了不少硬币。病号被安顿在了客房里,开始渐渐苏醒。人们就这么把他连人带垫子一起放在了床上,看起来就像是被裹在毯子里送进安东尼卧房的埃及艳后。弗雷德里克打开裹在他身上的垫子,发现他还盖着那块奶油色红边的布,并且终于注意到,那还是一块手工织出来的布,也很厚实,可能是全新的。他摸了摸男人的前额,试了试他的体温,那人感觉到了他的触碰,睁开了眼睛,直勾勾地看着弗雷德里克。

"感觉怎么样,老伙计?"弗雷德里克轻声说。

"你去过塞舌尔吗?"他问,弗雷德里克笑了起来,为这个问题的出人意料,也为他确凿无疑的英国口音。

"还没有这个运气。"弗雷德里克说,暗自松了口气,幸好这不是个路德教派的疯子。

"在这个地方,你免不了要多提防着点,因为人们不守规矩是常有的事情,这一点你想必已经很了解了,"弗雷德里克说着,美美地深吸了一口雪茄,又连吐了几个烟圈,脸上写满了对自己的欣赏与满意,"能让你重返活人的世界真是太好了,亲爱的皮尔斯。你都不知道我们找到你的时候你是什么样子。此刻能看到你如此安详地坐在那里,真是一个奇迹。你要是撑不住就说啊,别让我累着你。我是很想听你说你的冒险故事,但我们有的是时间。你已经很了不起了,在这么短的时间内就站了起来,但绝对不要操之过急。幸好你没有染上什么恶疾。但你肯定顶着大太阳走了好多天,所以才被晒晕了,我猜。幸好没受伤。我跟你讲,老伙计,你没受伤真的是太幸运了。内地有好多杀人不眨眼的强盗,我觉得应该是你运气好,没有在独自旅行的时候被他们看到,否则你现在肯定不会坐在这里了。知道吗?我原先还以为受伤的是哪个三角洲的传教士呢,就是路德教派的那些人。几年前那里还发生过一些可怕的袭击,而且一直有传言说阿比西尼亚士兵也不是什么好东西,烧杀抢掠,无恶不作。你没有遇到那些人真是无比幸运,不过他们对欧洲人可能是最客气的了,要是换了别人,可能直接就被运到哈勒尔的奴隶市场去了。但他们对欧洲人不敢,因为他们知道我们对这种事情是不会手下留情的。"

弗雷德里克又吸了一口雪茄,随手把烟灰弹到了阳台的地面上。天黑之后风就小了,但它已经完成了自己的工作,空气显得温暖而又湿润。在他们下方,海水一浪一浪地涌入海湾。

"你去过塞舌尔吗?"弗雷德里克说着,笑出了声,"你说的这第一句话实在太有意思了。你自己还记得吗?"

"记得,"皮尔斯微笑着答道,神态中依然带着倦意,

"你的回答是,还没有这个运气。"

"嗯,的确如此。你看到海里的那些波浪了吗?这片海湾下面没有珊瑚礁,这在这一带是很不寻常的,因为这边往北几英里处有一个河流入海口。所以从咱们这儿到塞舌尔之间什么都没有。塞舌尔群岛就在正东边,也就是这些波浪来的方向。我听说那是个美丽的地方,还没有被破坏,虽然法国人和传教士上去过,有点南海天堂的意思。你去过那儿吗?"

"没有。"皮尔斯说。

"那里有海椰子,"弗雷德里克说着,似乎陷入了沉思,"听起来也太恶心了,居然会有这么一种长得像人类生殖器的水果。真不愧是法国人,找到了这么个连植物也如此下流的群岛。不过好像不是他们找到的,应该是我们找到的,但你大可以相信,他们一看到那里的植物,就知道自己应该住在那种地方。"

弗雷德里克斟满了自己的酒杯,又瞄了皮尔斯一眼,不过只是出于礼貌,就算他开口要酒喝,他也不会给他。皮尔斯正陷在自己的躺椅里,在煤油灯的微光中,弗雷德里克看不清他是不是已经睡过去了。

"好美,"皮尔斯柔声说,"这海。"

"的确。这里往外一千英里都是辽阔无际的大海,你知道,再往前就是你心心念念的塞舌尔了。而且这里的海很平静。这就是印度洋的魅力,至少在这个地区是这样的,和波涛汹涌的大西洋比起来,就像个池塘。不过东北季风气流稳定下来之前这里的风浪也很大,大概在十一月左右。人们说那时就不会有人用这里的码头了。我上任的时候风浪期刚过去,但即使是现在,风有时也很烈。我到这个岗位上来只有四个月,但的确,海是这里最好的东西。其他都不怎么样。土地还算肥沃,但沙子太多,地也浅,雨量也还算充足,但没人愿意干活。这些人一点力气也不愿意出。都是奴隶制的恶果。奴役和疾病削弱了他们的体力,但主要还是奴役。他们在被奴役时学会了偷奸耍滑,如今已经不知道努力或责任感为何物了,哪怕给他们工资也不行。在这个镇上,人们对工作的认知,就是坐在树下等着芒果自己成熟。东非公司的庄园干得多好啊——新作物、灌溉系统、土地轮作,但他们是好不容易转变了人们的思想,才取得这些成就的。这里需要更多的英式庄园,我觉得不久就可以实现了。阿拉伯地主们别无选择,只能把地卖给我们。"

"是的。"皮尔斯说。

弗雷德里克抿了一口酒,静静地吸了一会儿雪茄。他听见皮尔斯咕哝了一声,以为他在示意自己继续。"葡萄牙人建了耶稣堡之后,便把这个小镇的一切都搬到了蒙巴萨,让这里荒废了差不多一个世纪之久。这么一想,他们的确也太不够意思了。大约五十年以前,桑给巴尔苏丹马吉德突发奇想,要复兴这个小镇,把它作为殖民地的种植基地。当然,从理论上来说,他是这一带沿海地区的统治者。所以他派来了一帮阿拉伯人,还有一队俾路支雇佣军,以及数千名奴隶。头十年左右的收成都特别好,所以他派来了更多的奴隶,本地人也会对周围的部落发起攻击,掳来更多的人当奴隶。小镇再度繁荣起来,创造了巨大的财富。博拉人也被吸引过来做生意了,就像我一直说的,你只要看印度人到哪里做生意,就说明那里一定有钱赚。印度人在这里已经生活了很久,至少在葡萄牙那些宗教狂到来之前,他们就已经在了。甚至有人说,当年达·伽马从这里带走的领航员就是一名印度水手,正是他协助达·伽马完成了寻找印度之旅的最后一程,抵达了卡利卡特。这话我是信的,不过我觉得他更有可能是一个印度奴隶。这里一切都是奴隶干的,甚至奴隶自己也有奴隶。

"就是在那个时候,英国东非公司拿到了王室特许状,开始在这里开展工作。当然大家现在都可以说,东非公司是注定不会成功的,但我觉得这应该不是麦金农他们当时的想法。桑给巴尔苏丹就更不用说了,肯定觉得不成功才奇怪。那时的苏丹应该已经不是马吉德了,肯定不是。可能是巴伽什,或更有可能是他后面那个,那个疯子,叫穆罕默德还是什么,反正就是那个时候的苏丹,希望从英国人的方法和科学中受益,所以请公司——或是叫别人替他请公司——派一个经理过来,管理这里的种植园。没想到就此犯下大错。公司派来了一位叫什么什么史密斯的先生,这人一来就把种植园的奴隶都解放了,然后又把其中愿意领工资当工人的都雇了回来。他为奴隶赎身定了个价,而且愿意为想赎身的奴隶提供贷款,只要他们答应获得自由之后为公司种植园工作即可。这么一来,其他种植园的奴隶也得到了解放,但其中多数获得自由之后就跑了,根本不想工作。他们都忙着去内地度假了,没人想去公司干活儿挣钱。当时就连奴隶们也清楚,苏丹理论上的统治范围仅限于海岸线往里十英里远,在英德划分势力范围的协议签署以后。所以他们只要往内地跑十英里就安全了。结果就是……阿拉伯人都成了穷光蛋。这就是几年前的事,大概八九年前,但你现在只要往周围一看,到处都是荒废的种植园。不过这些逃跑的工人又慢慢回来了,被我们安置在小镇往南一点的阿拉伯人的荒地上。阿拉伯人很不高兴,但也做不了什么,只能抱怨几句,离开这里去蒙巴萨。反正这一切都是迟早的事,既然1895年成立了东非保护国。哦天呐,你已经睡着了。"弗雷德里克结束了自己的演讲,因为他听见了皮尔斯轻柔的鼾声。他又为自己倒了杯酒,把雪茄重新点上。

他会让他睡几分钟,然后就把他叫醒。蚊子会把他吃了,如果让他这么一直睡在阳台上。不过也许他已经习惯了蚊子、甲虫和蛇。他觉得皮尔斯可能有什么不可告人的秘密。没人会那样一个人旅行,除非他是一个旅行团派出来的使者,但即使是这样,也应该有一两个脚夫陪着。他可能是被向导抢了东西,扔在了那里。不管是哪种情况,他到目前为止应该都会有所透露,至少会无意间说出点什么。弗雷德里克之后又去了那家小店一次,带着仆人哈米斯当翻译,用近乎暴力的方式质问着那名店主,但那个五短身材的家伙无比固执,虽然最后眼泪都快下来了,但还是坚称皮尔斯出现的时候两手空空。这种情况肯定是有原因的,但弗雷德里克怀疑,皮尔斯是借着自己疲惫的样子在隐藏什么,故意不说。不是说他不疲惫,疲惫是显而易见的,错不了。他每天都从早睡到晚,这不,现在又坐在那儿睡着了。而且他什么也吃不下去,只喝了几勺厨子准备的汤。但弗雷德里克转念一想，他会不会只是在装睡呢？虽然他就坐在他身边，轻轻地打着鼾。也许他是从一个探险队里被赶出来的，因为某种无耻的行为，所以才迟迟不愿谈起。他瞟了一眼身旁的皮尔斯，只有一个靠着躺椅的侧影，在煤油灯的微光中模糊不清。他有一种苦行僧般的气质，可能不光是因为最近的这次遭遇，也是因为自尊心，像是克服过不少艰难险阻，也很有自己的坚持与原则。弗雷德里克为自己斟上今夜最后一杯美酒，提醒自己不要被这些怀疑左右了心智。"稳住，年轻人，"他微笑着对自己低语，"不要喝了几杯小酒就胡思乱想。这可能是一个有着非凡经历的人，见识过什么才是真正的崇高，只不过还没有恢复神志。"

次日上午十点左右，弗雷德里克正坐在书桌前，突然听见自己书房隔壁的接待室里传来皮尔斯的声响。所有房间的门都按照他的吩咐大开着，这样可以通风，让房子在上午保持凉爽。到了下午，房子正面的百叶窗就都会关上，阳台的百叶帘也会拉下来，挡住阳光。弗雷德里克对家中细节的关注到了一丝不苟的地步。他喜欢这么做，甚至会在心中默念着这个词，故意一个字一个字地强调着。一丝不苟。他很清楚家里买了哪些东西，又用掉了哪些，还有多少可以供下人顺手牵羊的富余。他每周都亲自给钟表上发条，确保每个钟表显示的时间都一致。他还会不时检查一下牛奶的比重，以防卖牛奶的康贝男人往里面掺太多的水。他很愿意让仆人们知道，他对他们的职责了如指掌，也对他们的花招心知肚明，因此希望他们在做事时充分考虑到他的个人喜好。今天也不例外——他已经吩咐过哈米斯要多准备一个人的晚餐，防止伯顿突然出现,也已经听见哈米斯早上八点给皮尔斯的房间里送去了一杯茶,就像他交代的那样。

一听见皮尔斯出现在隔壁接待室中,他便放下了手头正在写的年度关税报告,出去跟他打招呼。只见他站在阳台上,靠着角落里的一根柱子,正沐浴着一方几近正午的阳光。他穿着弗雷德里克的衬衣和裤子,尺码完全不对。衬衣太大,裤子又短了三四英寸。这一身打扮让他看起来就像个海滩流浪汉,一个浪荡书生,一个 R. L. 史蒂文森笔下那种浪迹于南海的人,尤其是加上那对赤脚和满脸的胡子。这种联想让他微笑起来,因为这些形容的确很符合皮尔斯的气质,那是一种松弛、沉静与自持,与衣服无关。

"你不应该站在那么强烈的阳光里,你知道的,"弗雷德里克说,"毕竟刚中过暑。"

"不好意思,"皮尔斯说着,乖乖离开了那片阳光,"是不是我打扰到你了?千万别耽误你工作。"

"欢迎打扰,"弗雷德里克说,示意皮尔斯去阳台内侧凉快的地方,"我正在写今年的商品关税报告,和去年的数字进行对比。这些数据对帝国来说至关重要,但实在无聊。我上午这个时候一般都会稍微休息一会儿。愿意和我一起喝杯咖啡或吃点水果吗?这里的咖啡很好喝,而且哈米斯每天都会现烘、现擂。不是什么精细豆子,但味道很足。"

"好啊,多谢邀请。的确,就是咖啡香把我引过来的。"皮尔斯说。

"太好了。哈米斯一会儿就会把东西拿过来。你今天身体感觉如何?看起来气色好多了。不过我觉得,厨师准备的汤你还可以多喝一点。"

"的确好多了。"皮尔斯说着,捋了捋自己的胡子。

"我们让哈米斯把理发师叫来吧,怎么样?"弗雷德里克笑着说,"还是你就喜欢把胡子这么留着?"

"不,不是我喜欢,只是自从旅途开始就没有剃过,因为每天都剃太麻烦。好的,我的确需要一个理发师,谢谢。"

弗雷德里克等着他继续往下说。如果皮尔斯打算说自己的故事,眼下正是一个绝佳的机会。但等了一会儿,皮尔斯却并没有开口的意思,弗雷德里克暗自偷笑了一下。这分明是在逼我套你的话嘛,他想,今天无论如何也要让你交代清楚。"抱歉啊,你的东西我还没找回来,"弗雷德里克说,"我又去了那家小店一次,用最严厉的语气逼问了那个店主,但他实在太顽固。你还记得自己丢了什么吗?我们或许还可以想别的办法让他说出实话。"

皮尔斯虚弱地摇了摇头。"什么也没有。都被我的向导拿走了。他们之前可能一直在争论到底要不要拿我的东西,我想。所以我很焦虑,每晚都睡不着,累坏了。到了他们离我而去的前一晚,我终于睡着了,睡得很沉,所以枪被他们拿走了。后来我听见他们吵架,就醒过来了,发现他们中间的一个人正坐在我旁边,用枪对着我的头。他们逼着我脸朝下趴在地上,然后拿走了我的鞋子和皮带,不过给我留下了一袋水和一包果干。哦,还有一件罩袍和一双凉鞋。我听见他们走的时候还在争论,有人觉得应该把我杀掉,有人觉得抢了东西就够了。他们中间有一个人很想杀我,怕节外生枝,但其他两个劝住了他。也许他们一直到最后一刻都还在讨论到底该不该留我一命。"

"天杀的强盗,"弗雷德里克说,"好家伙,你当时还挺冷静。要是换了我,肯定气疯了。事件发生的具体位置是在哪里?你当时在往哪里走?"

皮尔斯耸了耸肩:"就往这里。我们当时正在往这里走。他们走了以后,我就朝正南边走了。我之前是和一个探险队在一起,他们要去西南方向,乌干达那边。那三个向导是要领我到东海岸的,但他们可能因为某种原因不想来这里,或是更想去其他的地方。我离开那个探险队,是因为再也受不了杀戮了。"

"杀戮!"弗雷德里克尖声喊道。

"那是一个狩猎探险队,"皮尔斯说,"阵势可大了。有三位英国先生,其中一位还自带英国仆人,还有个白人猎手负责后勤。什么都是那个白人猎手在安排,骆驼、向导、补给。多数时候他都像个气急败坏的军需官。"

皮尔斯停了下来,做了一次深呼吸,积攒着能量,随后又接着说了下去:"他叫汤姆林森先生。每晚他都会独自坐在自己的帐篷里愤怒地写日记,应该是在为回忆录积累素材吧。其他几个人一直在拿他寻开心,恨不得用自己的挥霍和抱怨把他逼疯。其中一位是我在亚丁结识的。他的名字叫韦瑟里尔。不知你是否对他有所耳闻,他以前也在印度待过。是很有钱的一个人。"

皮尔斯又稍事停顿,因为说话太多,有些喘不过气。缓过来之后,他调整了一下节奏,放慢了语速:"我之前去阿比西尼亚游历了四个月，韦瑟里尔很想听我说说那段时间的经历。他想知道英国人是不是打算进入那个地区，因为孟尼利克二世已经把意大利人赶跑了。他是一个充满好奇心的人，尽管打猎和骑马的方式有些不招人喜欢，但他还是很有脑子的，喜欢想问题。他还想和我谈谈兰波，想知道阿比西尼亚有没有人提起他。于是他邀请我和他一起去索马里探险。我无法拒绝。之前的旅行让我感觉良好，你知道的，可能有点忘乎所以了。而且韦瑟里尔是让我以他的客人的身份参加探险的，所以我不需要承担任何费用，只需要付出三个月左右的时间。我一想，反正没什么急事等着我回去做，而且我之前也没去过索马里，就索性答应了下来。"

"兰波的诗真的有人读过吗？现在还有人读吗？如今大家应该都认为他是个军火贩子吧，而不是诗人。"弗雷德里克说。听皮尔斯细细说来，他不由得松了口气，觉得前晚的疑惑烟消云散。此时恰好哈米斯端来了米糕、水果和咖啡，放在两人面前的两张小桌子上。趁他们等他放东西的空儿，弗雷德里克背起了柯勒律治的诗：

> 一位手执扬琴的少女
> 曾在我眼前的幻影中出现
> 那是一位阿比西尼亚姑娘
> 只见她拨起了琴弦

"我之前不是告诉过你嘛，要小心那些阿比西尼亚士兵，千万别以为他们是自己人。容我冒昧一问，你去阿比西尼亚干什么？"弗雷德里克在哈米斯走后问道。

皮尔斯显得对米糕很感兴趣，探着身子仔细打量了一番，随后耸了耸肩答道："旅行，为一本书积累素材。我算是半个历史工作者。应该说是业余的那种。我也懂一点语言学，不过只是刚入门。我之前在埃及待了一年，做一些教育服务工作。那时我就跟自己说，有机会一定要去阿比西尼亚。我一直对那里很感兴趣，从小就是。我想亲眼看看那里是什么样子，也想听听当地的语言。"

"东方学者。"弗雷德里克说。

皮尔斯笑了。"或许以后会是吧。现在还不敢当。"他说。

"请继续。"见皮尔斯说到阿比西尼亚就停下了，弗雷德里克催促道。他或许是某种高级间谍，正在为英国外交部的一位资深官员准备一份关于阿比西尼亚的报告。也许韦瑟里尔关于英国人要去那里的猜测是对的。但弗雷德里克自己对阿比西尼亚倒是没有任何兴趣。

"我可以尝尝吗？"皮尔斯说完，便伸手拿起一块米糕。他慢慢地咬了一口，不慌不忙地咀嚼着，微微点头，以示赞赏。"好吃，做得真细腻。我吃得出小豆蔻和酵母的味道。和我前几周吃的东西比起来，这简直是太精致了。"

弗雷德里克为两人倒上咖啡，看着皮尔斯啜了几口，方才又开口催促："请继续。"说完便往后靠去，显出兴味十足的模样。

"我们十二月从亚丁出发，乘独桅帆船前往布拉瓦岛。那段航程历时数日，风景如画，是整个旅程里最美好的部分。东北季风的气流已经稳定下来了，而且我们一转过非洲之角就刚好遇上了索马里洋流。我们在布拉瓦岛停留了几天，便动身前往迪夫，一帮人浩浩荡荡，还带着不少动物，武器装备一应俱全，看起来就像是要去打仗。我们走到哪里杀到哪里，花了四周才抵达索马里南部。那真是一种令人无法忍受的破坏性杀戮。我们每天都会大开杀戒，有时一天就能打死四五头狮子，还有豹子、犀牛和羚羊。我们全身沾满了鲜血和内脏，每个人都臭气熏天，因为要对猎物开肠破肚，把它们的毛皮晒干。连苍蝇都趴在我们身上不走，可能觉得我们就是一堆腐肉。我们吃了那么多烤焦的肉，空气里到处弥漫着我们的口臭和排泄物的恶臭，令人作呕。到迪夫之后，我跟韦瑟里尔说，我坚持不下去了。他气坏了，他的朋友们也是。他们以前都是同一个骑兵团的战友，所以可能觉得我唱反调很不爷们儿。韦瑟里尔拒绝让我掉头回去，说太危险了，也腾不出人手陪我。那个时候他们的计划已经改了，韦瑟里尔要和他的绅士朋友们去乌干达猎大象。于是我每天都在韦瑟里尔面前抗议。他自己也已经觉得身体不大舒服了，但他还是会执着地取笑我，说我实在太软弱，比他差远了。但最后他还是拗不过我。就在我们的杀戮之旅来到了西南方向的塔纳河附近时，韦瑟里尔终于表示，他觉得这里比较安全，可以让我返回，或至少是往东海岸走。他让为首的向导选三个人陪我。根据他们的计算，等我们到海边的时候，离季风风向转为西南就只有几个月了，到时这三个人就可以走海路返回布拉瓦岛，而我自便。"

"是的，你是对的，"弗雷德里克说，"风向肯定很快就会转变。"

皮尔斯点点头。"但那几个人并不想陪我过来。我也不知道为什么。我略懂一点索马里语,几句而已,都是我在旅途中学的,每天都会和那些索马里向导中的一个对话一两个小时。但当我和被派来陪我的那几个人用索马里语说话时,他们却装作听不懂,所以我从那个时候就知道,自己可能会有危险。我不知道他们会抛下我还是会把我杀掉,真的一点头绪都没有。按照韦瑟里尔的说法,这些事情是不可能发生的。他了解这些人,而且也是他雇了他们。他说,他们的荣誉感是不会允许他们背叛我的。但肯定有什么原因让他们顾不上自己的荣誉感了,可能是觉得这个方向有什么危险,让他们很害怕。他们一定是让这种恐惧战胜了自己的荣誉感,所以才会在我出现在你奇妙小镇的四天前离我而去。"

"索马里人是最喜欢当强盗的,屡教不改,"弗雷德里克说,"我亲爱的皮尔斯啊,他们不光是离你而去,他们还抢走了你的东西,把你扔在沙漠里等死。你应该觉得自己能到这里是很幸运的。"

"这个可说不好,"皮尔斯说着,笑了起来,"我是说,关于屡教不改的强盗这件事。这个世界上还有人会拿索马里人的忠诚发誓呢。韦瑟里尔就差一点这么做,说什么荣誉感啦之类的。可惜那几个不成器的年轻人辜负了他。也许他们也会因为抛下我而被自己人瞧不起,从此坏了名声。而且那里也不是沙漠,你知道的。"

"皮尔斯,老伙计,你还好吧?"弗雷德里克说着,从椅子上欠起了身,因为他发现皮尔斯的眼泪正夺眶而出。

"我以为他们会杀了我。我开始就是那么想的,"皮尔斯说,"等他们走了以后,我又觉得自己会被路过的某个人杀死,或者被野兽袭击,或者死于饥渴。怎么死都有可能。但我真的很想活。仅此而已。我没事。是的,我觉得自己能来到这里很幸运。你在我脸上看到的,是欣喜的眼泪。"

"不说这些难过的事情了,皮尔斯,"弗雷德里克说着,又给他倒了一杯咖啡,"你肯定累坏了。"

"是的。我叫马丁。喊我马丁就好。那些找到我的人,我必须去谢谢他们。"他说。

"好的,马丁,"弗雷德里克答应着,冲马丁举杯致意,"但先理发,再吃午饭,然后多休息一阵子。不着急。"

3．蕾哈娜

蕾哈娜为自己正在做的衣服钉上一粒纽扣，打了个死结，把线头咬断，又从身旁垫子上的金属顶针里拿出另一粒纽扣，和下一个扣眼对齐，一举一动都全神贯注。布料很厚，她得把豪猪针深深扎进去才能捅穿，然后再把导线器穿进纽扣上的洞眼。她已经钉好了六个纽扣，现在钉的是第七个，后面还有两个。玛莉卡也和她一起坐在遮阳棚下的这张垫子上。她摊开两腿，一边挑着菠菜里的烂叶和枯叶，一边哼着在蕾哈娜听来像是摇篮曲的歌。也许这是在表达她对孩子的渴望，但她似乎也不会唱多少其他的歌。至少，蕾哈娜只听过她唱摇篮曲和圣纪节那几首人人会唱的颂歌。

蕾哈娜自己也记不住多少歌，尽管姑娘们在婚礼庆典上疯玩的时候，她也和所有人一样，发了狂似的唱着。但其实那种时候重要的并不是歌词和旋律，而是喧闹、欢笑，还有舞蹈。那种场合是不允许男人出现的，虽然总有几个小伙子会在墙头上或是窗缝里偷看。舞蹈开始的时候，总是带着故意的挑逗意味，夸张地扭着胯、挺着胸，嘲弄着习俗对女性欲望的压制。但跳着跳着就变成了一种愉悦，可以让身体有节制地放纵。一切都带着笑意与欢声，这些回忆也会让蕾哈娜露出笑容。也许有的女人的确比别人更享受扭腰甩胯的感觉，而且事后她有时会觉得，她们都变成了一群尽情玩乐的小姑娘，举止不端也可以被原谅，只要在男人看不见的地方，就可以淘气。

"他们甚至连垫子都没有还回来，不是吗？那块布也没还。"玛莉卡突然停下了歌声，又开始为蕾哈娜和她自己忿忿不平，再次回忆起她们遭受的不公。她撇着嘴，样子很难看，但双眼却炯炯有神，仿佛这种愠怒是一种游戏。"那可是我们吃饭用的垫子啊，他们就这么进来拿走了。而且他们还拿走了那块布！你专门进屋拿了块新布给他盖上遮羞……看看那些人干的好事！他们就这么闯进咱们家，连声招呼都不打，一句客气的话都没有。连'祝你平安'或是'我可以进来吗'都没有说一声。就这么冲进来，抬起他们的人就走，还顺走了垫子什么的，谁都不看一眼。连一个礼貌的字都不说。那个可恶的印度人，就那个小贩，活像在自己主子面前狂叫的狗……还有那个站在那儿的白人，肥得像个快要炸开的熟疖子，脸红成那个样子，汗直往下淌，还用脏靴子踩我们的垫子。你看到那双靴子了吗？要是冲你踢上一脚，准能把骨头踢断。再配上他那两条粗腿，活像驴子的后肢……鞋底十有八九是金属做的，还抹着毒药。他们就是杀手，那些人。他的面相就很残忍，不是吗？……后来竟然还回来威胁哈桑纳利，满嘴脏话。看看他手里的鞭子、气呼呼的红脸盘子和粗脖子。老天，你不觉得很过分吗？"

我父亲也是个小贩啊，蕾哈娜想着。但她什么也没有说，反而闷哼了一声，表示赞成。她觉得玛莉卡只不过是在扮家家酒，装出义愤填膺的声音。而这种声音让女性无法拒绝，因此再怎么夸张也不为过。但她说的的确是真的，那个欧洲官老爷回来威胁了他们，对哈桑纳利不耐烦地挥着鞭子，龇牙咧嘴，出言不逊，把他们所有人都变成了犯罪分子。且不说他又回来这件事，光说他第一次来的时候，就已经把她吓坏了。就这么冲进来，好像他们都做了什么坏事。哈桑纳利赶紧从她身边跑过去，打开了院子的大门，吓得只憋出了一句"欧洲长官来了"。虽然蕾哈娜也站了起来，不可避免地惊慌失措，但她还是能感觉到自己的抗拒。这么虚张声势，至于么？尽管把你们那个半死不活的家伙抬走好了。这些人她以前一个也没有见过，更没有见过这种涨红着脸气冲冲闯进来的。那个病人并没有让她诚惶诚恐，觉得那是个白人，而更像是某种复杂与困惑的结合体，是哈桑纳利无能人生的证明。而那个踩着皮靴、挥着鞭子的人就像是故事里那些歇斯底里的角色，是国家的毁灭者。当那个小贩对着他们哇哇乱叫，指责他们抢了生病白人的东西时，所有人都异口同声地喊了起来，解释着事情的真相，说哈桑纳利已经叫来了巫医扎依图尼大妈和正骨师叶海亚，两人都说那个白人没有任何毛病。不要对一个好人大喊大叫，他只是在试图帮助另一个可怜的亚当之子，人们喊着，不要无缘无故地辱骂他。带上你们的白人，从这里离开，你们这些无礼之徒。

下午三点左右，他们又来了。当时，哈桑纳利还没有从短暂的午休中醒来。这一次，欧洲佬是带着他的仆人来的。那个仆人用力拍着门，嚷嚷着发号施令，仿佛他是在替苏丹叫门。他们是来指控他们抢劫的，对象正是那个衣衫褴褛的活死人。他们唯一能从那个人身上抢走的，就是他的灵魂。

而谁又想和一个白皮鬼的灵魂扯上关系？但那个官老爷比早上还要生气，到了她觉得他会打哈桑纳利的地步。他一度把鞭子高举过头，仿佛在吓唬一个孩子。仆人恳求着哈桑纳利，给他吧，任何东西都行。你不了解这个人的作风。哈桑纳利以为他是在要贿赂，于是就问他想要多少。我们没有多少钱。仆人说，不，不，他是在要那个人的东西，不管是什么。于是蕾哈娜往洗衣平台走去，那里放着那个人的破衣烂衫，他们本打算第二天给他洗。她拿起那包衣服，递到了红脸白人的面前。仆人上前一步，从她手中接过了那堆衣服。这就是全部了，她说。随后，她生气地挥着手，把他们往门口赶。快走，离开我们的房子。

"可怜的哈桑纳利，"玛莉卡说着，忍不住嫣然一笑，把丈夫的面子抛在了脑后，"我还以为他吓得腿都软了，要扑通跪下去了。你在屋里都能听见他牙齿打架的声音。那人威胁他要坐牢的时候，我觉得我都快哭了。但哈桑纳利还是站在那里，发着抖、牙齿打着颤，恭恭敬敬地把自己先前说的话又重复了一遍。就连那个英国佬也知道他说的是实话。然后你就出来赶他走了……"玛莉卡捂嘴叫了声好，又开心地鼓起了掌："我们为什么会想要偷他们那些人的东西？他又有什么东西是我们稀罕的呢？我们看起来就那么穷吗？那人来的时候衣服那么破，我们都知道他快死了，所以才出于善意把他接到家里来。没想到那个官老爷竟然会来说我们偷了他的东西。他有什么东西好偷啊？"

其实，他有一个本子。本子很小，可以塞进罩衫的口袋里，一半写着字，一半空白。本子是蕾哈娜从他身上发现的,当时她正坐在他身边,给他喂蜂蜜水。她把本子放进了自己裙子的口袋,但他被带走的时候场面过于混乱,她找不到机会把本子还回去。尽管在那些人四处乱转的时候,她感觉到了本子的重量。那天下午晚些时候,她关上了自己的房门,仿佛在一早上的震惊和愤怒之后,要休息片刻。接着,她便拿出了那个本子。整个早上,只要她一动,本子就会在大腿上撞来撞去,但她并没有把它从裙袋里掏出来。她也不知道自己为什么要藏着这个本子,可能是想在别人把这个本子夺走之前先一睹为快。又或许是害羞,怕别人发现了会觉得她是个可怜的小偷,居然会从垂死之人身上偷走一个毫无价值的本子。本子的封皮是柔软的皮革,带着汗水的痕迹和使用后的粗糙。她小心翼翼地展开本子,发现用过的那些页面几乎都写满了字。那是一种欧洲的文字,写得密密麻麻,有一些划掉了。有的地方还画了些方框,里面是一些手绘的图案,她猜想可能是房屋和树木。她不懂这些文字,尽管她识字。她确定这一定是那个男人自己写的东西,而不是手抄的祷文。这应该是好几个月的心血,她想,写于他的旅途中和患难时。她把本子凑到面前,闻到了皮革和尘土的气息,还有太阳下的男人味。

"而且之后他们竟然不把垫子还回来,"玛莉卡说着,又噘起了嘴,带着夸张的愤慨,"还有那块布。一个欧洲人,要我们的垫子干吗?他不是有他自己洒着香水的地毯吗?他是个小偷,就是这样。"

蕾哈娜笑眯眯地看着她的表演,弄得玛莉卡自己也忍不住笑了起来。他们能找到玛莉卡是多么地幸运,她常常这样想。这对哈桑纳利而言自然是幸事一桩,但蕾哈娜也觉得十分幸运,因为她注定要和自己的弟弟、弟媳住上一辈子。直到她断了一切念想。直到她愿意再婚。而且就算再嫁,她可能也远远无法像玛莉卡那么幸福。没人可以。玛莉卡是那么年轻、可爱而又开心,对只能困在家里的人生没有丝毫不耐烦。起码现在还没有。她干起活儿来总是不慌不忙,在蕾哈娜看来,她做的每一件事情,似乎都介于劳作和游戏之间。蕾哈娜有时也会被她惹毛,觉得她太孩子气,但迟早都会被她逗笑,变成她的同僚。

"他不是小偷,"蕾哈娜说,"是征服者。"

"而且那个垫子很好,"玛莉卡说,"是我们吃饭用的。"

"行啦,玛莉卡,别说垫子的事了,"蕾哈娜厉声道,露出白花花的牙齿,咬断了另一个线头,"就不能说点儿别的吗,年轻人?反正这块新垫子更好,颜色也漂亮。以前那块被白皮鬼官老爷的靴子踩过,还抬过病人,我们总归要换掉的。"

"他没有生病,只是太累了,而且那本来就是我们的垫子,"玛莉卡还是不依不饶,端着一篮子菠菜,站了起来,"他们应该还回来的。而且也应该把你的新布还回来。"

"那我们是不是应该派哈桑纳利去白人那里,把它们要回来?"蕾哈娜问道。

"你没看见他那副尿样儿?"玛莉卡说着,哈哈大笑起来,两个膝盖颤颤巍巍的,学着哈桑纳利害怕的样子。她就这样一边嘻嘻笑着,一边走向洗菠菜的水罐,移步间腰肢慵懒地摇曳，对自己的姿态浑然不觉或是毫不在意。蕾哈娜注视着她，暗自微笑了起来。"对，趁着还能扭腰，好好地扭吧。"蕾哈娜轻声道。

一开始，她还以为那是他，她的丈夫。他终于历尽艰辛回来了，哈桑纳利找到了他，把他带回了家。这并不是因为两人之间有任何相似之处，只是这个念头来得太快，她来不及躲闪。哈桑纳利带回来一个精疲力竭的旅行者，她的第一个想法就是，那是他。她感到了恐惧和愤怒，也开始洋洋自得，一切都发生在一瞬之间。现在回想起那一刻，她突然记起，就在那电光石火间，关于他的记忆都回来了，他的样貌，他的微笑，他身上毛发的触感。当她发现那并不是他时，忍不住松了口气，厌恶地往后缩了缩。她是在厌恶自己，没想到自己无法只带着盛怒与屈辱去想他，也无法压抑自己身体对他的渴望，甚至还会对他的归来感到释然。随后，她便看见哈桑纳利站在她面前，还是那副失魂落魄的模样，一脸不知道带了些什么回家的表情。她看见他这个样子就生气。这不是他的错，但也应该算是。那个人也是他带回家的——阿扎德。蕾哈娜开始钉起最后一粒纽扣，任凭自己想着那个人，被悔意吞没。

他告诉哈桑纳利，他和他们的父亲来自同一个小镇，也认识他们父亲那家人。那天傍晚，哈桑纳利关店回家之后，就是这么跟她汇报的。他说，他还在印度的时候也许甚至听说过他们的父亲，知道有这么一个年轻人去了黑人海岸，再也没有回来。还有许多人也走了这条路，但多数最后还是选择了回乡娶亲。他的名字叫阿扎德，是上一个季风季从卡利卡特搭船来到蒙巴萨的。他们的船长从捎来的货物中大赚了一笔,这些货物多数都是从印度订购的补给品。但他刚开始从事季风贸易活动,所以对于这第一趟航行倍加小心。他还带来了一些布料、粗糖和杂七杂八的小玩意儿,可以卖给当地的商人,再由他们分销到内地去。但返程的时候,他就没有足够的货物可以带回去了。他没有给自己的利润空间留下任何冒险的余地。其他船长早已提前跟供应商做好了安排,也有名声和人脉,可以保护这些安排不受干扰。所以这位船长便请阿扎德留下,在来年他回来之前担任他的代理,为他筹备货物和商品,供他再来的时候带回去。阿扎德解释了自己和船长的亲戚关系,但哈桑纳利复述不清楚,可能是没有听仔细。不管怎样,这就是阿扎德在做的事情——跟商人们打交道,为他的船长和亲戚们筹备商品。是亲戚这一点很重要,因为这意味着他可以在交易中被信赖,他的话和他船长兄弟的一样有分量。他虽然对采购知之不多,但他拥有船长的信任,而且他也正在尽力而为。那就是他说的话,哈桑纳利微笑着汇报道,很开心自己可以对他进行这么友好的一番介绍。

阿扎德来到他们镇上,是为了商定一笔有若干吨位芝麻的采购。因为众所周知,他们这里是最好的芝麻产地之一。新欧洲种植园出产的橡胶,他们这种人自然买不到,都是被直接装上政府船只,运到乌拉亚供他们自己使用的。但这里有芝麻,还有烟草、皮革和芳香树脂,都是很好的货物。他来到镇上之后,听到了他们父亲的故事。事实上,他还在蒙巴萨的时候,就已经对他们的父亲有所耳闻。因为他们的父亲以前也在那里居住过，一些和阿扎德做生意的古吉拉特商人跟他提起过他们的父亲。因此在他来到这个小镇之前，就已经听过他们父亲的大名。所以当本地人对他提起哈桑纳利时，他觉得他应该过来表达一下敬意。

哈桑纳利转述这些时所显示出来的兴奋，让蕾哈娜吃了一惊。她并不觉得印度对哈桑纳利来说那么重要，至少他显示出来的在乎让她很吃惊。他们的父亲名叫扎卡利亚，他常说自己是穆斯林中的穆斯林，这对他来说就足够了。他出生于哪里或是来自哪里都不重要，关键是他们都住在真主的神殿里，身处伊斯兰教的领地。这领地跨越山海、荒漠与丛林，其中众人皆无分别，都一样地服从于真主。他们的父亲很有语言天赋，斯瓦希里语、阿拉伯语和古吉拉特语都讲得很流利。他的斯瓦希里语几乎到了完美的地步。他不仅能让别人听得懂自己说的这门语言，他还能感受到其中的精髓，用起来得心应手又充满自信，仿佛和走路一样，是某种与生俱来的本事，学得已臻化境，乃至浑然天成。他刚到蒙巴萨的那段日子里，在码头的货栈工作（他也是跟着季风商船来的），结交了一批镇上的年轻人，成天跟着他们跑来跑去，就像本地人一样。人们曾说，如果你闭上眼睛听他说话，你会觉得他就生长在姆维塔区，是个地道的蒙巴萨人。他甚至知道并会背诵关于蒙巴萨抵制桑给巴尔苏丹威胁的诗歌。那些苏丹似乎总想控制沿海每一个哪怕最小的城镇和村庄。人人都喜欢这样的他，因为他能和周围的人毫不费力而又开开心心地打成一片，会大摇大摆地跟着其他年轻人一起去参加婚礼和葬礼，也会被长辈派去跑腿，不时被爱管闲事的人训上几句，仿佛他是他们自己的小孩。有些古吉拉特商人可能会觉得他是个叛徒，但这些人推崇"兵不厌诈"，因此有人会怀疑他和当地人打成一片是一种计谋，实则另有所图。喜欢他的人总是扬言要给他找个媳妇，这样他就再也不想离开了。但其实根本没有这个必要，因为他已经为自己找到了一个，就是他们的母亲祖蓓达。

蕾哈娜对于他们相爱的故事非常了解，因为两人从刚当上父母开始，就一直在念叨那段日子。他们把两人的约会和婚姻变成了一种神话，没人胆敢或想要在这方面对他们提出异议，哪怕玛利亚姆姨妈也不行，尽管她通常会毫不犹豫地阻挠任何愚蠢的行为。之后爸突然去世，蕾哈娜在母亲生命的最后三年里多数时间都陪着她，于是听到了更多关于他们相遇和相爱的私密故事。他是如何在街上对她惊鸿一瞥，便被她深深吸引。但她却没有看到他，因为年轻女子在走路的时候是不敢看男性的，生怕毁了自己的清誉。他又是如何在傍晚路过她的房前，徘徊四周，只想能看她一眼。他听到屋里传来她的歌声，这声音在他心中激起了如此特别的感受，他明白，自己已经深陷爱河。但对这一切，她并不知情。他的暗恋变得如此痴情，以至于成了人尽皆知的秘密。每当他一天里第十次经过姑娘的房前，总会招来人们的哂笑声。姑娘趁机端详着小伙子，发现自己喜欢他的样子，所以最后决意让他看到，自己在对他细细打量。有一天，她在街上对他微微一笑。几天之后，他便托希莫尼清真寺的伊玛目捎话，向她求婚。她的母亲很担心，因为他只是码头的一个工人，家庭情况不明。但她的父亲却说，他是个彬彬有礼的小伙子，人人都对他赞赏有加，哪怕他是印度人。她的父亲视礼貌为天赐的福分，并把有礼貌看作一种美德。于是她说，她喜欢他的样貌，愿意嫁给他，就此定下了这桩亲事。他一开始是那么腼腆，还会轻声地对她唱着歌，逗她乐。

其实蕾哈娜觉得，两人在世的时候，日子并不总是这样，但母亲就是愿意用这些故事来记住他。父亲晚年时变得异常乖戾，无论大事小事都要做主。只要有他在场，人人都很紧张和胆怯。他的听力开始减退，有时耳朵里面会疼，这让他十分恼火。但母亲爱他，全家人都爱他。他只要露出一个微笑，说几句俏皮话，大家就都心软了。只要他用某种特定的腔调说话，他们就知道，他接下来要唱歌或是讲笑话。他走的那天是半夜，无声无息，人就没了，家里的天也塌了。房子的感觉一下子就变了，变得更大了，空空荡荡的。空气里似乎被抽走了什么。她想念他的吵闹，他说话的声音，他肥大的身躯，和他还在的感觉。但之后她意识到，她更想念的，其实是他的故事。有些故事是大家耳熟能详的，关于会说话的动物和美丽的女巫。只不过他说起来会加油添醋，还会站起来表演那些戏剧性的时刻，打诨插科。"很久很久以前……"她喜欢听他这么说，也喜欢他用自己的方式讲《魔马》这个故事，特别是讲到年轻的王子和他的公主骑上黑色的骏马腾空而起，往也门萨那他父亲的王国飞去。有些故事是他自己编的，她可以肯定，但听他讲起来，就好像也是书里写的。小时候父亲给她讲过祖蓓达的故事，说她是哈伦·拉希德的妻子，歌喉动人，以慷慨大方而闻名。她是清真寺、道路和蓄水池的建造者，是旱地人民的恩人。"这就是为什么我娶了你的母亲,"他告诉小小的蕾哈娜,而年幼的女儿对此也深信不疑,"我知道她叫祖蓓达,而且非常美丽,所以当我听见她唱歌时,还以为就是传说中的那首呢。"谁曾想,后来的那个夜晚,死神悄悄找上了他。从此留给他们的,只有失去亲人的痛苦和孤独,伴随着陌生的寂静。

不,印度人的身份对他来说似乎从来不是问题,也从不会引起他的兴趣。真正让他沉浸其中的,是日常的家庭琐事,还有邻里和生意。蕾哈娜和哈桑纳利相继出生的时候,全家人已经离开了蒙巴萨,搬到了北边的这个小镇。从她记事起,这个小店和这个小城,就是他全部的人生,他再也没有离开这里,去任何地方。他不会再旅行了,他曾经说过。每个人一辈子最多只应该走几百英里远,除非这个人犯了什么罪,或是太贪婪,而他的路已经走完。当他们还是孩子的时候,他喜欢让他们在店里或是周围他看得到的地方玩。在任何可能的情况下,只要家里没有女性访客,或是没有一群顾客等在店门口,他都会和妻儿们一起吃饭。直到后来,蕾哈娜才明白这其中的不同寻常之处——一个父亲想和自己的妻儿们待在一起,而不是和其他男人乘凉扯淡。因为乘凉扯淡的日子,他也已经过够了。他在店外放了一把长椅,大人们成天坐在上面,用聊天、拌嘴和无穷无尽的故事填满他们的人生,像小孩般哈哈大笑,互相挑衅。父亲喜欢听这些人聊天,喜欢突然提高的音量和快人快语的打趣。他们都喜欢这些,男人们。你可以从那种玩笑式的暴力语言中听得出来,他们很享受那样的冷嘲热讽、幸灾乐祸。但蕾哈娜觉得男人们很吓人,而且总是对她们上下打量。她还注意到,母亲出了院门总是左拐,从不往长椅的方向看一眼。

很久以前,在蕾哈娜还是个孩子的时候,母亲带她和哈桑纳利去过蒙巴萨两次。父亲留在家中,忙着照看店铺和应付每天都来坐在店门口的那些男人。她是去看望外祖父母、玛利亚姆姨妈和哈马迪舅舅的。尽管过去了这么久,关于那些旅行的记忆依然强烈而鲜明,就像那天早晨的阳光。她记得坐在独桅帆船上的旅程,大海波涛汹涌,清凉的浪花令人振奋。她紧紧抓着船舷,一旁的母亲沉默而紧张。她也记得从巴格哈尼港步行到祖父母家的情景。虽然街道狭窄,但很阴凉,弥漫着食物、汗水和香水的气息,也充斥着说话声、笑声和生活的喧嚣。这是可供妇女步行的街道,是远离主路和店铺的后街。这些街道上的后院门都是敞开的,他们遇见的每一个人都认出了母亲,和她打着招呼。走在街上的时候,回娘家的母亲总是兴高采烈地说个不停,仿佛压根注意不到污浊的阴沟和破败的屋子。她告诉蕾哈娜,他们正在经过的这座房子是因为谁的疏忽成了废墟,是怎么被以前的主人不得已转手给了新房东。或是谁家的儿子在这座房子里长大。她告诉女儿,自己有哪些儿时的伙伴是在这座或是那座房子里长大的,但成家以后就搬去了拉穆或温古贾,甚至远到大科摩罗。

但他们的父亲并没有参与这些旅行,再也没重回那个直到他生命最后几天还在津津乐道的小城,那个无数次出现在他回忆中的地方。蒙巴萨就像我的故乡,尽管他常常这么说。之后蕾哈娜曾想,是否发生过什么事情,让他迟迟不想回去。父亲有没有和别人吵过架，或是做过什么丢脸的事情。还是因为蒙巴萨那些有头有脸的印度人不赞成他和斯瓦希里姑娘的婚事，才让他心生厌恶，要远离那个城市。思考这些问题的时候，她已经长大了很多，对不赞成也有了一些切身感受。小时候，他们镇上的印度人不多，主要是被派来看守种植园奴隶的俾路支军队残部。但桑给巴尔苏丹哈里发不知道脑子在想些什么，派了个英国人来替他管理种植园，结果他解放了所有的奴隶，也就用不着这些军人了。还有几个是博拉商人，她知道其中有些是为印度和桑给巴尔的商人做代理的，就像来拜访他们的阿扎德一样。她记得小时候，这些印度人有时会路过商店，对他们的父亲出言不逊。她很清楚这一点，因为父亲会抱怨那些人对他们的母亲品头论足。蕾哈娜并没有亲耳听到过这些议论，但她可以想象，那些人会针对母亲不是印度人这点大放厥词。她还听到过父亲的咆哮，说那些人喊她和弟弟是"chotara"。她并不知道这个词的意思，但她明白一定不是什么好话。这一点她从小时候印度男人打量她的目光里就可以看出来——是那么地鄙夷。直到后来，她才搞清楚这个词的含义：杂种。指印度男人和非洲女人苟合产下的孩子。

"我绝不想和这些眼睛长在头顶上、满嘴喷粪的家伙有任何瓜葛。都是些只会嚼槟榔、喝酸掉的牛奶的东西，"父亲说，"一张张嘴都是血红的，满脑子都是乱七八糟的东西，成天只会取笑别人。这种人我在印度见多了，总是觉得自己比所有人都强，自己永远是最纯洁的、最正确的。看看他们一个个的，都住在货栈后面的小破屋里，跟乞丐有什么分别。你看到他们走在街上的样子了吗？恨不得飘上天啊那是。他们不带家人来，是怕家人被原住民生吃。你知道他们都干些什么吗？干山羊！就是一帮孬种。听听他们说的话：'谁在乎他们啊？''什么叫别在孩子面前说这种话？'孩子们应该知道，他们就是一帮不中用的喷粪机器，只会操山羊。"

不，他似乎从来都没有在乎过自己的印度人身份。尽管后来他在必要的时候也说过古吉拉特语，但总是用一种夸张的语气来说，带着戏谑的腔调，像是在开玩笑。所以，当阿扎德带来了与印度之间的某种联系时，哈桑纳利显得那么激动，着实让人吃惊。也许是他与父亲独处时有过另外一种谈话吧，又或许是他还没有从父亲离开的悲痛中解脱，又或是他多年来一直对父亲所排斥的印度有着一种向往。但这依然让人惊讶，觉得他很傻。她这个弟弟天生就是这样，在最让人费解的地方无比紧张，有时甚至到了天真的地步。父亲去世的时候，她十六，哈桑纳利十五。葬礼结束后的第二天，他就让商店开门营业了，自己坐镇其中，勇敢而又尽职，为了全家人。他从小就喜欢算账和称重，喜欢待在店里搬搬东西、扫扫地板，听着店外长椅上老人家们的碎语闲言。生意闲下来的时候，父亲会走出去，和老人们坐在一起。而哈桑纳利就会守着钱盒子，满脸都是成就感，显得心满意足。晚些时候，他会回到家里，静坐着听病中的母亲抱怨，或是偷听一点女人间的交谈。他总是那样呆呆地坐着，眼神空洞，仿佛是自己芜杂思绪的受害者。为什么他就不能去街上和其他男生一起追追闹闹呢？而每当他迎上蕾哈娜烦躁的灼热目光，总会带着歉疚淡淡一笑，把头转开。

葬礼后的第二天，他就重新开起了店铺，一天也没有多等，也不愿让任何人帮他。父亲是不会让母亲或蕾哈娜在店里帮忙的。那些人不会尊重你们，他曾经这样说。如今哈桑纳利也坚决拒绝了她们的帮助。他可以的，他说。他不需要休息。"你不用在那儿坐一整天，"蕾哈娜跟他争辩，"事情变成今天这个样子，不是你的错。这是真主的旨意，感谢真主。下午把店关了吧，反正那个时候也没有多少生意。休息一下。去见见朋友。你不需要和他一样，而且就算是他，也有过自己年少轻狂的时光。"但哈桑纳利只有在进货或是参加主麻日聚礼的时候才会关店，并用带着歉意的微笑回应姐姐或母亲的说教。除此之外，他都会整天守着店铺，傍晚则待在仓库，收拾、称重和包装，眼光中闪动着可悲的焦虑。所以，随着时间的推移，蕾哈娜觉得自己越来越无法压制对弟弟的恼火情绪，尽管她知道，自己真的不应该这样对他。他傻乎乎的，总会害怕那些她永远也理解不了的东西。现在他对阿扎德的热情也会给她同样的感觉，尽管阿扎德自称认识他们在印度的亲人。他又犯了一次傻，背负上了自己根本不必要承担的责任感。干吗要在乎印度？就连家里唯一的印度人——他们的父亲，也根本不想和那个地方有任何瓜葛。而且他们认识的所有印度人，都对他们毫不尊重。

第二天，阿扎德又来了。哈桑纳利说，他来的时候满面笑容，说前一天的见面让他有多开心，觉得很感动，终于可以见到他们以为已经失去音讯的人的儿子。所以哈桑纳利邀请他在主麻日聚礼之后来家里吃午饭。就这样，他把他带回了家。每逢周五，哈桑纳利都会在中午关店，去主麻日清真寺参加聚礼。之后，他会径直回家吃饭，直到下午四点才重新开店。这是他每周唯一休息的半天。蕾哈娜总是喜欢把周五的饭做得像样一点，因为他们全家会一起吃饭。不过平时每一餐全家人都是一起吃的，哪怕有客人来也不例外。每个周五，蕾哈娜都会做鸡肉米饭，用小豆蔻和生姜调味，再撒上葡萄干。她还会做上一盘炸红鲻鱼或鲷鱼，配上白萝卜沙拉和洋葱拌菜，还有新鲜现做的辣椒酱和一两种泡菜。席间总会有一盘应季水果，配餐或餐前餐后吃都很适合。这个周五，她打扫了后院，给盆栽浇了水，上午十点左右就洗洗切切做起饭来。她会让两个男人单独用餐。家里之前从没来过男宾吃饭，也没有来过除了已故母亲亲友之外的其他客人。因此她相信，如果她坐下和素不相识的男人同桌吃饭，一定会让哈桑纳利尴尬的。

他们到家的时候，蕾哈娜已经换上了自己最好的头巾，遮住了脑袋和脖子，站在后院门口，迎接着客人。他跟她握了握手，高兴地咧嘴一笑，晃着脑袋，显示着自己的喜悦之情。她给他们上好了菜，便退回屋里，一边听着阿扎德热热闹闹地说着话，一边微微笑着。据哈桑纳利汇报，接下来的一周，他每天都来店里。而且到了周五，他又来家里吃午饭了。但这次他坚持让蕾哈娜和他们一起用餐，因为他发现他们平时都是一起吃饭的。他面庞消瘦，相貌英俊，个子不矮，体型匀称，差不多比身材娇小的蕾哈娜高了半掌宽。他的胡须修剪得很整洁，整个人干干净净，也很帅气。而且蕾哈娜觉得，他也对自己外形上的吸引力心知肚明。也不是很明显的虚荣，但她看到，当他觉得自己的外形讨人喜欢时，会慢慢露出满足的笑容。他很讨她的喜欢，他不禁留意到了这一点。当他开口说话的时候，她有时会发觉自己一动不动地坐着，面带微笑，假装倾听，但实则在注视着他的表情。

他用一口蹩脚的斯瓦希里语跟他们说话。一开始他们还强忍着不去笑话他，但阿扎德打着手势，过分热情地重复着他们的纠正和提示，把这一切变成了一出善意的喜剧。有时，蕾哈娜会从店里传过来的说话声中一下子辨认出他细细的声音。他似乎来得很勤，哈桑纳利也每天都会把他挂在嘴边，有时还带着狡黠的神情，看她一眼。许多个周五他都会来吃饭，哪怕不是每周，也有好多周。饭后，他会陪哈桑纳利在院子里坐着乘凉，直到商店再开门。哈桑纳利从来没有这样的朋友，可以陪他坐上好几个小时，有说有笑。蕾哈娜也无法不让自己想到他，如果只闻其声不见其人，心里就会隐隐作痛。也许，这就是思念吧。

一个周五，在阿扎德来到他们中间大约三个月以后，他们又一起吃了饭。饭后，蕾哈娜收拾了盘子，让男人们自己聊天。两人说完话后，阿扎德便离开了。哈桑纳利来到蕾哈娜门口，让正躺在床上的她出来一下。阿扎德想向她求婚，说完这话，他忍不住咧嘴笑了起来，难以掩饰自己的开心，也盼望着她浮现出同样的神情。她感到血一下子涌上了面庞，第一个念头便是：这太疯狂了。这样一件求之不得的好事，怎么会轮到她的头上？瞧你，哈桑纳利笑了起来，伸手过来拥抱她。但因为这正是自己梦寐以求的事情，她反而有些情怯，挣脱了哈桑纳利的怀抱，对他说：等一等，让我们好好想想。

她看到了哈桑纳利的不耐烦,尽管只有那么一点点,也没有发脾气,依然笑嘻嘻,但他的微笑里带上了些许沮丧。她之前拒绝过几次别人的求婚。"嗯,当然,肯定得定定神,好好想想,"他说,"但……我觉得他……难道他不讨你喜欢?"

她乖乖点了点头,为自己的承认而羞怯。"喜欢的,"她说着,又脸上一热,"我很开心他求婚了……"

哈桑纳利露出了灿烂的笑容,又伸手过来抱她。"等等,先等等,"她身子往后一躲,退回了自己房间的门口,"这不是自负……不是虚荣心让我迟疑。他求婚我很高兴。他是个好人,乐乐呵呵的,很有礼貌……也很讨人喜欢。但我们对于他或者他的家里并不怎么了解。我们不知道……"

"我知道我已经把他当兄弟看了,"哈桑纳利的笑容渐渐褪去,语气也开始变得强硬,"我知道,从他来店里的第一天起,就一直是个令人愉快、与人为善的伙伴。我知道自己见过的世面够多了,可以认定他是个正人君子……为人实在。我很羞愧,他这么把我们当朋友,你却要怀疑他。他对你可曾有过半点失礼?不,他总是那么彬彬有礼、客客气气,尽管明眼人都看得出,他有多喜欢你。"

"的确。"蕾哈娜说着,不由得微微一笑。

"而且啊,就算是瞎了一只眼的人也不可能看不出来,你喜欢他的样子。"哈桑纳利说着,脸上浮现出得意的神色。他对阿扎德强烈的好感和蕾哈娜脸上一闪而过的笑意,让他有充分的理由这么说。

"对，但我们并不了解他身上的……责任。"蕾哈娜说。

"什么责任？要不你先接受他的求婚，我们再好好盘问？我不想让他不开心。我觉得他是个好人，你也找不到比他更好的了。"

"他的家人，"蕾哈娜自己也不耐烦起来，"他有没有……自己的家庭？他结过婚吗？他要不要回去？还是会住在这里？他可是在求婚哎，这不是件小事。"

"结过婚？我想没有。"哈桑纳利终于明白了。之前蕾哈娜拒绝的三次求婚，都来自已经结过婚的男人，要娶她做二房，有一个甚至是三房。但他们都是年纪比较大的男人，和之前的妻子有过孩子，想再娶一房年轻的太太，延续和补充婚姻的乐趣。阿扎德不可能比那些人年纪大，而且看起来是那么无忧无虑、快快乐乐，完全不像已经结过婚的样子。

"如果你不想打听这种事情，我们可以托玛利亚姆姨妈帮忙。要是你怕打听这些事会干扰你们之间的友情，那我们可以请别人代劳。"

"不，"哈桑纳利赶紧说道，"她会用一大堆问题折磨他，把他吓跑。而且捎话给她要好多天，等她再过来，又要好多天。让他等这么久不合适。不，我自己去问他。我去和他谈谈。但我能不能告诉他，你很开心他向你求婚了，就和我一样高兴？"

"行吧，就说他求婚了我很高兴。"她小心翼翼地答道，已经开始怀疑，他是不是真的会去仔细打听。

他从她门口走开，去开店了。她回到屋里，关上房门，躺在床上，不由得倒抽了一口冷气。她感到一种恐惧，似乎有人要求她答应一件结果未可知的事。但想到阿扎德，她还是笑了。她想象着触碰他的感觉，他的手臂或是肩膀，不禁微微颤抖起来。她闭上双眼，想象着自己的身体感受着他的呼吸。她就这么双眼紧闭过了很久，仿佛身体正融化在他的每一次拥抱里。

她明白为什么哈桑纳利如此紧张，这么急着让她答应。她已经二十二岁了，对于未婚女人来说，年龄已经够大了。她可以肯定，他在为她担心，也在为自己的声誉忧虑，生怕她这朵无主的飘萍会做出品行不端的事情。在他和其他所有人看来，要是她难抵诱惑，做了某种不体面的事情，那么他们两个人都会蒙羞。有些男人专门喜欢引诱妇女，他们的受害者通常都是寡妇或年纪较大的单身女性，家里人对她们看得不严。虽然事情对她来说还不至于如此不堪，但她觉得，弟弟还是担心的。在她拒绝了第二个人的求婚之后，他曾经说过类似的话。她拒绝第一个人的时候，就连哈桑纳利自己也笑了。一想到阿卜杜拉·马戈蒂那种人想娶自己的姐姐，他就觉得很荒谬。但她觉得最主要的原因可能还是，他无法想象姐姐会嫁人。而且阿卜杜拉·马戈蒂自己也很搞笑。他的名字[①]很好地诠释了他自己膝盖的状况——肿大、弯曲。有这样的膝盖，他走起路来就变得很有特色，也很滑稽。他已经有一个老婆和三个孩子了，他们都住在某条小巷尽头，一家只有一间房的昏暗咖啡馆后面。当时他们的母亲刚去世

---

① "马戈蒂（Magoti）"在斯瓦希里语中的含义是"下跪"。

不久,也许阿卜杜拉·马戈蒂觉得那时的她正感到脆弱,会愿意接受他所提供的保护。哈桑纳利转达这个求婚的时候自己也忍不住笑了出来,对她的拒绝用微笑表示了理解。

第二次他就没那么好心情了,一副恨铁不成钢的样子,差点让蕾哈娜忍俊不禁。当时玛利亚姆姨妈正长住在他们家。只要她一来,就会四处拜访镇上所有认识的人,还会受邀参加婚礼,为死者守灵,几天之内接待的访客比蕾哈娜一整年接待的还要多。当然,蕾哈娜别无选择,只能陪伴着她。如果她不那样做,就会显得既古怪又不合群,玛利亚姆姨妈也不会同意。一天,她们去拜访镇上一个大户人家,房主是个有头有脸的阿曼人,在这个小镇和塔卡温古都有土地。玛利亚姆姨妈特别喜欢结交这种富贵人家,而且一去这些人家里,她就表现得好像自己也出身于这种人家,而不是那座不起眼的黑屋子(但院子很宽敞,有围墙,她在里面种了一丛丛的玫瑰和茉莉)。尽管她成年后一直住在那座小黑屋里,在里面结婚、守寡、忙着做姨妈。蕾哈娜总是惊讶于那些大宅子居然能住那么多人——几房太太、各路亲戚、无数用人。其中有些是奴隶或奴隶的孩子,但如今都觉得自己也是这家里的一分子了。

她们坐在楼上一个带阳台的房间里,作陪的是房主的一房太太,还有她的用人和亲戚。海湾清风拂来,尽管是下午三点,外面热得冒烟,但屋里却凉爽得如同日落时的树阴。屋外响起一个男人的声音,表示他要进来。一个女人喊道,有客人。但为时已晚,男人已经踏进了房间。女人们匆忙拉起头巾遮住脑袋,但蕾哈娜慢了一步,况且她戴头巾向来没有那么一丝不苟。不像伊巴德派妇女，在自己亲兄弟面前也要把头巾裹好，至少她听说如此。走进屋来的男人矮胖黝黑，年近四十。他尴尬地在门口站了一会儿，一动也没动，目光在她身上停留了片刻，便道了声歉，退出了房间。那位太太几天之后回访了她们，又邀请她们去了一次家里，并再次进行了回访。随后，一件事情就被摆在了桌面上——那个名叫达乌德·苏莱曼的男人，在仅仅见过蕾哈娜一次之后，对她提出了求婚。消息是玛利亚姆妈妈代为转达的，她已经问过了所有的问题，并全盘转述给了蕾哈娜和哈桑纳利。这名男子和她们拜访的那位大户人家的太太是亲戚，而两人的亲戚关系被玛利亚姆姨妈细细道来，显得是如此复杂，让蕾哈娜根本听不下去。她觉得自己已经知道答案了。事到如今她终于明白，为什么那个男人会用世故的眼光对她上下打量，而她又是如何厌恶这种目光。说厌恶会不会太严重了？但她的确躲闪了一下，转头不想再看他。尽管当时她并没有细究自己的反应，但她现在意识到，自己当时就理解了他目光中的含义，并且觉得害怕。他掌管着那个地主之家在曼布鲁伊附近的一处农场，而且是的，他也结过婚，还有四个年幼的孩子，但农场的房子很宽敞，应该人人都有充足的空间。住在乡下会很惬意吧，可以享受新鲜的蔬果和鸡蛋。而地主的荫庇则意味着，他们永远都不会缺少生活所需。

蕾哈娜说不的时候，玛利亚姆姨妈静静点了点头，请她给自己一个解释，她好转告给那个大户人家的太太。"我一定要解释吗？不能只说不吗？"她不敢说，从那个人的样子来看，她怕他会束缚着她，把她压垮。他看起来是个自命不凡又很要面子的人，明白自己的职责中有哪些无需言喻的微妙之处，并会留心加以履行，同时要求她也履行。她并不知道这一点，不可能匆匆一瞥就看得出来，但她感觉得到，并且觉得他会想要发号施令，就像她父亲以前和哈桑纳利认为自己必须去做的那样。她不想做任何人的二房太太。她从未听父亲说过想娶二房。为什么会有人想再娶一个妻子？"我不想去乡下住。"她最后只得这么说，因为实在想不出更好的借口了。

"你以为你是谁？公主吗？"哈桑纳利咆哮道，和平常判若两人。他怒不可遏，觉得她说话简直不经大脑。说完，他起身冲出了院子。但没走几步，他又停下转身道："住在这儿过这种日子有什么好？如果你拒绝了这个男人，一个对你一见钟情，可以让你衣食无忧的男人，那么再也不会有人向你求婚了。他们会说你太骄傲了。"

"你这孩子，小点声！"玛利亚姆姨妈厉声道。

"你嚷嚷什么？这是我的人生。"蕾哈娜说。

"对，是你的人生，永远都是，但如果你不思悔改，结局会很悲惨，"哈桑纳利压低声音，愤怒地喃喃道，"再也不会有人向你求婚了，因为他们会说你很自负，但其实你并没有什么好自负的。接着，你就会被一个坏人占便宜，让我们所有人蒙羞。"说完，他就气冲冲地走了，留下身后对他怒目而视的蕾哈娜，和小声祈求真主原谅外甥恶毒想法的玛利亚姆姨妈。

几个月后发生的一件事情让哈桑纳利确定，他的话虽然难听，但很有先见之明。商人阿里·阿卜杜拉托人带话，说想娶蕾哈娜。不知为何，大家都叫此人"牙刷"。哈桑纳利带回这个消息的时候，一脸如他所料的神情，但又十分悲伤。这一切都被蕾哈娜看在了眼里。或许他甚至是在为她感到害臊吧。在人们看来，阿里·阿卜杜拉就是个老头，已到花甲之年，胡子都白了。他做生意是手头有什么就卖什么，已经在阿拉伯半岛娶了两个妻子，孩子也都成年了。他的名声向来不怎么样，但具体细节蕾哈娜并不了解，也不在乎，因为反正不关她事。人们总是喜欢捕风捉影，嚼舌根子。他来求婚很可能就是想找个女人满足性需求，因为他年纪大了，不好意思去街上花钱找女人。她对此心知肚明。上了年纪的阿拉伯男人总是打着虔诚的旗号来物色结婚对象，专拣寡妇和离婚妇女下手，等于趁机占她们便宜，但有时也会找年轻貌美的女孩，通常来自负债累累的人家。这种婚姻里的嫁妆往往有名无实，因为这些女性的家人都急着要把她们打发走，好换回一些面子。一切都可以在虔诚和尊重的名义下进行，绝口不提贪婪和肉欲。这也就是为什么哈桑纳利会替她难堪，甚至觉得她让自己丢脸了，因为她竟然会收到这样的求婚，就好像她这辈子已经完了，或是厄运缠身。

"那我就拒绝了，好吧？就说谢谢，但还是算了。"哈桑纳利低头看着自己的咖啡杯说道。他们坐在昏暗院子里的垫子上，刚吃过一顿冰冷的晚餐，都是中午的剩菜剩饭。蕾哈娜觉得提不起来劲儿，也不高兴，心想哈桑纳利应该也是如此。她不明白，为什么她会觉得自己既没用又孤立无援，好像做错了什么。而哈桑纳利又为什么看起来这么沮丧，好像他们姐弟俩这日子过得都很失败。她应该做点热饭热菜

......088

的，哪怕是豆子或菠菜也好。她决定从此以后绝不让自己和弟弟晚上吃冷饭，绝不允许冷疙瘩一样的米饭和蔬菜坠在他们的胃里，让他们意志消沉。

所以，当那年年中阿扎德出现在他们生命里的时候，就像一个意外的礼物，一种福气。哈桑纳利觉得自己能有他这样的一个朋友真是三生有幸，对他对蕾哈娜的爱慕感到骄傲，简直不敢相信他会想和蕾哈娜结婚。阿扎德的求婚让他激动万分，他费了好大力气才控制住自己，没有去拥抱他，让他立刻成为这个家的一部分。阿扎德年轻、友善、开朗，也很有勇气。他航行了几百英里，来到一块陌生的土地，这就是勇气。而他愿意留下担任商务代理，哪怕自己只会说几个字的当地语言，勇气就更为可嘉了。更何况他还那么自在，那么乐天，给了他们毫无保留的爱，从不提任何要求。哈桑纳利曾经暗怀期许地看着他和蕾哈娜，却又觉得难以置信。他注意到了两人对彼此的兴趣，心怀希望，却又小心翼翼。这真是他做梦都不敢想的好事情。而他也是这么告诉蕾哈娜的，当她说他们应该再等等、想想，或请玛利亚姆姨妈过来问问的时候。你再也找不到比他更好的了，他说，而她也知道他是对的。当哈桑纳利汇报说他已经把她的问题转达给了阿扎德，而他的回答是他没有结婚，只想和她幸福地生活在一起时，她用微笑表示了同意，并给姨妈捎了个话。她来的第二天，两人就结婚了。

这等好事，也许注定是她消受不起的。几个月间，她一心扑在他身上，仿佛他已经占据并改变了她的灵魂。她觉得自己既美丽又丰满，一想到他就会暗自微笑，对于之前那些烦人的琐事也变得多有容忍。每一天，她都会为他躺在自己身边而感到欣喜，觉得就像一个奇迹，沉浸在他的拥抱和笑声里。他也会出门忙生意，但一开始并不会让人觉得难以忍受，并且每一次回来，她都觉得灵魂又被他多占据了几分。这太让人意外了，这种亲密和亲近的感觉，仿佛他已经和她血肉交融。但季风最终还是来了，他的船长也回来了，阿扎德变得分外忙碌，总是在到处跑，要亲自监督，把所有谈好的货物都收集到一起。最后几周，他们连他的人影都很少看到。

他说他要和船长一起回去，要确保商品卖出后，他可以拿到自己的那一份利润。亲兄弟还要明算账呢，自己那一份你得盯紧了，否则就会竹篮打水一场空。的确，船长是亲戚不错，不会少了他的好处，但最纯洁的灵魂也会被财富腐蚀，亲戚船长也可能难抵诱惑，更何况他绝不是灵魂最纯洁的那一个。等他办好事情，就会尽快赶回来，希望到时蕾哈娜已经怀上了他们的第一个孩子。她舍不得，求他别走，但他安慰她说，我们这种人就是这么谋生的：旅行、交易、闯世界。我会离开，但我也会回来，而且如果老天保佑，我会把真主给我们的恩惠带回来。哈桑纳利让她别犯傻，别为难阿扎德。这地方许多人都是这样，她明白这一点。那年季风转向的时候，他去蒙巴萨上了自己那条船，之后五年音讯全无，也许此生也不会再有了。

他们觉得他一有机会自然会捎话回来，但左等不来右等也不来。于是蕾哈娜开始担心，害怕他的船遇难了。父亲扎卡利亚曾经告诉他们，他们的爷爷就是这么死的，在返程的季风贸易途中遭遇阿拉伯海的风暴,船毁人亡。奶奶花了好几周才打听到这个消息,而且直到商人们认定船已经沉没了,她才不得不接受了他的死讯。爷爷的名字也是哈桑纳利。扎卡利亚长大以后,也踏上了季风贸易的航程,也许是为了寻找自己的父亲。因此蕾哈娜的第一个念头就是,怕不是船在回印度的途中沉没了吧。哈桑纳利问人们,他怎样才能打听到确凿的消息。于是有些人替他们去商人中间做了一番打听。不,船没有遇难,所以他们可以放心期盼那个年轻人在下一个季风季归来。但他并没有回来。过了一阵子,就连哈桑纳利也不好意思再去打听。他离开了他们,抛弃了她,回印度过自己的日子去了,嘲笑着她的爱和渴望,暗自得意自己耍了他们。她还不能确定他是否遭遇了不幸,也许有一天他会突然出现,说起自己遇到了天降的大祸,所以久久不能回来。话虽如此,但其实在他刚走的头几个月里,她心里就隐约感觉到,他不会再回来了。这么多年来,他的离去始终让她无法释怀,所以现在心头只剩下了苦涩。她很少会允许自己再去想头几个月的兴奋,因为那会让她觉得自己就像个傻瓜。而且随着他留下的记忆慢慢变成了苦涩,她觉得需要去责备哈桑纳利,因为是他劝她放下了对他的戒备。尽管她从来没有明说,也讨厌自己,为什么不说出来。就这样,她的人生变成了一团乱麻:怨恨、抑郁、熬夜、想念他。她无法停止对他的想念,哪怕她讨厌他的一切,他的存在、他的名字、他的声音。她还是照样做着平时那些家务,但更加地无精打采,也更容易发怒。她的一部分,似乎凝结成了某种沉重而又酸涩的东西。

玛利亚姆姨妈每隔几个月就会来他们家住一阵子，就像阿扎德出现前一样。蕾哈娜婚后的七个月左右时间里她没有来，说是要给蕾哈娜时间和空间去享受快乐。但他跟着季风走了以后，她又开始来了，为了陪伴蕾哈娜。而且蕾哈娜怀疑，姨妈是担心她怀孕。但她没有怀孕，而且随着他失去音讯的时间越来越长，姨妈也不再试探地问她了，而是改为在蕾哈娜大放哀声的时候哄她。不管什么事情，最终还是得姨妈出马。在阿扎德消失近两年之后，尽管玛利亚姆姨妈每隔几个月就会来一次，但姐弟两人还是无法走出痛苦。所以姨妈就住下了。住了好长一阵子。她从一个开斋节住到了另一个开斋节，整整一年。她和他们一起过了穆哈兰姆月，也一起过了圣纪节、登宵节、斋月，各种大小节日。她甚至唱了一首自嘲的歌，关于客人总赖着不走，最后被扫地出门，好让他们提出抗议，说她留在这里绝对没有给他们惹麻烦。

只要她在，就总是热热闹闹、忙忙叨叨。任凭岁月流逝，她都是一样。访客自然是少不了的，也要回访。她们拆掉了床垫套，让木棉在太阳下晒干，去除异味和虫子，再用新的美国印花棉布包好。她修了院子里的窗户，也刷了墙。哈桑纳利表达了对开销的不满，但边说边笑了起来。这让院子显得整洁、簇新，也衬托出了植物的郁郁葱葱与婀娜多姿。玛利亚姆姨妈甚至做起了一门生意，炸起了咖喱角和豆饼，供举办宴会的人家订购，也让哈桑纳利拿一部分去店里卖。渔夫们带着一串串的鱼来院门口卖，她和他们争论着，仿佛要买上一堆来大宴宾客，而不是只买几条，供他们一家配米饭、木薯和芭蕉。但渔夫们第二天还是会来，在院子门口吵吵闹闹，有时甚至不等他们开口便递过一条鱼来，只是为了享受和玛利亚姆姨妈讨价还价的快乐。

这样一来，蕾哈娜就不能、也不想赖床了。玛利亚姆姨妈搬进了她的房间，每天一起床就把蕾哈娜也揪了起来，用不可抗拒的方式，连哄带骗地让她忙活起来。她请蕾哈娜每天都给她读几页《古兰经》，因为她现在视力每况愈下，而且那些大章节她向来自己读不下来，不像蕾哈娜，读得那么好。十岁时，蕾哈娜便能读下整本《古兰经》，还能背诵一部分（尽管在此之后，她很快便不得不停止上学，因为她开始来月经，被视为有危险）。玛利亚姆姨妈还劝蕾哈娜给她做衣服，因为蕾哈娜以前给自己做过衣服。衣服做好以后，被姨妈夸上了天，弄得其他人也想让蕾哈娜给他们做衣服。最后她还说服了哈桑纳利，是时候考虑找个媳妇了。但有一件事情她没有明说，也许她也根本没有想到，那就是，哈桑纳利的妻子也可以给蕾哈娜做伴，把他们姐弟俩都拉出泥潭。她心里已经有了合适的人选，她对哈桑纳利说，就等他打定主意了，但最好别拖得太久。"我恨不得自己嫁给你，"她告诉哈桑纳利，"要不是有那么多有钱的单身汉排着队想娶我。"

就这样，玛莉卡来到了这个家，为哈桑纳利带来了快乐，也让他们的生活有了转变。蕾哈娜开始把阿扎德看成是自己犯过的一个错误。她对那个错误无能为力。她可以尝试让婚姻结束，但那又有什么意义呢？时光不等人。母亲去世已经十年了，她已经二十九岁了。老了。不像玛莉卡，这会儿已经洗净了菠菜，开始给鱼填料了，嘴里哼着摇篮曲之类的歌,十有八九正盘算着等哈桑纳利回来午休时要怎么逗他。现在家里有了玛莉卡,他会在午饭后关店几个小时,休息一下。这让蕾哈娜很欣慰,尽管她也会嫉妒他们。她站起身来,举起做好的衣服,前后检查了一番。想到托她做衣服的女人下午晚些时候就会来取货,她感到了一丝满足。她觉得,她一定会喜欢的。她把衣服叠好,又坐了下来,发觉从伤者身上拿来的本子撞了一下自己的大腿。真不敢相信,她居然会觉得那人是阿扎德,那个同时教会了她渴望与憎恶的男人,并且让她对自己的憎恶比对他的更深。他不会回来了,感谢真主,因为如果他出现,她又该怎么办?她要怎么处理那个白人的笔记本呢?她看不懂里面写的文字,因为这肯定是他的语言。她也不能现在把它扔掉,因为每天收垃圾去烧的人总是会在垃圾里翻找,看有没有任何值得留下或拿去卖的东西。要是他找到了这个本子,一定会拿去给欧洲官员,举报他们是小偷,盼着能换点赏金或是施舍。她可以把本子埋了,但一旦被发现,就好像是某种巫术,或精神病女人不怀好意的幻想。看来她只能把它像个包袱一样随身带着,藏到被发现或是她死去的那一天,再由人们嘲笑她老处女般可怜的偷窃。

4．皮尔斯

他们吃完有炖羊肉和米饭的晚餐，在阳台上坐了下来。邦德尼庄园的经理伯顿来看伤员了，顺便和他认识一下。他身形矮胖，一头乱蓬蓬的黑发，胡须却修剪得很整齐。修剪得这么仔细，貌似不太好相处啊，马丁觉得。他的衣服很宽松，所以人显得有些臃肿，也不是很精神，何况他是穿着卡其裤来的，这让整个人看起来更糟。太阳下山以后，他们就一直在喝酒。伯顿喝加了青柠汁的金酒，弗雷德里克和马丁喝威士忌兑水。伯顿和其他两位保持同样的节奏喝了一阵子，但并不像他们喝得那么猛、那么享受，仿佛他喝酒只是为了避免显得不友好或是无聊。喝着喝着，他们就大英帝国的未来产生了争执，讨论越来越激烈，声音也越来越高。弗雷德里克失去了为马丁续杯的兴趣，请他自便，但不时会喊他一嗓子，请他在某些问题上声援自己。

伯顿并不稀罕盟友，他非常肯定，将来在非洲的英属领地上，非洲人口会逐步减少乃至消失，由欧洲定居者取而代之。他坚信这是意料之中的事情，会不可避免地发生，但前提是一切都要顺其自然，不能让好事的官员来干涉，至少是不能碍手碍脚，喋喋不休地说要对当地人的福利负责。

马丁觉得，他们这帮身在殖民地的英国人这么正经八百地谈论公众问题，未免有些造作。伯顿甚至又把嗓子放亮了一些，音调也提高了，恰到好处地彰显着自己的权威。他说这些可能是出于他的个人利益，但也可能是为了他们自己，想让他们觉得自己在这个世界上很重要，有存在感。不必在意孤独、差役身份或疾病，也不必为身在何处、在做什么而焦虑不已。他们要关心的，是整个世界。这就是男人们几杯酒下肚之后的谈话方式，什么日常的小烦恼，都要让位于谈大事。

"这个大陆有成为另一个美国的潜质，"伯顿固执地强调着，仿佛期待会有人对他的这句话产生质疑，"但只要非洲人还在这里就不行。看看这个地区。这里的黑鬼已经被阿拉伯人带坏了，学会了他们的宗教和他们的……他们的香水礼仪。阿拉伯人本身倒没什么了不起，多数只会吹牛逼，连一天的活都干不了，除非是活不下去了，或是可以顺便偷抢扒拿。在我们来之前，这里是海盗的地盘。风刮到哪里，阿拉伯人就沿着海岸线打到哪里，随心所欲地绑架和抢劫，把别人变成奴隶。风向一变，他们就飞快地躲回老巢，摆弄自己的赃物。这些人越早被穷死和赶走越好。"

"也许吧。"弗雷德里克勉强同意了关于阿拉伯人的观点，但还是不愿善罢甘休。马丁已经听出来了，伯顿说了这么多难听的话，其实都是在弗雷德里克故意挑逗之下。"不过你得承认，他们给这些地方带来了一点秩序感。这一点你不能否认吧？"

伯顿半晌没说话，满足地晃着杯子里的金酒。等到他终于开口的时候，声音已经缓和了下来，没有理会弗雷德里克的挑逗："桑给巴尔的苏丹或许代表着某种伪装的秩序，但如果没有我们，这个地方会在一个季节里就变回海盗的地盘。内陆那些非洲蛮族，如今已经完全变成了另外一种动物。无论那些人身上还剩下些什么，都注定会完蛋。他们只会在和文明相遇时变得虚弱，挨着饿相继死亡。不必跟我扯什么道德或责任。这是不可避免的，是科学。这种结果并不残忍，而且在任何地方都发生过，一次又一次，以同样的方式。"

"只怕你作为大英帝国的公仆有些失职吧，"弗雷德里克用夸张的音调说道，仿佛要故意让对方知道，他只是在逗他，不必当真，"老实讲，只怕你在人性方面也有所欠缺。我对这些本地人是有责任感的，我会看着他们，慢慢引导他们服从我们，并进行有序的劳动。"

"这正是我说的碍手碍脚的干涉。我们为他们做得越多，"伯顿又提高了声音，"他们要的就越多，甚至可以不劳而获。日子久了，他们还会盼着我们养着他们，而他们继续当他们的野人。他们恨我们，但还是会盼着我们把他们的福利当成我们的义务。他们会觉得，这就是他们的特权。他们不会给你多少'有序的劳动'的，指望他们自己绝对不行。"

"所以我才说要引导他们呀，"弗雷德里克说，"那是我们的责任。"

"你的意思是强迫他们吧，"伯顿说，"你只能通过强迫和控制让他们工作，不要指望他们去理解劳动和获得中那些道德层面的东西。我指的是为我们工作。他们不会理解的。这就是为什么他们还穿着兽皮，住在用树叶和动物粪便搭的窝棚里。他们过这样的日子就很满足了,不惜用杀戮去捍卫这种生存方式。你尽管说你的责任感好了,但要是想让非洲富起来,有秩序感,还是得把欧洲人迁过来。然后我们才能把这里变成另一个美国。"

"那我们得杀多少人!"弗雷德里克眼中闪着怒火,灌了一大口威士忌,"不过从你说话的口气来看,似乎你也并不觉得那是一件多么可怕的事情。"

"不,有你这种想法的,就不是理智的男人。"伯顿回答道,不气也不恼。马丁发现,伯顿已经完美地避开了弗雷德里克的挑衅,现在开始反过来逗他了。"我们已经在杀人了。我们杀他们,是为了让他们服从我们。其实,我们只需要不加干涉,让他们自生自灭就好。"

马丁默不作声,听他们颠来倒去说着自己和黑鬼的不同之处。其实不限于黑鬼,而是每一个被迫服从于他们统治的人。"他们"指的也不仅仅是英国人。他也在其他欧洲人那里听到过类似的对话,发生在法国人和荷兰人、波兰人甚至瑞典人之间,尽管后两个国家并没有殖民地人民需要统治,并不需要宣布这些人即将到来的厄运。他对于这种谈话有本能的抵触,会觉得身体不舒服,还会有一种隔墙有耳的感觉,让他很紧张。不知伯顿是否觉察到了自己的话让马丁反感,所以才故意夸大其词去激怒他,还是说,这只是金酒的作用。

"来来来,皮尔斯,我是说马丁老兄,"弗雷德里克的声音里带上了几分醉意,还有一点恼火,也许是因为皮尔斯不愿跟他站在一起,去反对伯顿那种粗鄙的幻想,"你怎么看？现在是1899年，你对新世纪有什么想法？我们会比我们坚定果敢的前任做得好吗？这里的本地人都会被清空吗？会变成类似美国的地方吗？还是我们能把这些木头疙瘩变成文明勤劳的子民？来吧，让我们听听你的高见，这位先生。"

"我认为，随着时间的推移，我们慢慢就会发现，自己在这些地方做的事情，其实没有多少英雄主义色彩，"马丁说，"我觉得我们不用老往自己脸上贴金。我想总有一天，我们会为自己做过的一些事情而羞愧的。"

"原来是个反帝国主义分子！"弗雷德里克开心地叫了起来，"来，伯顿，让我们听听你对此有什么看法。"

"对于这些让我们煞费苦心去改造的野兽，"马丁接着说道，但与此同时，又多么希望自己压根没有开口说过话，"我们是有所亏欠的，应该对他们予以关照，因为我们侵犯了他们的生活方式。"

伯顿转过头来，脸上浮现出带着嘲笑的厌恶。"我们什么都不欠他们的，除了耐心，"他说，"直到他们自己大限到来的那一天。就像你对一只濒死的动物显示出来的耐心一样。不是我们让他们像野兽一样生活和死亡的。我们需要给他们的只有耐心，让他们自己了断自己的苦难。"

"伯顿，你有时自己说起话来也像个野兽，"弗雷德里克带着反感的神情说道，"我相信你是对的，马丁，尤其是当我们回想起那些为伯顿所钟爱的可怕预言时。我不期待下一个世纪会比我们正跌跌撞撞走出来的这个要强。对于这样一个以扼杀奥斯卡·王尔德那种思想为终点的世纪，你不能抱有太大的期望。"

"奥斯卡·王尔德!"皮尔斯惊呼着大笑起来,"哦,我们做过的坏事可远不止这些。"

"听我说,如果我认为伯顿的预言会成真,"弗雷德里克说,舌头已经有点喝大了,"那我明天就卷包袱回家,让帝国见鬼去吧。这都是那些疯子的幻想,伯顿在南非和那些人厮混得太久了。都是些贪得无厌的英国佬,还有荷兰的狂热分子,用他们对于种族灭绝的预测,把他这么灵光的科学脑子都搞糊涂了。帝国不是这样的。你在印度就绝对不会听到那种话。"

"非洲不是印度,"伯顿说,"而且就算在印度,帝国也已经向我们展示了印度方式的落伍。继续已经没有意义了。他们的最佳选择就是被我们所取代,尽可能地模仿我们。但即使是那样,也比我们这里强。印度是一种过时的文明,走到了自己使用寿命的尽头。但这里什么也没有,只有野兽和蛮族。"

"你说话也太冲了,"弗雷德里克又斟满了大家的酒杯,"要是你觉得他们都是那样的野兽,干吗还要教他们打板球?"

"为了拿他们寻开心啊。肯定不是因为我觉得他们中间会出一个拉吉特辛吉。"伯顿好不容易才念出这个名字,自己也笑了起来。

第二天早上马丁起得很晚,觉得浑身疲惫,还没有从宿醉中缓过来。早茶放在他床边,已经冷掉了。哈米斯已经卷起了蚊帐,不过没有吵醒他。他发现弗雷德里克已经坐在了办公桌前，穿着白色的衬衣和宽松的卡其短裤，还有及膝长袜和锃亮的棕色皮鞋，还在写他关于上一年关税和退税情况的报告。伯顿天一亮就启程回庄园了。"骑着他的驴，"弗雷德里克往后一靠，微笑着说，"殖民地嘛，骑什么的都有，不是么？他今天上午就能回到庄园，又可以大步流星地走来走去，埋头干他的活儿了，就像他手下那些人一样，站在齐大腿深的泥沟里。如果今晚他来了兴致，会和工人们坐在一起唱唱歌儿，或者明天下午把他们赶出去打板球。再过几天，他又会回到我的阳台上，说他们会怎样在和文明的相遇中统统死去，我们只需要静等他们像濒死的动物一样消亡就可以。他喜欢装硬汉，假装自己是只对效率感兴趣的技术人员，务实、冷血。但其实他只是比较理智，干起活儿来很认真罢了。你感觉怎么样？你看起来有一点……不舒服。还累着吧，我想？今天早上真热。"

"论喝酒，我真不是你们两个这块料。你看你，脸已经刮过了，容光焕发、满面春风，正尽职尽责地推动着帝国的车轮。而我呢，活像是野兽拉出来的一坨屎。哈米斯已经给我端来了茶，卷起了蚊帐，我竟然都没醒。"马丁说。

弗雷德里克哈哈大笑："哦，我相信，那只是因为你还很疲劳。再过几天就好了。实际上，我觉得我也不像以前那么能喝了。太热了，对酒量有影响。的确，哈米斯干活儿挺贴心的。你觉不觉得黑人天生就很适合干这些活儿？是谁说的来着，说黑人是贴身照料他人的理想人选？是约翰逊博士吗？不对，是梅尔维尔。是他写的那个关于奴隶叛乱的故事。他文章写得挺粗的，我觉得，不过倒也适合他的主题。

哈，换个马赛武士来贴身伺候你试试看！要是人们所言不虚，只怕你很快就会少一两个重要部件。我今天早上还在想你在荒野中跋涉的事情，还有你被迫经历的所有可怕的磨难。不，亲爱的皮尔斯，千万不要小瞧了它们，故意说得轻巧，不过换作是我可能也会一样，如果我有足够的勇气和胆量，经受得住这些考验的话。我还想到了那些残忍的杀手，那些人竟然充当着你的向导和保护者，还有他们极度可耻的背叛行为。谁能猜透这些人的心思呢？我记得你说过你独自一人挣扎着穿过那片可怕的土地，当时我就想起了勃朗宁的《罗兰公子》，你知道的，还有那段通往暗塔的可怕道路。我不喜欢勃朗宁，你呢？我实在读不来他那些跨行连续的诗句，简直让我如鲠在喉。但今天早上我再一想，不，根本不是勃朗宁，不是《罗兰公子》，而是斯温伯恩。就是他。你喜欢诗歌吗，马丁？你昨晚关于新世纪的观点，让我想到了他。我今早看了一眼斯温伯恩的诗，找到了这几行。你可能觉得它们并不贴切，跟你说过的话毫不相关，但我还是找到了某种相似点。我希望你不要介意，我专门把它们标出来了，准备读给你听：

只有风在这里盘旋与狂欢
在这生命仿佛死亡般贫瘠的围墙间

这首诗和你走过的那片土地截然不同，我了解——写的就是爱情逝去之类的，典型的斯温伯恩——但那种关于废弃之地的意象是类似的，被烈日晒焦的荒野，充满了残忍的气息，虽然以前肯定是另一番景象。我在想会不会你是对的,尽管我们费了这么大的力气,但却有东西在一直侵蚀着这块大陆的心脏,而且会继续往外侵蚀下去,我们走了之后,这里将什么也不会剩下。"

弗雷德里克久久注视着马丁,目光炽热,双眼圆睁。马丁也静静地看着他,但实在想不出该怎么回答。他看得出弗雷德里克已经被他自己的话和想法感动了,因此觉得他也应该说些什么作为回应,但又被弗雷德里克言语间的自命不凡惊得说不出话来——"我们走了之后,这里将什么也不会剩下"。弗雷德里克笑了:"你是对的。既然我们无力改变,那尽力就好,哦,也别忘了充分利用这一切。我想我闻到了咖啡的味道。所以马丁,你今天打算做些什么?要不要我借你斯温伯恩的书?你觉得他是不是一个伟大的诗人?虽然他忧郁得无可救药,又满腹牢骚,但文笔还是不错的。你想不想跷起脚来,品一品忏悔和懊恼的味道?"

"我想我可能会去水边,沿着海滩走走。"马丁说着,回头往阳台的方向瞟了一眼。弗雷德里克从书桌后站起身来,两人走到阳台上,看着海湾。

"现在去散步太晒了,我觉得,"弗雷德里克说,"来来往往的人也太多,还有些人就睡在海滩上。你看海边,多脏。等这些人走了,我得放几块告示牌。'官方有令:切勿乱扔垃圾''违者斩首'之类。现在是来不及了。季风已经转向了,所以那些船正从蒙巴萨或更远的地方开过来装货。放眼望去,远处的海湾还是很美的,对吧?但不适合真正的航行,特别是季风开始的时候。一个浪头过来,船就搁浅了。尤其是刮东北风的时候,情况就更糟了。我来这里的时候,刚刚刮完东北风。海滩上那些船只的碎片,要不是亲眼所见,真不敢相信。风会直接刮进海湾,海水会涌到岸边的路上来,任何被困在海湾里的船最后都只能搁浅在海滩上,甚至更糟。只有巴朱尼人的独桅帆船和其他本地船只才能在这里开。其他船只能停在海岬周围的航道上。现在开始刮的是西南风,海岬会挡掉一部分风浪。但独桅帆船可以在海湾安全地靠岸。看到了吗?就是那些。它们会在那里装货,把所有的贸易货物运到蒙巴萨和拉穆,等着季风。我听说今年光景不错,海边那些就是我们的关税来源。但那些天还没亮就要起来干活儿的可怜虫可能不这么想,都是些满腹牢骚的家伙。看到了吗?就是下面窝棚里的那些人。他们要给所有即将装船的货物称重,确保女王陛下一个大子儿也不会少,作为我们心平气和地待在这些人中间的回报。下午海边会清静些,那时我们再去散步吧,日头也没有那么毒辣。"

"谢谢,那就下午吧。"马丁说道,因为他猜弗雷德里克不想让他到人群中去,只是不好意思对他下禁令罢了。一个理民官员有权禁止他去散步吗?就好比古代的"暴君腓特烈"①,不过是比较仁慈的版本,会用低调和自嘲来掩饰自己的任性,但依然觉得自己是权威,希望被服从。在这个远离家乡的地方,他作为主人表达的不赞成其实就是某种禁止,更何况客人来的时候这么需要照顾。如果不听劝,那就

---

① 指腓特烈一世,名字写法与弗雷德里克一样,同为"Frederick"。

太没有良心了。但马丁也不知道，弗雷德里克觉得他去了忙碌的人群中会出什么事。或许他担心他会不舒服吧，要从零零碎碎的垃圾和四散的炊火灰烬中穿行而过。又或者他想陪着他，亲自向他展示自己的领土。

"喏，这是你的咖啡。还有一大本斯温伯恩，你先看着，我得去把那份该死的报告完成，然后咱们吃午饭，"弗雷德里克说，"我喜欢午饭。"

下午晚些时候，他们去散步了。金发的弗雷德里克矮小健硕，穿着宽松的短裤，露出来的腿毛十分浓密，也是金色的，像动物的毛皮。他嘴里叼着一个烟斗，嘴巴周围是茂盛的古铜色胡须。马丁觉得，这应该就是殖民地长官散步时的标准形象，一种悠闲的权威形象。马丁自己也刮了脸，剪了头发，但还是穿着借来的不够长的长裤。早晨和午后的忙乱已经平息，一路上他们看到人们有的坐在屋外，有的在闲逛或坐在树下，还有男孩子们，在海滩上跑步或在海里游泳。"这只是一个破败的小镇，"弗雷德里克说着，皱起了眉头，没有理会坐在树阴下的一群年轻人对他们的叫嚷，但却对老人们微微举手致意，以示回礼，"但这里有很丰富的历史。有些可能是人们想象出来的，我得说，比如古代的埃及人和希腊人航行到这里来找象牙之类的。还有一个人们一直在说的故事，关于一个逃跑的波斯王子，说他建立了一个王国，开创了所谓的斯瓦希里文明。"说到最后一个词的时候，弗雷德里克亮出了他的牙齿，不知是微笑还是嘲讽。或许他只是想对这个词做个鬼脸，显示出它用在这里有多么不合适。"那个波斯王子是坐着魔毯来的，毋庸置疑。我相信里面有些东西是真的，但人们却非要用这么垃圾的故事把它包装起来，好像很有异国风情，可以拿来糊弄人。我觉得这些古老小镇的建造者可能就是昨晚伯顿说起的海盗，而不是什么逃跑的王子。我们能确定的是，葡萄牙人来的时候，这里已经很繁荣了，和蒙巴萨有的一拼。听说还和中国有贸易往来，但我对此表示怀疑。要是中国人十五世纪就跑了这么远的路到了这里，为什么还要掉头回去？这里离中国可不近啊，他们为什么不留下，把这里占为己有呢？"

"也许是他们觉得，这里没有什么东西比他们国家已有的更好。"马丁说。

弗雷德里克看着他咧嘴一笑，点了点头。"说得好啊，老兄。总之，等葡萄牙人离开这个小镇的时候，这里就只是一个日益衰落的沿海殖民定居点了。你知道那些人的，只会烧杀抢掠，都是些宗教狂热分子。然后盖拉人之类的从内陆过来了，一通猛攻，几乎把小镇夷为平地。那些人就在废墟上扎营、拉屎，过了好几百年，直到桑给巴尔的苏丹决定要复兴这个地方。这地方是很穷，但土地产量还可以，而且我们一直在引进新作物。还是有前途的，我想。"

当他们路过海滨的清真寺时，马丁放慢了脚步。一群上了年纪的男人正坐在寺外的长椅上，都留着大胡子，有些头发已经花白了，有些戴着头巾。院门粉刷成了绿色，敞开着，里面清真寺侧墙上的两扇门映入了马丁的眼帘。他退后一步，果然看见了第三扇门，不由得微笑了起来——这是传统的清真寺建筑风格，哪怕是如此简朴的一个寺院，和起源地相隔万水千山。其中一个男人说了句什么，马丁笑得更开怀了一些，也说了句话回答他。随着两人对话的进展，那群人饶有兴味地骚动起来，微笑着互换起欣喜又惊讶的眼神。最后马丁跟人群挥手告别，两人继续向前。

"我的老天爷啊，皮尔斯，我真是要对你刮目相看，"弗雷德里克说，"他们刚才说什么？"

"哦，一开始那人说，现在是散步的好时间，我说也许他也应该加入我们。然后他说，他已经锻炼过身体了。就是相互打趣。不过我挺想进清真寺里面看看的，再找个时间吧。"马丁说着，瞟了一眼弗雷德里克的短裤①。

"你怎么会说他们的语言？你该不会是某种……呃，政府……代表吧，是吗？"

马丁笑了起来："你的意思是间谍？他说的是阿拉伯语，我刚好去年在埃及待了一阵子，给教育部门做顾问。算是某种干涉吧。而且只要他们允许，我也会去考古部门管管闲事，看看建筑和图表。相比那些不得不听我建议的倒霉蛋，我想我自己学到的东西要更多。"

"原来如此，我真是有眼不识泰山，"弗雷德里克说着，身子往后一仰，带着着实钦佩的眼神，打量了一下马丁，"我自己也能说两句印度斯坦语，尤其是不需要理解对方在说什么的时候。不管怎么说，我还是很佩服你。我应该征用你，把你留下来。伯顿能说那么一点斯瓦希里语，但我不觉得他能用那种语言来描述非洲英国领地的命运。也就是'搬那个''拿这个'和'不许再那么做'的水平。要是他

---

① 男性若想进入清真寺，不得着露膝短裤。

多说几句，听起来就不对劲了。也不知他是怎么让庄园运转得如此出色的，真是个谜。说到伯顿，他一直在说，等你身体好一点，就邀请我们去庄园。"

"好啊。"马丁柔声道。

"哦，他其实人挺好的，就是喜欢酒后乱喷，而且说到白人的命运就口无遮拦，但他人不坏。他喜欢逗别人，所以有时说话才不中听。我觉得吧，他有点儿像海滩流浪汉，你懂的，哈哈哈。"

"我想我不太明白。"马丁说。

"呃，你知道的呀，就是那种在海边浪荡的人。像R. L. 史蒂文森笔下的那些家伙，弃船而去，和当地姑娘们风流一阵子。或者又是梅尔维尔？但史蒂文森也写过很多海滩流浪汉。我觉得伯顿可能也会在庄园搞搞那种事情。哦天呐，我不能诽谤那个可怜的家伙，不用当真，都是我胡编的。"

他们沿着蜿蜒的海岸线，从小镇的右侧出了城，不久便遇到了一片茂密而多节的植物，逼得他们不得不往内陆走了几码。绕过那片植物之后，一座残破的石制建筑废墟出现在他们和大海之间。"到啦，"弗雷德里克说，"这就是那位波斯王子的墓和清真寺。其他我也不太清楚。毕竟你才是考古专家。照我说，可能是十六世纪建的吧，在葡萄牙人离开这个地方之后。"

这座清真寺的侧墙上有三道拱门。马丁见了又微微一笑，差点儿跟弗雷德里克说起波斯人骑魔毯的故事来，但最后还是忍住了。有些砂浆已经老化损毁了，因此没有房顶，黑色的墙壁也已经坍塌，但壁龛墙还屹立着，壁龛完好无损。壁龛周围是方形的拱门，内有尖拱状基卜拉。在壁龛上方有块石碑，用的是另一种石材，也许是大理石，上面写着字。傍晚时分的阳光反射在光秃秃的珊瑚地面上，把基卜拉周围照得金光闪闪。他从另一面侧墙上的单个拱门走了出去，看见了一片墓地和倒塌的墙壁，而在远处一棵巨大金合欢树的掩映下，就是王子的柱状墓。跟墓地和外围建筑的墙壁相比，这个柱状墓显然是有人维护的。柱子被粉刷过，洁白无瑕，高度有好几米，比金合欢树低处的树枝还要高。它矗立在坟墓上方，而坟墓本身是长方形的，上方敞开，四角都做成小小的圆塔形，顶端安放着黄铜或青铜的球状物。坟墓本身不像柱子维护得那么好，修补之处没有粉刷过，有些砂浆也已经生了苔藓，变成了黑色。马丁发现柱子下方的墙面上安了一块瓷牌，写着花体阿拉伯文字，对他来说太过潦草，一眼很难辨认。他又想起了自己的笔记本，真希望它还在他身上，这样就能把这片废墟和这个坟墓画下来了。它跟着他走遍了阿比西尼亚和索马里，即使在他被向导背弃之后，还是不离不弃，但肯定还是在逃生的匆忙中被他弄丢了。

"希米迪王子之墓，"弗雷德里克冲坟墓一挥烟斗，宣布道，"有人来祭拜。去看看坟墓里面就知道。"

弗雷德里克微笑着点了点头，像是在鼓励马丁，认定他会觉得这是个很棒的建议。墙太高了，马丁看不到里面，于是弗雷德里克让他踩着自己的双手跳了上去，坐在坟墓一侧的墙上。坟墓里面杂草丛生，草丛里躺着好些用布裹着的小包袱，颜色有蓝、有深红、有淡黄，还有些很旧了，已经褪去了颜色，开始朽坏。还有些缠着线绳。里面还有一艘小船,只有三四英寸长,还有小小的桅杆和支腿。小船里面有个圆形的小袋子,用一片干芭蕉叶裹着。在长方形坟墓的顶端,也就是竖着柱子的那一端,有一块雕花深色木板,摆放的位置想必和尸体保持一致。马丁沿着墙头往前挪了挪,探着身子,想看得清楚一些。但就在这时,他感到左边屁股的一侧被狠狠刺了一下,觉得自己一定是蹭到了一片碎石。雕花木板上有些记号,有月牙状的,也有直线,但他认不出是什么。

他从墙头上跳了下来,一个没站住,跪在了地上。他还是太虚弱了。弗雷德里克强忍笑意看着他,猜到他一定很惊讶。"你觉得里面会有一些恶心的尸体,对吗?被掏空了内脏的啮齿动物和钉死在十字架上的乌鸦之类。但没有,只有你看到的那些东西,是人们拿来祈祷病人康复、求子或保佑出海平安什么的。我很想偷个小包袱来瞧瞧,当然,是为了科学,看看里面到底有什么。但我之前是和我的马夫伊德里斯一起来的,他一听我的主意就大惊失色,好像我打算干涉人类命运的整个进程一般。你觉得这些包袱里面有什么呢?"

马丁耸了耸肩:"写在羊皮纸上的祷文。一块石英。一串念珠。"

"就像巫术,"弗雷德里克说,"没什么价值,那是一定的,但也没什么坏处,我想。你知道最早的巫术就是往树枝上系几块布吗?这个词是蒙戈·帕克去过西非之后带回来的。蒙戈·帕克。这算哪门子的名字?蒙戈,听起来就像是我们的某个当地朋友,不是吗?真不知是蒙戈还是蒙鬼。听上去有点狂野苏格兰佬的意思,这个老蒙戈。"

马丁突然觉得，弗雷德里克可能会这样描述他自己：一个殖民地理想主义者，五分诗歌学者，三分浪荡子，风趣又机智。"我想我在那艘迷你小船上看到了一袋烟草。"说完，马丁便转身往回走去。他想自己过一阵子可能还会再来，试着破译一下墙上那块瓷牌上的文字。

"也许那个王子是鼻烟爱好者，"弗雷德里克咧嘴一笑，"王子可以吸鼻烟吗？他似乎会写一点诗，我们的王子，我觉得这真是天大的好事。我猜都是些宗教赞美诗，但你还是可以研究研究，皮尔斯。"

"好。"马丁说。

"很了不起，不是吗？这些人几个世纪来从未写下过任何东西，"弗雷德里克说着，弯下腰来，清理着长袜上植物的芒刺，"一切都是记在脑子里口口相传的，一直要等到十九世纪七十年代斯蒂瑞主教来到桑给巴尔，语法才被编写出来。如果我说这是整个非洲的普遍情况，也不为过吧？想想看，真是太令人吃惊了，在传教士来到这里之前，非洲语言是没有文字的。而且我相信，对于很多语言来说，唯一存在的文字作品，就是翻译过来的《新约》。多么惊人的想法，对吧？他们甚至连轮子都还没发明出来呢。说明他们还有多么长的路要走啊。"

等他们快回到住处时，马丁后臀部的疼痛已经到了几乎难以忍受的地步。他满脸是汗，走起路来要微微拖着左腿。弗雷德里克过了好一阵子才注意到马丁不断加剧的疼痛，而此时住处已经近在咫尺了。他用一只胳膊搂住马丁，搀扶着他，一瘸一拐地走完了这最后几步。他们发现，马丁是被咬了。哈米斯说是"kenge",从他用食指和拇指比划的动物下颌来看,他们觉得应该是蝎子。被咬伤处的周围已经变色、发黑,开始肿了。马丁朝右侧躺着,哈米斯不慌不忙地用布蘸着冷水,清理着他的伤口,似乎并不为弗雷德里克的催促和提问所动。有解药吗?有多危险?皮尔斯老兄,你还真是有打不完的仗,一场接着一场。随后,厨子端着一碗绿糊糊走了进来,是他在哈米斯清理伤口的时候准备的,可以湿敷在咬伤处,闻起来有很浓的薄荷味。厨子用靠垫支撑住马丁的身体,以免他翻身压着伤口。哈米斯扯了一块干净的布,为马丁擦拭着额头上的汗珠。在这些侍候下,马丁松了口气,发出了一声满足的叹息,闭上了眼睛。

让弗雷德里克意想不到的是,到了晚餐时分,马丁竟然已经可以站起来了。他将其称为又一个奇迹:一两天就从中暑缓过来了,而几小时就摆脱了蝎子的蜇伤。"但或许压根就不是蝎子咬的,"他们饭后坐在阳台上时马丁说,"总之,被蝎子蜇伤并不像传说中的那么致命,而且厨子的冷敷剂是完美的解毒药。我觉得很可能是蜈蚣。不管怎样,我一定要想个办法来答谢你的仆人们……"

"不需要,我已经以你的名义赏过他们几个小钱了,"弗雷德里克边说边举起了一只手,掌心向外,劝马丁不必再争辩,"而且你现在也没什么东西可以给他们,对吧?随身财物都被洗劫一空了。我跟哈米斯说了你是在哪里被咬的,还有你当时坐的地方。他吓了一跳。坐在王子的坟墓上显然不太礼貌。而且更糟的是,亲爱的马丁,据说如果你在坐着的时候被虫子咬了,你就永远也离不开这个地方了。如果是为了你好,我还是希望这种预言只不过是哈米斯善意的欺骗。顺便提一句,南边几英里外还有一些遗址,等你好了我们一定要去看看。我相信那些遗址一定会再次引发你的思考,关于文明。能建成那种东西的人,怎么会变成现在这个样子呢?我在印度时曾经有过这种思考,而且我相信,你在埃及和其他旅行中一定也有过这种想法。这些宏伟遗迹的建造者,怎么会沦落为今天这种混沌、幼稚的本地人?似乎灵感一旦弃你而去,就再也不会回头了。"

"或许我们自己也应该引以为戒。"马丁轻声说道,并不想去附和弗雷德里克的宣告与总结。

"奥兹曼迪亚斯,"弗雷德里克点了点头,"帝国的傲慢,你的意思是这个,对吧?今天看起来庞大而有力的东西,可能明天就会化作尘土和废墟。但奥兹曼迪亚斯是一个东方的专制君主,跟我们这些理性的人完全不同。你不觉得这就是雪莱想说的吗?在我们最为伟大的那一刻,我们依然应该忠于我们自由的传统,而不要被专断的傲慢所诱惑。虽然他在写这首诗的时候,应该没想到之后我们会伟大到什么地步。"

沉默了几分钟之后,弗雷德里克对着凉爽的晚风背诵了整首诗,又花了一些时间,刷新了自己对它的记忆。背到最后几句的时候,他加重了语气,仿佛在说出某种预言:

废墟四周
巨大的雕像遗迹身旁,空无一物
唯余平沙向天长

之后,他叹了口气说道:"我不这么想,你知道的。我不觉得有什么东西能把我们小小的大厦推倒。我觉得未来很长一段时间里,这都会是不变的规律。所以,请不要再说末日在敲门了,这位先生。"

马丁笑了。"说到敲门,"他说着,显然有些倦了,"我明天想去看看找到我的那个店主,感谢一下他和他家人的善意。"

弗雷德里克看起来并不太支持,但还是点了点头:"我不确定那是不是善意。但他们可能的确会盼着拿几个酬金。"

"如果可以的话,我是想酬谢一下他们,而且我还是觉得,那就是善意。"马丁说。

"善意可不是这么简单的一件事情,"弗雷德里克带着友好的神情说道,他放下了酒杯,不耐烦地挠了挠手腕上的蚊子包,"你慷慨当然是件好事。如果你想的话,的确应该去看看他们。而且如果你想酬谢他们,我可以替你垫钱,虽然我觉得完全没有这个必要。他们找到你没过多久我们就到了,正巧赶在他们的一个巫医开始对付你之前。你知道这里都拿什么治病吗?装神弄鬼的糊糊和烧烙术。拍上一贴作过法的膏药,或是用烧红的烙铁烫一下。"

"我自己去就好,"马丁有些不耐烦了,"我今早问过哈米斯该怎么走了,路不难。"弗雷德里克的仆人哈米斯已经给了他路线,用他一贯简洁的语言。拐进王子墓旁边那棵大树对面的小巷里,顺着那条路一直走到空地,你左手边是商店,右手边是咖啡馆,对面是清真寺。听起来路一点儿也不难走，但弗雷德里克并不同意。"亲爱的马丁，我的好老兄，你已经差点儿送了命，而且似乎很容易发生意外和不幸。也许这个时候应该更加小心，至少在你体力完全恢复之前。不要再想着自己去走那个脏兮兮的迷宫了。我们明早一起去。"

马丁宁愿自己一个人去，悠闲地穿过那些小巷，直到他找到那个有商店、咖啡馆和清真寺的广场。"我不想搞得那么大阵仗。"他平静地说道，已经累得不想争辩了。

"不会啊，"弗雷德里克轻快地表示，"就说句'谢谢你们，继续努力'就好。然后就可以回来吃午饭啦。"他大度而友善地微笑着，又准备给马丁斟酒，但被拒绝了，于是满上了自己的酒杯。"说到你自己……恕我冒昧，亲爱的朋友。我这几天在等蒙巴萨送过来的一封信，不知你有没有什么信要寄，有什么安排要做。只要你想，在这儿住多久我都欢迎，休息休息，谈谈斯温伯恩和帝国，聊个尽兴。我很享受你的陪伴，也很高兴认识了一个新朋友，如果我可以这么说的话。"他举杯致意，微微带上了几分醉意。

"谢谢你，"马丁说着，双眼一阵刺痛，觉得自己之前的不耐烦真是忘恩负义，"承蒙款待，不胜感激。我会给驻亚丁的领事写封信，他知道我对留下的行李和财物所做的安排，也可以给我往蒙巴萨寄一笔钱。如果我可以打扰你到这笔钱……"

"千万别客气。我很感谢你的陪伴。看起来你有些想睡觉了，"弗雷德里克说着，恼火地拍了一把自己的左耳朵，手中的酒都洒了些出来，"该死的。今晚臭蚊子真多。都怪那些睡在海滩上的邋遢鬼。蚊子一定是他们带过来的。他们说话的声音也很烦人,都是些没有调子的哀号和叫嚷,吵死人了。"他用自己放在石蜡灯旁边的小木片重新点燃了烟斗,往椅背上一靠,叹了口气。

没想到第二天一早,来自蒙巴萨的邮船就到了。邮差是个利索又客气的蒙巴萨人,身着职员常穿的白衬衣和卡其裤,双手背在身后站在那里,等着弗雷德里克皱着眉头盘算完要干什么。最后他不得不失陪片刻,暂别马丁,去完成自己的文书工作,好让由于风向改变而希望尽早返回的邮差第二天一早就可以启程。邮差道过谢便离开了,微笑着拒绝了用餐或留宿的邀请。马丁给亚丁领事的信在早餐前就写好了,因此除了读斯温伯恩无事可做,但他也不能随意活动,尽管他已经开始希望自己可以了。弗雷德里克派人去叫来了第一次带他去商店的那个瓦基尔。

"我又和那人打了几次交道,"弗雷德里克说着,狡黠一笑,"我渐渐地觉得,他可能有些用处。他这阵子每天都到楼下的办公室来,问候你的健康,问有没有什么需要他帮忙。他就那么站着,双手不安地搅在一起,拧成了麻花,但在他恭敬的姿态背后,却有隐藏不住的狡猾。我喜欢他在我们去接你的时候对待商店群众的那种不多废话的架势。当然,那纯粹是狐假虎威,因为这个可怜虫根本没有任何权势,但我由此想到,可以利用他这种唬人的架势来为政府办事。他也会说一点点英语,而且受过一定程度的教育,可以理解整个事情的过程。他自认狡猾,但我想,我还是技高一筹。我希望你不会觉得我这么说是在自吹自擂,但据我的经验，本地人再怎么狡猾，也就那么回事了。我想，这位喜欢拍我们马屁的绅士，迟早能派上一点用场。"

所以，弗雷德里克派人去叫来了瓦基尔，请他帮政府一个忙，陪皮尔斯先生去见几天前找到他的那个商店老板。他们出发的时候，已经快到中午了。瓦基尔之前没有和马丁打过交道，不承认自己来问候过马丁的健康，也不确定这次对哈桑纳利到底是什么性质的拜访，所以只是微微一笑，便在前方带路。马丁看得出，他希望让自己看起来可以胜任任何类型的任务。那天上午很热，日头也很毒，所以瓦基尔撑开了自己随身携带的阳伞，遮住了马丁的脑袋。

"不不，不用。"马丁用阿拉伯语说，躲开了他的阳伞。

瓦基尔惊讶地瞟了马丁一眼，很快做出了一些调整。他也说起了阿拉伯语，这回轮到马丁惊讶了。是的，他能说几句阿拉伯语，还有一点蹩脚的英语，和一些斯瓦希里语。在这里，你不说阿拉伯语可做不了生意。但你是怎么会说阿拉伯语的呢？瓦基尔问道。马丁解释说自己曾经在埃及住过。啊，瓦基尔说，全世界哪里都有大不列颠人。

瓦基尔是对的，这是个非常炎热的上午，没有一丝风。但既然马丁拒绝了撑伞，那么出于礼貌，瓦基尔也就没有再为自己提供遮蔽。他们转入小巷的时候，稍稍凉快了一些，马丁略一停步，适应了一下相对较暗的光线。他缓步跟在瓦基尔后面，而瓦基尔只顾着自己昂首阔步向前，直到两人差了好几步，他才意识到，马丁并不着急赶路。小巷中有一种不同寻常却又似曾相识的味道，是年深日久与渺小人类的味道：敞开的排水沟、垃圾流出的黑水、一座靠着一座的破房子，渗透了几十年来汗水凝结与人类呼吸的味道。这是一种像正在愈合的肉体与干燥泥土的味道，一种即将染病和腐烂的味道，像致命气体吹起的泡泡。这是瘴气的味道。人们就坐在这种气息中，过日子，做生意，哺育婴儿，唱歌哄他们睡觉。于是马丁深吸了一口气，强迫自己适应这种空气。孩子们害羞地对着他微笑，叫他"白老爷"。他也对他们笑了起来。年长的男人们默不作声，上下打量着他的凉鞋、不合体的衣服跟新剪的头发，难掩笑意。"弱鸡白皮鬼。"一个人喊了起来。大家哄然大笑，马丁也不例外，这让人们笑得更起劲儿了，因为他们觉得马丁并不知道他们是在笑他。更多的叫喊声响了起来，各种难听的称呼接踵而至，大家放声大笑、七嘴八舌：狗、魔鬼、疯子、驴。其中多数都借用自阿拉伯语。

"他听得懂！"瓦基尔叫了起来，冲离他们最近的起哄者挥舞起了阳伞。人们笑得更欢了，还有人专门走到家门口，来看这个听得懂的白人。叫声和笑声都更加放肆了，但已经不仅限于取笑他们两个了，马丁觉得。当然，他只能偶尔听懂一两个词语，但大家的笑声听起来还挺和善，所以他耸耸肩，做出一副不明所以的样子，还挥了挥手，假装成不会生气的大傻子，好让折磨他的人们放下心头的防备。也有一两个人冲他挥了挥手，接着转瞬之间，孩子们又把注意力瞄准了瓦基尔。"印度佬！"他们叫道。马丁不明白这个词的意思，但他看见瓦基尔握紧了阳伞，怒视着那些孩子。"印度佬，印度佬，软蛋尿包印度佬。"他们躲着瓦基尔的阳伞，又唱又跳。一个女人冲出家门，抓住其中一个孩子，狠狠地扇了一个大嘴巴子。一点规矩也没有！她叫着，又扇了男孩一巴掌，还在同一边脸蛋上。孩子撕心裂肺地号哭起来，跌跌撞撞地跑开了，在满布车辙的小路上一步一滑，泪眼迷蒙。女人赶紧追了过去，喊着孩子的名字，一脸心烦意乱的模样。

他们终于来到了广场上。马丁瞟了瓦基尔一眼，想看看他是否和自己一样松了口气。他们就像刚从一个大宅子里走了出来，目睹了其中各种隐私。一刹那间，他甚至有些不能适应广场的开阔与有序，来不及注意到广场一角上大小合宜的清真寺和它在此刻晌午时分敞开的蓝色大门，还有远处的田野和放着大理石台面桌子的咖啡馆，也没有注意到广场周围整洁的屋子和它们门口随风飘拂的帷幔。等他终于发现了这一切，不由得发出了开心的声音，用鼻翼间的轻叹表示着自己的赞赏与认可。这是我们概念里的美，他想，这种沉静，这种平衡。他的双眼感受到了思乡的刺痛，尽管眼前的一切和英国没有半分相似。

瓦基尔用手中闲不住的阳伞指了指他们的左边，微微摇晃着脑袋，笑了起来。还没走到商店，马丁就发现他们的到来已经开始引起了恐慌。坐在店外长椅上的男人中，有一个站了起来，冲店里喊了一句什么，提醒里面的人注意。几个跟着他们从小巷过来的孩子冲到了前面，想找个最佳地点，观赏即将上演的好戏。等他们来到商店门口，长椅上另外几个男人也站了起来。他们先和瓦基尔握了握手，又和马丁握了手。别无选择的马丁只得投身于一场大型打招呼活动，和一大群人都握了手，仿佛他是婚礼上的贵宾。打完招呼，他朝店里走去，发现里面陈列着一篮篮、一箱箱的货物，层层排列着，就像瀑布。有米、豆子，还有奇形怪状的生姜、一块块的盐和一簇簇罗望子。等眼睛适应了店内的昏暗，他发现店主已经站了起来，耷拉着两边肩膀，一副等着受气的模样。马丁举手致意，店主也回了个礼。人群此刻已经紧紧挤在了马丁周围，不管瓦基尔的阳伞怎么努力。马丁越过层层货物，伸出一只手去，只见店主的脸上浮现出了笑意，也朝他伸出手来，两只手握在了一起。店主爬下台子，打开商店的侧门，走了出来。人群散开了一点，紧张的气氛开始松弛，马丁这才意识到，他们原本都觉得他会带着傲慢和要求而来，可能就像弗雷德里克前一次来访的翻版。店主又和他握了握手，谦恭地笑着，不过显然已经卸下了心头的包袱。但马丁发觉，尽管他在微笑握手，但双眼却忍不住扫视着周围的人群，为自己无人看守的货物担忧。于是他转过身来，冲人群挥手示意，请他们行行好离开。店主听得懂你的话，瓦基尔对马丁解释道，冲人群挥舞着他的阳伞，仿佛那是一把魔法扫帚，可以把那些人都扫开。几番交锋之后，人群不情不愿地往后退去，但还是不肯离开。三位老人又回到自己的长椅上，店主终于可以带着不那么焦虑的微笑面对马丁了。

"我是来对你的善意表示感谢的，"马丁说，"我叫马丁。"

店主点点头，表示自己听懂了，并告诉马丁，他叫哈桑纳利，马丁也点头以示明白。瓦基尔也点了点头，对两人的对话表示赞许。也许这不在他意料之中，但马丁觉得，对于像瓦基尔这种他心目中的老江湖来说，凡事总有办法，一切皆有好处。正如真主所愿，正如真主所愿，老人们说着，对马丁的阿拉伯语惊叹不已。他很开心，自己总是能凭着半吊子外语在旅途中交到朋友，此时在这里也不例外。而且他也不难理解这是为什么。几个人亲热地聊了几分钟之后，马丁在长椅上坐了下来，准备接受老人们的盘问。他的位置是老人们刻意让出来的，要知道他们平时可都是伸开了手脚，怎么舒服怎么坐的。长椅在阴凉的地方，可以吹到清真寺方向刮来的清风，但马丁还是汗流浃背。瓦基尔对着人群疯狂挥舞着阳伞，每挥一次，只能驱散开一小批人。马丁发现，哈桑纳利并不想从他们身边走开，去招呼自己的顾客，而瓦基尔也守在旁边，挂着阳伞站在长椅前面，盯着周遭的动静，不想放弃对他的看管。这场长椅会议的主持者是一位看起来很自信的老人，脸上沟壑遍布，长着短短的花白胡子。他轻触了一下马丁的大腿，告诉他自己的名字叫哈姆扎·本·马苏德，另外两位分别是阿里·齐帕拉和祖玛内。

"那么，"哈姆扎用阿拉伯语缓缓说道，为的是让每个人都听得懂，"正如真主所愿，你真是让我们开了眼，这位白皮肤的阿拉伯酋长大人。我去过林迪和基斯马尤，甚至也到过亚丁，可我从来没有遇到过一个会说阿拉伯语或斯瓦希里语的白人。几天前我们刚找到你的时候，你看起来就像一具尸体。要是在那个危急时刻，你突然开口跟我们说阿拉伯语，我想，我们一定会觉得你是地狱之神的仆人。告诉我们，马丁，到底发生了什么事情，你怎么会走到这个地步，衣衫褴褛、行将就木。告诉我们。"

这就好比开启了新一章《一千零一夜》，在邀请他讲述一个新的故事。于是他开始了，尽可能言简意赅，尽管他看得出自己的听众都很有时间，一心想听更多的细节。他之前和一支狩猎探险队在内陆旅行，其他人想往西部深入一些，但他决定去海边。

自己去吗？

不，不是，但半路上他和向导们分开了，只得孤身一人来到了这里。

向导都是些什么人？他们肯定把你洗劫一空，抛下了你。他们是野蛮人吗？

索马里人。

索马里人从不迷路。他们肯定抢了你的东西。你能来到咱们这儿真的很幸运，马丁。多亏真主的眷顾，你要说一切赞美归于安拉，要说感谢真主。你身体怎么样了？都恢复了吗？你的兄弟们和孩子们听到这个消息，一定都会很欣慰的。

他是来感谢店主的，而店主此时已经回到了店里，带着些许不安，不时往他们的秘密会议这边瞟一眼。他看到哈桑纳利喊着里屋的什么人，还看见了一个女人的影子，出现在店铺幽暗的后门口。他在想，那会不会就是弗雷德里克提到的那个女人，在他们赶来营救他的时候，正在喂他某种恶心的东西。过了一会儿，马丁正礼貌地倾听着其他流浪者的故事，关于他们如何迷失又如何找到了回家的路，他看到那个女人又出现在门口的阴影里，而哈桑纳利起身从她手中接过了一个白色的瓷罐，递给了瓦基尔，最终传给了马丁。里面是青柠汁，他闻得到它的清香。只有一个罐子，马丁略显迟疑，但瓦基尔殷勤地冲他招着手，示意他别客气。喝，喝呀。他把罐子递给长椅上其他的人，但他们都无声地拒绝了，用得体的手势表达了感谢。于是马丁便贪婪地喝起了青柠汁，这种满足让他自己心头也涌起一阵感激。就在这时，穆安津开始呼唤大家做午间礼拜，老人们和人群中剩下的大多数人开始往清真寺或家中走去。哈桑纳利从看店的座位上下来，邀请马丁和他们一起吃午饭。没什么好菜，就是他们中午的家常便饭，要是瓦基尔想留下也很欢迎。马丁推辞说，自己已经够麻烦哈桑纳利一家了，他只是来感谢他们的善意，不能再继续给他们添麻烦了，他已经欠了他们太多的恩情。不用吃午饭，瓦基尔用英语说。他就是问问，客气客气。不，先生，你要回去和长官吃饭的。

但马丁想留下，刚才的一番推托之词只不过是出于礼貌，给店主一个收回邀请的台阶。他们的食物够吗？他觉得刚才那个女人第一次出现在门口时，可能就已经接到了指令。他之所以想留下，是因为听弗雷德里克说了那个从他们手中"营救"他的故事。他怀疑他们偷了他的东西，但其实马丁知道，并没有什么好偷。他可以想象弗雷德里克对待他们时的不屑。弗雷德里克回来吼他们、吓唬他们的故事，让他心中充满尴尬的痛苦。他就那么对着店主举起自己的马鞭，说道：要是你对我撒谎，你这条黑狗，看我不抽得你背上脱层皮！这个故事是弗雷德里克自己告诉他的，讲的时候就站在阳台上，声震如雷，表情狰狞，活像是在演戏，高举的右手还夹着他的雪茄,酒杯端在左手里。阳台上的表演也许带着夸张的成分,但马丁相信,那些难听的威胁是确有其事的。他想留下,跳出自己的舒适区,和他们坐在一起,在他们简陋的房子里吃着他们朴素的食物,努力和他们聊上几句。不是握握手、留下几枚硬币,再说上一句谢谢你们,而是让他们看到自己除了感激并没有其他的情绪,没有怀疑,也没有不屑。于是最后他把瓦基尔打发回去了,请他给弗雷德里克带了个话,说下午晚些时候店主哈桑纳利会亲自送他回去。

哈桑纳利仔仔细细地关好了店门,可能是太热了,不想动作太快。随后,他领着客人从后院来到了家中。他先是喊了一声,才推开了院门,带客人走进了院子。但院子里并没有人。院子是白绿两色的,墙刷成了白色,窗户是绿色,还有许多茂盛的盆栽: 玫瑰、薰衣草,以及一丛叶子像天竺葵的淡绿色植物,据他所知,夜晚会香气弥漫。他右手边有一顶用柱子支起来的茅草棚,下面铺着一张蓝、绿、粉相间的垫子。让他惊讶的是,食物已经摆在了垫子上,用一块奶油色的布盖着,防止飞蝇和尘土。他们是怎么做到这么快就准备好多出来的那份饭菜的?哈桑纳利告诉他洗手间就在院子尽头,里面黑乎乎的,但还算干净,这让马丁松了口气。他不知道他们能在这么短的时间里凑出一桌什么样的菜来,毕竟离他答应留下来吃午饭才过去了一小时左右。但这种时候,心意才是最重要的,任何山珍海味都无法与之相比。他想他闻到了米饭和鱼的味道,肯定还有水果。他从没见过任何一个地方,比这个小镇的水果品种更多。

哈桑纳利请他在垫子上落座，微笑着看他脱掉了凉鞋，随后自己去了一趟洗手间。马丁独自坐在那里，意识到一定有个女人从屋里看着他，就在某一扇幽暗的窗户后面。哈桑纳利从洗手间回来了，夹着几根银须的胡子上带着水汽，去屋里叫来了两个女人。他的第一个念头就是，那是他的两个妻子。哈桑纳利指着他，说出了他的名字，脸上带着笑容。年轻一些的女人也笑了起来，但另一个用一双晶亮的棕色美目看着他，并没有露出笑意。而他第一眼注意到的，也正是那双眼睛。

"我们一起用餐，还望你不要介意。"她用阿拉伯语对他说道，字正腔圆，但也不会显得不友好，"因为我们一直都是这样的。"

"承蒙款待，不胜感激。"马丁说道。

大家都在垫子上坐了下来，马丁的膝盖、脚踝和脚怎么放都很奇怪，好像总是到处支棱着，但东道主一家的关节却显得如此灵活，好像不费吹灰之力，就能摆得舒舒服服。盖布掀开之后，他看到下面摆着一盘米饭，还有其他各色菜肴：菠菜、炸鱼、炖煮蔬菜、用迷迭香调味的土豆和撒着芝麻的大饼。哈桑纳利拿起一个铜壶，倒水给马丁净手，又为其他两位女士提供了同样的服务。他们都从同一个盘子里用手拿东西吃，还会把手伸得长长的，随意抓上满满一把配菜吃。

"真好吃。"马丁咽下一口食物，说道。但是没有人答话，所以他也不再说话了，集中全部精力，尽可能显得不那么手忙脚乱。但在眼前翻飞的女人的手让他心神难安，希望自己可以抬眼偷看一下两位妻子中年纪比较大的那一个。

最开始的慌乱告一段落之后,哈桑纳利一边继续飞快地吃着饭,一边开始聊天。他的阿拉伯语说得不怎么流畅,不得不多次向姐姐蕾哈娜(原来如此!)求助,因为蕾哈娜很有语言天赋,就像他们的父亲一样。每当哈桑纳利向蕾哈娜求助的时候,马丁也会趁机久久凝视着她。她把头巾扯下来,像围巾一样披在了肩上,这样就不会被食物弄脏。有几次,哈桑纳利实在说不下去了,蕾哈娜只好自己接过了话头,继续谈话。这时,马丁总是全神贯注地看着她,惊讶于她眼中忧伤的美丽,和脸上柔美而微妙的表情。她不怎么笑,说话的时候即使被他盯着,也不会垂下或移开目光,所以他也就一直注视着她。他能感觉到两人之间的气氛在升温,最后只得恋恋不舍地移开了目光,免得冒犯对方。他想每个人都看到了他在盯着她看,不禁为自己的失礼开始脸红。这让别人怎么看啊,去人家家里盯着女人看?

"他们来接我的时候,是你在喂我吃的吗?"他问她,话题终于回到了他来这里的初衷上。我的天呐,记住要举止得体,否则就赶紧出去。她点了点头。他接着说道:"我是来感谢你们一家的善意的,还要为你们遭受的怀疑道歉。你们做了一件非常人道的事情,你们的恩情,我永远也无法报答……"

"不,不,应该道歉的是我们,"哈桑纳利打断了他,"我们甚至没有去问候你,因为我们害怕招惹你当官的兄弟。但我们不去,是对真主更大的不敬,也有悖于真主要求我们给予彼此的善意。我们也不知道该用什么语言跟你沟通，加上害怕那个生气的白老爷，所以就没有过去，但我们的确很想知道你已经缓过来了，正在康复。"

诸如此类的对话延续了好几分钟，显得彬彬有礼，情深义重。但马丁始终无法忽视身边的蕾哈娜，一有机会就会转头看她。她听着哈桑纳利过分热情的客套话，微笑中流露出嘲讽，还有些许难以置信。他该怎么打听关于她的事情呢？打听来又有什么企图？她结婚了吗？该打听吗？该怎么再见到她呢？他敢吗？不要再胡思乱想了。你中什么邪了？能见到她，看着她，欣赏她脸上的表情和晶亮的眼睛，感受她在眼前给自己带来的快乐，就已经足够了。等到告别的时刻来临，他说：我希望我们还能再见。虽然这句话看似是说给所有人听的，但他真正想见的，是她。

插　叙

我不知道这一切是怎么发生的。它的不可思议让我无比困惑。尽管我知道它的确发生了，马丁和蕾哈娜成了情人。但我对此无法想象，并因此充满了悲伤。我曾经觉得，尽管对他们恋情的细节无从知晓，我还是可以得到真相，因为想象也是一种真相。我指的并不是空想唯我主义那一套：只有我可以想象的，才是真实的。而是说，即使在知识非常不全面的情况下，我们还是可以想象事情是怎么样的，以及它是如何发生、如何发展的。但我发现，在马丁和蕾哈娜这件事上，我根本无从确定一个看似最有可能的事件发展顺序。

又或许，是我自己迟迟不愿去想象吧。因为我发现，自己就是这么对待这一刻之前的那些事件的。出于某种过于保守的迟疑，不愿去介入只能通过最不可能的蛛丝马迹来推理出的情事。也许我之所以迟疑，是害怕自己在想象这样的邂逅时，会忍不住要重复关于奇迹的陈词滥调。我不想听自己说，他们对彼此一见钟情，而剩下的事情迟早都会发生。他们四目相望，便看到了彼此的灵魂，将周遭对他们的一切束缚都置之脑后。这会是真的吗？会有这种事情发生吗？而且就算是真的，又该怎么写下来呢？一想到解释可能如此简单，就让我浑身难受，觉得难以置信。因为我们年纪大了，觉得自己已经不再相信奇迹了，认为它背后一定有某种不可告人、难以启齿的原因。我们宁愿相信这一切都是出于贪婪和欲望，也不愿相信，其实爱才是真正的动机。让我们安心的是自嘲，挤眉弄眼地说自己肮脏卑鄙、臭不可闻、活该被赶走，而不是带着颤抖的羞怯，或是对爱恋满怀战栗的渴望。我们甚至已经不再被允许拥有灵魂了，隐秘的内心世界里，只剩下没有答案的混乱，袒露着跳动的伤口。

不过，无论我能否想象，我都知道蕾哈娜·扎卡利亚和马丁·皮尔斯成为了情人。我别无选择，只能试着去梳理一下他们的恋情是如何发生的。马丁回到了弗雷德里克的住处，刺眼的阳光和灼人的高温让他的头跳着疼。他的思绪飘到了蕾哈娜如水的面庞上，想着她灵动的五官和深邃的双眼。他和坚持要送他回来的哈桑纳利握手告别，感谢他的款待和善意。终究，他还是没能把从弗雷德里克那里借来的感谢金交给他，因为他觉得这种行为会招来反感，或至少会让两人产生争执，而这两种结果都有损人家一番款待的情意。而且也会让他显得小家子气、思想庸俗，仿佛他觉得金钱的价值可以与人性的善良相提并论。他在想是不是应该现在把钱给哈桑纳利，因为此刻只剩下了他们两个男人，而两人都很清楚这种东西作为必需品在俗世中令人唏嘘的价值。这并不是对他们无私照顾的酬劳，而只是以一种慷慨的姿态以善报善。但哈桑纳利的态度中显然有一种敏感而脆弱的东西，在阻止着他这么做。

"谢谢你来看我们。欢迎随时再来。我们的家就是你的家。"哈桑纳利说完，便消失在了刺眼的阳光中。

故事就是这样开始的。他不能就此罢休。他无法告诉自己，哈桑纳利和他的邻居们已经尽到了他们的责任，出于习俗和人道的要求，完成了对他的照顾。他不能说：考虑到我对你们救助的感激，我一定会把你们的善意传递给另一个需要帮助的人，为人类的链条添上小小的一环。他也没有提醒自己，作为宗主国人民中的一员，他所做的事情已经超出了人们对他的要求。他已经对他们对他尽职尽责的照顾表示了感谢，也已经对他们遭受的难堪且无谓的怀疑与辱骂表示了道歉。事情应该到此为止，哈桑纳利和他的邻居们应该回去继续遵守他们老掉牙的繁文缛节，而马丁应该继续休养，并等着坐船回家。（如果他是一位中世纪的王子，他应该在仆从的簇拥下平安返回，之后送来一袋黄金和珠宝，让自己的故事在这个地方传为佳话。）

但他忘不了她。也许他对自己说，我无法抗拒，无法阻止我自己。每次想到她，他的渴慕（感情很快就发展到了这个地步）便随着每一点回忆变得越来越强烈。之后的日日夜夜，有好些时候，他都会闭上双眼，细细回想，仿佛她就在身边，凝视着他，呼吸拂过他的面颊，带来一丝不易察觉的震颤。不管怎样，他都还没有表达完自己对他们的感激之情，如果觉得只去一次就足以报答他们慷慨的欢迎，那他也太自以为是了。哈桑纳利不是也再三说了么：我们的家就是你的家。要是他不再去一次，他们会觉得他不懂规矩，傲慢无礼。

距离第一次拜访只过去了几天，他就又去了一次商店，和几个老人坐着闲谈。老人们看到这个白人又回来和他们聊天了，觉得脸上很有面子，特意把卖咖啡的叫过来，服侍他们的客人。他们还不习惯来自一个白人的礼貌，如此简单而又出乎意料，就是顺道来聊聊，喝杯咖啡。他们不习惯和欧洲人打交道。住在镇上或这些年来来去去的那些白人可没有时间做这种无聊的事情，他们总是严肃而专注地处理着自己的重要事宜，对拖延很不耐烦，像是被某种欲望在推着走，看起来很吓人。几个镇上的人在蒙巴萨见过的那些白人也是一样，一副老谋深算的模样，目的性很强，总是很警惕，很容易发脾气。但这一位却一点儿不着急，喜欢闲聊，居然还会说阿拉伯语。

也许马丁还要了个心眼，让哈米斯在他第二次拜访的头一两天给哈桑纳利家送去了一些鱼和芭蕉作为礼物，和这家人套套近乎，或至少是报答一下他们的恩情，这样就可能会顺理成章地收到第二次邀请。哈桑纳利坐在店里，嫉妒地看着他们，伸长了脖子听老人们一如既往的废话，随后再次对他的白人朋友发出午餐邀请，好让这些唠唠叨叨的老先生看清楚，谁才是马丁真正的朋友。马丁就这样再次见到了蕾哈娜，并随之找到了接近她的方法和机会。但哈桑纳利真的会对他再次发出邀请吗？第一次是出于好客的冲动，在当时那个情况下，肯定要表示一下慷慨。但第二次就有些复杂和刻意了，像是某种设计。就算好客的冲动还没有消失殆尽，的确有了第二次邀请，那马丁又该怎么接近她呢？他要怎么样才能找到机会，跟她说那些会导致如此难以想象的结果的话呢？

他给她写了一封信，倾吐了他对她的爱慕，说想和她见面。信是用阿拉伯语写的，写得很吃力，因为对文字不熟悉。他虽然会说一点阿拉伯语，但并没有练习过写作。写阿拉伯语的情书，或其他任何语言的情书，都要求作者熟谙这种语言的传统风格和比喻手法，但这些十有八九都不在马丁对这门语言的掌控范围之内。但他既然在埃及待了那么久，很有可能读过爱德华·莱恩的《现代埃及人》①，以及他翻译的《一千零一夜》。从这两本书中，他都可以找到许多关于爱情如何进展的提示与例子。但这里不是埃及，也不是哈伦·拉希德的梦幻国度，跟披金戴银的波斯和中国公主没有关系，所以莱恩绮丽的文风用在这里也许并不合适。不管怎样，马丁用阿拉伯语写了一封信，不管多么笨拙与吃力，还是表明了自己的意图和目的。对妇女的监护人来说，只要截获这样一封信件，就等于掌握了不正当追求的确凿证据，因此冒着被发现的危险写这么一封信，恰恰证明了信中表露的渴望有多么认真。而且，这是一种历史悠久的求爱方式，适用于随意见面并非易事的地区，在富人和知识分子阶层尤其盛行，但普通人家也不例外。这种交流的含义是不可能被理解错的，哪怕信上的字你一个也不认识。或许马丁·皮尔斯跟自己说了一遍又一遍，我无法抗拒，无法阻止我自己。哦，上帝，你为什么不愿意教我克制？

不管怎样，事实证明，这种隐秘的情感对蕾哈娜来说也是无法抗拒的，因为她发现自己也总是在想着那个英国人。她小心地回了一封信，但信中也不乏鼓励的意味，然后又等

---

① 全名为《现代埃及人的风俗习惯》(*An Account of the Manners and Customs of the Modern Egyptians*)。

来了第二乃至第三封信,才最终同意见面。

信使是哈米斯,那是一定的。马丁在哈米斯身上下了不少功夫,跟他说话时客客气气,礼貌地称赞他会照顾人,凡是需要他跑腿的时候,给赏金出手也很阔绰(用弗雷德里克的钱借花献佛)。他知道这些看似平常的举动会在无权无势的人们心中激起多么大的涟漪,而他们又有多么看重别人对自己表现出来的慷慨和谦和。因此,在去哈桑纳利家吃过第二次饭之后,马丁又派人送去了茶叶和水果。趁着送这些礼物的时候,哈米斯往蕾哈娜手心里塞了一张叠成小方块的纸条。又或者,哈米斯并不愿意接受这个送情书的任务,有些男人就是这样的,无论身份多么卑微,因为他们觉得这种使命不光彩。也许是厨子接受了这个任务。实际上,厨子是执行这项任务的理想人选,因为他们干的是女人的活儿,干活的地方也是家里请得起厨子的男人不屑光顾的,因此可以安全移交小心折好的纸条。而且因为他们干的活儿不够男人,所以他们看起来对女性的贞操也不那么有威胁性。或许正是因为有了这种看法,才会让有些厨子脾气特别大,满嘴脏话。

或者是瓦基尔!不,瓦基尔应该不会做这种事情。他拉不下这个脸。不管是马丁·皮尔斯还是蕾哈娜,都不是什么重要角色,不值得他冒这个险。一旦被发现,对于像他这么一个以正直与体面的形象为职业依托的人来说,就等于身败名裂,尽管大家都相信,律师这个职业和正直与体面毫不沾边。而且他也没办法像仆人那样进到人家家里,接触到人家家里的女人,因此也就无法把这些信交给蕾哈娜。肯定是哈米斯，或是厨子。

一个英国人，在那种地方如此显眼，是怎么找到方法做这些事情的呢？他周围的人应该都对他如何开展恋情十分好奇，会盯着他看。他们可能还会就他做过的一些事情展开探讨，因为那些貌似平常的事情其实在他们看来很不一般，内有蹊跷。他是怎么让自己的一举一动逃过全世界的眼睛，做出这么不同寻常的事情的？但也许全世界都知道，只不过马丁不在乎。弗雷德里克知道，因为马丁在第二次拜访后就告诉了他。弗雷德里克记得那个把他从自家赶走的漂亮女人，听着马丁充满激情的汇报，谨慎地点了点头。他忍住没有问马丁是不是疯了，但他的确表示，他希望他知道自己在做什么。马丁解释说，他希望弗雷德里克知道，是为了避免尴尬。也许什么也不会发生，但他已经给她写了封信，因此想让弗雷德里克知道一下，以防万一有什么麻烦。

"只要不把这处宅邸和这个办公室牵扯进去，"弗雷德里克说，"你就好自为之吧，老兄。这些人对待这种事情是很认真的。呃，应该所有人对待这种事情都很认真吧。我给你讲个故事，是关于在印度的一个人的。他也遇到了这种事情，对一个当地的美女一见钟情，就和人家好上了。但很快他就泥足深陷，需要花好大一笔钱，才能让他自己从姑娘亲戚们的愤怒中解脱出来。地方大臣对这件事很不高兴，这个家伙就被调走了，而且荒唐的丑闻也先他一步，传到了新地方。另外，你也别在当地美女身上浪费自己的同情心。她在帮家里捞到一大笔钱之后，就和一个茶园种植主对上了眼，跑去打理他山上的豪宅了。"

"明白了。"马丁说。

弗雷德里克敢这样教训马丁吗?这是否已经超越了绅士们所能自我允许的范围,哪怕他们不是贵族,只是中产阶级?总之,那个傍晚(也许是)弗雷德里克第一次谈起自己的妻子克丽丝特贝尔——克里斯蒂。她从印度回到了英国,拒绝再回来。印度人说话的声音让她心烦意乱。他告诉她,当地人说话的声音让每个人都心烦意乱,但她听不进去。她说它们让她身体不舒服。那种吱吱嘎嘎、带着哭腔的声音,让她想用指甲挠自己的脑子。而且她认为帝国是邪恶的,让他们贪婪和残忍地对待这些可怜而懵懂的人。"她是个诗人,"弗雷德里克说,"她内心有一部分对帝国是厌恶的,觉得帝国的严酷磨灭了更为美好的情感,让我们都变成了'骗子和恶霸',这是她的原话。引出了我们最坏的一面,她说。她不愿与之同流合污。"他说着,微微点了点头。沉默了片刻之后,他补充道:"我觉得在'骗子和恶霸'这一点上,她未必说得不对。"

话又说回来,就算有办法做到,又到底是什么让马丁不顾一切地想要和蕾哈娜这样的女人展开恋情?他们并不是复杂、世故的人——蕾哈娜、哈桑纳利和玛莉卡,并不是轻率之举可以被高墙深院所遮蔽的贵族浪荡子。他们住在一个商店后面,一举一动都在邻居的眼皮子底下,所有人都挤在一起,被一种关于女性贞操的道德焦虑牢牢钳制。女性出门只是为了拜访女性,或是在不得已的情况下去一趟市场,或是去参加活动:婚礼、葬礼后的诵经、吊唁、恭喜邻居家添丁,或是在必要的时候好言好语问人家借钱。他们对地下恋情既不了解，也无兴趣，而且还会因为在这些事情上的有失检点而无情地惩罚彼此，用嘲笑、羞辱和更为恶劣的手段。

这是 1899 年，还没有到《风中奇缘》发行的年代，不会把和蛮族公主之间的浪漫邂逅描绘成一场奇遇。帝国世界对性行为是否得体是有严格规定的。帝国已经成为英国公民体面的延伸，尽管允许一些自大与冒险，但不再宽容与领地姑娘们调情，至少官员不行，至少不能公开。要为妻子与母亲着想，还要考虑到传教士、舆论与尊严和对联交所一切商品价格的影响。马丁·皮尔斯并不是从乡下来的不懂事的水手，也不是老拿帝国吹牛的淘气小孩，不会对周围的异域风情大惊小怪，也不会被异国美人或亚马孙女战士冲昏了头脑。究竟是什么，让有着这种背景的一个英国人——大学、殖民地官员、学者——和东非海边小城一个店主的姐姐开始了这样一段感情？

也许并不是他先开始的。也许她才是那个在第一次见面后展开行动的人。当哈桑纳利带回再度邀请马丁吃午餐的消息时，蕾哈娜忍不住笑了。她之所以会笑，是因为看到了弟弟有多么自得。"咱们的英国朋友又来看我们了。"哈桑纳利说着，也对姐姐露出了笑容。玛莉卡匆忙把洗好的衣服从晾衣绳上收下来，扫了院子，又把厕所冲洗干净。而蕾哈娜则洗净了小扁豆和做沙拉的蔬果，添上几个菜，让午餐更适合待客。他和他们坐在一起，看起来是那么自在、友好和放松，把他们当作他感激不尽的恩人，看着她的时候，眼神中流露出令人不安的率真。这一切都不在她意料之中。他已经来了两次了，还送来了这么多表示友好的礼品，如果还留着他的笔记本，似乎太不厚道。于是，在他来访两天之后的那个下午，她带着紧张的心情，往白人官老爷的宅邸走去。她的紧张来自对白人官老爷及其责难的恐惧，也来自对可能出现的尴尬的担心，不知她去见的那个人会不会对她闭门不见或是语带轻蔑。她想过要不要让哈桑纳利陪伴自己，但又觉得还是她一个人去更好。她喜欢皮尔斯谦和的态度，觉得他应该不会为了这个笔记本发火，只会悄悄拿回去，不会对外人吐露这个秘密。她也想再看一次他注视自己的目光，看看里面那种不加掩饰的渴望。

到了政府官邸的时候，她发现办公室的门关着，前门从里面闩上了。她沿着墙走了一圈，来到了花园门前。门一推就开了，她走进了花园，喊了声"你好"，宣布了自己的到来。院子里很阴凉，中央有一棵小棕榈树，墙根种了一些灌木。虽然外面的街道热得滚烫，但这里却是那么凉爽、芬芳，即使是午后时分。隔着院子与宅子遥遥相对的是仆人的房间和厨房，隐藏在花架后面，上有吐芳的藤蔓。一眼望去，这里一个人也没有。她又喊了一声，觉得要是还没有人回答，她就准备走了。没想到片刻之后，他惊讶的面庞出现在楼上的窗户后面。

也许她觉得自己没有什么好失去的，因为余生注定都会在商店后面亮晃晃的院子里度过，为女人们做衣服换几个钱，或只换来一点关爱和承诺。其实听起来也没什么不能忍受的，真的，尤其是对于像她这样在小镇店铺后面住了一辈子的女人来说，而且她也习惯了女人都像她自己这样生活。但或许她远比我想象的要鲁莽、勇敢或任性。阿扎德的抛弃让她倔强起来，对别人的看法不再那么敏感，也不再那么在意别人的评价。男人走了，留下女人，一辈子都生活在哄骗之中，艰难度日，直至死去。所以，当马丁接过本子，欣然一笑，伸手邀请她进屋时，她便牵着他的手，跟他走了进去。

伯顿对这一切怎么看？他会对皮尔斯作何评价？是否会对他产生同为海滩流浪汉的同情？或许他会把它看作一种消遣，觉得没什么大不了，就是关于欲望和满足的情事一桩，也可能会对马丁低看一眼，觉得他不够克制和慎重，而且要把这么平常的一件事搞出这么大动静。他一开始应该会这样。但随后，他一定会嘲笑这种风流韵事中被爱情冲昏了头脑的自欺欺人。这人陷得太深了，他会说。这次他的确陷得太深了。这场恋情是否会让蕾哈娜和哈桑纳利大吵一架？那是肯定的。他一定会痛斥她，说她不成体统，令人无法忍受。他也一定会咆哮着，说她把他的面子都丢尽了。他一定会怀疑她疯了。

我从哥哥阿明那里得知，这件事的确发生了，蕾哈娜·扎卡利亚和马丁·皮尔斯成了情人。马丁·皮尔斯去了蒙巴萨，不久之后，蕾哈娜也以走亲戚为借口，跟他去了那里。她和他一起居住在他租来的公寓里，周围绿树成荫，是当时欧洲人的聚居地，就在如今的医院附近。马丁和蕾哈娜公开同居了一阵子，直到他返回英国。看来，马丁在某一时刻恢复了理智，决定回家了。

我的哥哥阿明之所以知道这个故事，是因为这件事的后果也对他产生了影响，可他却不能和我说得太多，原因有很多，但最重要的一点是，在他可以告诉我的时候，我却不在他身边。他本可以把它写在信里，但他却选择了绝口不提，多年来都是这样。有些事不能简单地写在信里，得私底下谈，见了面才能说。但在几个月前的一封信里，他提到了贾米拉，这是在我离开家以后他第一次提。我之前经常想起贾米拉和阿明，想起他们之间的故事，和这件事时至今日还意味着什么。从某种程度上来说，他对她的闭口不谈，反而让我了解了他一些我以前不会想到的方面，也让我对固执和痛苦有了思索。当我写信告诉他格蕾丝的消息，他回信说，这件事让他满心悲伤，想到了贾米拉。这是他第一次在信中提到贾米拉，是我离开家以后这么多年来第一回，而这突如其来的回忆，让我想写一写他们的故事，关于贾米拉和阿明。也许这能让我不去想格蕾丝吧。我不知道。反正我现在时间很多。我不再有人可以安抚，也不需要再去哄骗谁的柔情，而且我想去想一想阿明，让他离我更近一些，找回我如今已经失落的回忆。

那个时候，我觉得阿明的人生有悲剧的成分，那是一种深重的悲伤，不像我，之所以把人生搞得一团灰暗，都是管理不善和胆怯的结果。不管怎样，写出他们故事的冲动并没有离我而去，在拖延了一阵子之后，我决定先开个头。但当我开始思索这些事件和那个人生，我发现我必须先交代一下这一切是如何开始的。如果不去想象蕾哈娜和马丁是怎么走到一起的，我就没有办法动笔，但我手头却只有零星几句八卦消息。于是我决定，先用英国人的首次亮相作为开场。但当我写到了眼下这个关键的时刻，却发现自己突然遇到了难题，因为有些东西是不能光靠想象去写的。

正如你们所看到的，这个故事中有一个"我"，但它却不是一个关于我的故事。这个故事是关于我们所有人的，关于法丽达、阿明、我们的父母和贾米拉。它讲述的是一个故事可以包含众多故事，但这些故事并不属于我们，只是我们所处时代滚滚洪流的一部分。故事捕捉到了我们，也永远纠缠着我们。

第二部分

5. 阿明与拉希德

　　和他们一街之隔的，是一座摇摇欲坠的大房子。外墙的灰泥已经斑驳，露出了里面的珊瑚和泥土。有几扇百叶窗全凭奇迹挂在那里，窗口的破布翻飞在热浪中，似乎在显示着这里还有一些隐私。窗外有时会挂着渔网，因为这户人家的男人都是渔民，有时会因为某些原因，把渔网带回家挂在窗外。房子里住了很多人，进进出出，但似乎没有人留意到房子快要塌了，也没有人在意所有的角落都被鸡占据，楼梯呈现出奇怪的角度。对拉希德来说，这座房子闻起来就像是废墟，他已经可以提前感知到屋内楼板坍塌时扬起的尘土。它闻起来也像是鱼鳞和鸡粪，还有人类的呼吸，就像是在某个活物的身体里。房子没有电，往幽暗的屋里走上几步，就仿佛置身于空荡荡的山洞之中。每当季风季的大雨来临，他都会期待这座房子被冲走，但从来没有。它就那么立在那里，年复一年，在倒塌的边缘，像历史一样顽固。

　　他们家却又敞亮又通风，因为他们的母亲喜欢这样。她回家的第一件事情就是打开所有窗户通风，不管其他人怎么想，而且会边忙活边问着问题，让每个人也跟着忙活起来。家里所有的事儿都得我一个人干吗？但其实她挺喜欢这样的，让身边显得有点慌张和忙乱，至少维持那么一段时间。

　　家里有三个孩子：拉希德、阿明和法丽达。拉希德比哥哥阿明小两岁，而阿明又比他们的大姐法丽达小两岁。两年一个月零十二天。阿明喜欢计算，喜欢反复数着天数，让拉希德心烦，因为那个时候这种事情还具有激怒和贬低他们的力量。两年一个月零十二天，这个数字永远都不会改变，不管你怎么做、怎么说，永永远远。在某个年龄段，阿明会把这些话说上一遍又一遍，不知疲倦而又毫无怜悯，永永远远。不知为何，拉希德觉得这些话让他很难过，所以最后会扑到地上，开始痛哭。那时阿明就会安静下来，看着抽泣的弟弟，被这种深深的痛苦震慑住。没想到他的玩笑会导致这么大的痛苦，而拉希德这么小的身子居然能发出这么大的抽泣声。他会轻轻拍着他，让他平静下来，还会坐在他身边安慰着他，为这出好戏微笑。

　　阿明还有其他作弄弟弟的方法，但多数渐渐只为他们两个所知，因为父母或法丽达的干涉迫使这些折磨成为了秘密。其实也不是真正的折磨，没有受伤，也没有侮辱，就是逗逗对方、笑一笑，有时猛推一把，在光天化日下打个劫什么的（弹珠或是糖果），还有对当老大这件事坚持不懈的渴望，这倒是没得商量。拉希德很早就明白，自己被作弄是无可避免的，这是他为哥哥的爱所不得不付出的代价，是亲密仪式的必需品。哪怕拉希德多数情况下都言听计从，有时也还是不够的，因为阿明会有想炫耀的时候，想彰显一下他的无所不能，想让他的每一个要求都得到满足，即使多数时间他还是对自己的优势地位很满意的。这种状态在他们小时候表现得最为直接。随着年纪的增长，拉希德变得不那么顺从了，阿明则变得更加沉着和狡猾，更善于伪装自己的统治，熟练地化解弟弟的反抗。而其他人则让阿明更加难以放弃自己复杂的支配地位,因为他们都把兄弟俩看作是完全不同的两种人。有一阵子,法丽达喜欢和别人反着来,有时会装作把他俩搞混。但其他所有人,从父母、亲戚到最不熟悉的邻居和只有点头之交的路人,都会把他们当作截然不同的两种人来看待。

这是个小地方,并没有邻居是那么不熟悉的,也没有路人只是点头之交而已,每个人都认识彼此。不管怎样,没有人愿意放弃对别人的生活进行评论与干涉的权力,都喜欢先对甲的不守规矩和乙的玩忽职守表示一下震惊,再等着瞧丙给他的家庭带来灾难——你记住我的话,一定灵验。对于两兄弟来说,其中有些人只是在路上见过,看着眼熟,连名字也不知道,不晓得他们和自己有什么关系,但就连这些人,也会毫不迟疑地对他们加以评判,说他们两个有多么不同。他们无疑是不同的,尽管每个人都大差不差,但总会有一些小的方面,可以作为我们说起自己个性和独特之处时的谈资,但别人看待他们的套路却大致相同。阿明是老大,拉希德是老二。法丽达不在这个考虑范围内,因为她是姐姐,因此必须以另一种方式来谈论,遵循另一套关于变化和期望的时间表。一开始两兄弟的区别就是老大和老二,但从中渐渐发展出一个关于两者不同之处的故事,并衍生出一套严格的体系,包含着各种琐碎的特权和禁忌,他们年纪越大,就越不容易改变。

在家里,阿明永远是阿明,但拉希德却有好多昵称。很小的时候,他是希希或弟弟,甚至是拉拉,都是他被要求说出自己的名字时大着舌头发出来的音,不知怎么就成了他在家里的称呼。他从小就会提供素材,为自己的人生增加负担或是引来嘲笑。然后他又成了"Kishindo",意思是"喧闹",因为大家觉得他很吵,很不消停。闹人精驾到。对有些人来说,这些名字是一种亲人间爱意的表达,从来没被这么称呼过的人甚至会嫉妒有这种名字的人,觉得自己没人爱或是被爱得不够深。但拉希德却会为这些称呼烦恼,觉得里面的嘲笑多过爱意,也很厌恶每次他抗议后大家此起彼伏的笑声。但他最恨的是自己无法摆脱这些名字,也没办法跟着大家一起笑话这些名字,加入这种游戏。每次他们这样喊他,他都不得不努力克制想哭着跑到屋外的冲动。后来,人们又开始喊他"意大利人",而这也是伴随他最久的一个名字。

这个名字的来历有一个故事。他父亲的弟弟哈比卜叔叔是在海关负责寄售工作的职员,工作地点就在海边。阿明和拉希德有时会站在海关的大门口,就是为了看一眼坐在柜台后面自己工位上的叔叔。他身后的墙上挂着一口大钟,吊扇在他们头上转得飞快。可能是在他们从古兰经学校放学的时候,会穿过海关花园,沿着海边绕远路回家。又或者是学校放假的时候,无所事事的少年儿童们会晃荡到这个小镇的每一个角落和缝隙中。如果海关门口没有站满商人和抄写员,兄弟俩就会走进去,站在铺着地砖的门厅里。高大的柱子让他们觉得自己分外渺小,光线透过巨大的窗子照进来,让大厅显得仿佛在水下一般。要是人不多,哈比卜叔叔看见了他们,就会招呼他们过来,从柜台后面探出身子和他们握手,而他们则会开心地咧嘴一笑,仿佛自己是什么大人物。

他们有好几个叔叔,但这个叔叔是最有魅力的一个,因为他和英国军队一起在阿比西尼亚打过仗。他们家里有一张他在照相馆拍的照片,镶在相框里。照片里的他穿着英王非洲步枪团的制服,帽檐向上翻着,贴着脑门,和欧洲定居者一样,帽带勒着两边脸蛋。也就是他,给了拉希德一本袖珍意大利常用语手册。

这本书是一家摩托公司的代理商作为礼物送给哈比卜叔叔的,那家公司当时刚开始专注于生产和销售踏板摩托。在那个年代,这种小玩意儿就足以赢得小办事员的好感,而这种礼品的赠送都是公开的,就在海关大楼支着柱子的绿色顶棚下,镶着饰钉的大门前,对着海滨步道主路段(海关大楼应该还在那儿,不过现在可能改为了观光客咖啡馆,叫作"蓝鹦鹉"或"蓝枪鱼"还是别的蓝什么)。在那个时候,卡帕迪亚摩托公司的代理商只需要送上一本意大利常用语手册,一张关于威尼斯运河或托斯卡纳山坡上柏树的招贴画,就可以让海关工作人员加快为他办事的速度。如果非要说这种送礼行为有什么见不得人的地方,那就是:这些小玩意儿其实是很有价值的。它们象征着外面的世界,永远比他们日常面对的那个黑乎乎的世界要更干净、更明亮。外面的世界不一定非得是欧洲,也可以是一本日本日历,上面印着光影迷人的和室与盛放的杜鹃盆景。或者是裹着薄纸的黎巴嫩葡萄,装在印有雪松剪影的果盒里,又或是包装上绘有绿洲图案的伊拉克椰枣。印度货不行,因为那属于臭烘烘的日常生活的一部分。欧洲的总归最好。欧洲世界是那么遥远,给人一种说不清的敬畏感,而这些象征物就像是那个世界的一种延伸,人人都巴不得能占为己有。代理商可不愿意把这么有价值的东西随手送给眼馋的路人,而是要留着送给能为自己办事的人。

在我们更为饥渴的年代里,送这种礼物会被视作一种冒犯,只会加速引来恼火和拖延。工作人员会突然记起有别的急事要办,最后好不容易把他等来了,却只会让你为难。他可能会对寄售货物进行过分细致的检查,一板一眼地遵从官僚机构那一套,甚至还会若有所思地表示,这里面可能存在某种检控方面的隐患,因为违反了之前某项不为人知的海关条例。这不是说他想要的非得是什么金额巨大的礼物,大得足以存入一个带编号的瑞士银行账户,至少对一个海关办事人员来说不必如此,当然也取决于你人在哪里,要寄售什么。数目完全不必大,通常只需要客气一点,送上几句感谢和几个小钱,就可以满足他们作为办事人员的自尊心并成为他微薄的薪水所无法带来的小小奢侈。当然,原因很简单,家里的人口越来越多,需求永无止境,就连香烟也很贵。

到底发生了什么,才让我们的时代如今变得这么不守规矩?以前可不是这样的。以前哈比卜叔叔只要拿到一本常用语手册和一张招贴画就会心花怒放,微笑着加快为卡帕迪亚摩托公司办事的速度,而现在却会变得贪婪甚至刻意刁难。为什么会发生这样的转变?英国人走了,这就是原因。他们还在这里的时候,一切都像是在管理猴子学校。这个不行,那个不行。大错特错,送去坐牢。你们落后、腐败、幼稚,只有我们英国人才是诚实、智慧和高效的,是有史以来最诚实、最公正、最高效的管理者。之后他们就回去面对自己难以控制的腐败了，换猴子们接手。海关工作人员小小的贪欲和总统及部长们经营的无耻集团自然不可同日而语，但总归是上梁不正下梁歪。

总之，在那个较为节制的年代，哈比卜叔叔接过那本意大利常用语手册，和卡帕迪亚摩托公司的代理在海关大楼的楼梯上握了握手，就当着海边任何一名散步者的面。那天下午晚些时候，他把手册送给了自己九岁的侄子拉希德，自己留下了那张印着托斯卡纳山坡上柏树图案的招贴画。

拉希德不太确定那到底是什么，但常用语手册的某些方面对他产生了吸引。也许是学会这些句子就能帮你应对生活中一切意外的想法吸引了他。又或许吸引他的是意大利人的样子，或这些句子的发音，因为周围没有人能告诉他书里的词语该怎么念。他认识的人里面没有人会说意大利语，甚至都没有人听过意大利语，除了哈比卜叔叔自己，他肯定听过几句意大利语的求饶声。又或许是这本书和哈比卜叔叔的军人光环产生的联系让它富有吸引力。没人能问哈比卜叔叔关于战争的事情。面对这样的问题，他总是皱起眉头或哈哈大笑，或索性置之不理，所以拉希德也不能试着跟他说意大利语。

拉希德练习并学会了不少常用语，只要一有机会，就会用意大利语来回答问题，或至少是用他以为的意大利语。这是很受欢迎的一个把戏，让人印象深刻。一开始他只在家里说意大利语，用令人费解的胡言乱语逗得大家哈哈大笑。后来名声在外，会有人在街上对他连珠炮似的发问，就为了听他用意大利语信口开河。他在家里变得很烦人，因为他只愿意用意大利语回答问题，尽管很招人恨，但大家还是觉得很好笑。有一次，法丽达偷偷拿走这本书藏了起来（后来被发现是藏在了她的床垫下面），因为她说她再也受不了听他叽叽呱呱了。但拉希德不管不顾地大闹起来，拒绝说话，拒绝吃饭，拒绝直视母亲的双眼，再怎么吓唬他都不行，除非把书还给他。之后，这股意大利语的狂潮又开始继续，只要法丽达在场，又有人可以护着他，让他免受姐姐烦躁的掐和打，他就说得更加变本加厉。父亲兴致来了也会拿走这本书，看这些常用语里有没有自己认识的，顺便看看拉希德是真的会说这些句子，还是只是在制造噪音。随后，他向全家人宣布，拉希德是真的在说意大利语。这就是"意大利人"这个名字的来历。尽管这是他自己出风头赚来的名号，很长一段时间里也都会让他微笑，但少年时期的他还是开始讨厌这个名字了，当小孩子们追着他在街上喊的时候。

但问题并不只在于绰号和玩笑。而是每个人都会给他一种感觉，让他觉得自己没有责任感，软弱无能。如果有事要交代，人们会交代给阿明。如果牵涉到钱，不管是去市场买东西还是要交给某个人，都会托付给阿明。有时哪怕这笔钱是给拉希德的，人们也还是会交给阿明：这是给你弟弟的，给他买凉鞋、看电影、付学杂费用。照顾好这个爱做梦的家伙。

更糟糕的是，也许是为了证明人们对他的保留意见是正确的，拉希德第一次拿到别人托付给自己的钱，就弄丢了。当时他只有八岁，但他还是本可以做得更好的。他应该意识到自己的声誉岌岌可危，而历史就是由这样连续的瞬间组成的，每一件事都很重要。事情是这样的。他的老师给了他一个条子，请他带给自己的母亲。不，他觉得这个条子和他在学校可能犯下的错误没有关系。对犯错的处理方式不是这样的。首先，多数家长很可能都不识字，所以只能由肇事学生自己转达老师的谴责。在这种情况下，再小的孩子也知道该怎么做才是最好的。其次，老师自己也可以让孩子知道他犯了错，而且直截了当、毫不含糊。实际上，这通常似乎是老师们对于自己的职责最为享受的部分。不，拉希德也不会觉得替一个男人带条子给自己的母亲有什么可疑之处。他还太小了，不会明白这方面的事情，况且这个老师有个习惯大家都知道，就是时不时地会给一部分家长写条子，找他们借钱。通常这种事情都发生在快到月底的时候，但他还钱很及时，会托孩子们当信使。而且，孩子们也害怕这个老师，他从不对他们微笑，但有时又会吓人地哈哈大笑，或是发一通无名火，手臂愤怒地一挥，给附近某个后脑勺来一记爆栗。所以他们不会有人去想老师的指令是什么意思，从来不会。他们只会跪下来服从，这也就是老师想要的。

除了向家长借钱之外，这个老师还有其他方法来增加自己的收入。每个上学的日子，他早上第一件事，就是命令全班同学起立背诵乘法口诀表。这项令人愉悦的练习沿袭自英国小学教育系统，一直没有改变过。背诵的语言也许变了，但道德作用还是一样。孩子们从自己的书桌后起身，胳膊垂在身体两侧站好，等着老师宣布今天要背的数字。老师会先说第一行，比如"三一得——"，然后面对全班同学站着，听他们接着背下去。孩子们扯着稚嫩的嗓子背着，老师带着愉快的微笑听着，偶尔还会闭上双眼，微微摇晃着身子，仿佛这节拍来自一曲响亮的颂歌。要是有一个声音背错了，他的眼光就会稳准狠地落到那个肇事者身上，眼中的怒火预示着那个人准定有好果子吃。三一得三、三二得六、三三得九……有时，要是他还不满足，或是还没听够声嘶力竭的童声，就会再说一个数字。然后，他就开始收钱了。

他会按照班级花名册点名，被念到名字的孩子就得走到老师的讲台前，往台子上的盘子里放一个五分钱的硬币。这样他才会被记录为到校。老师从没说过这些钱的用途，但你就算不是神童也猜得出，这些宝贵的硬币直接进了他的肚子。他知道多数孩子都会带几个零花钱来学校，课间休息时买个果汁，或是一小杯坚果，感受一下上学的快乐。他先拿走一点，也是怕妨碍他们上课。要是有的孩子实在没钱，他就会让他去找有钱的孩子借。总会有孩子因为太过害怕，而选择交出自己多余的硬币的。班上最大的男孩子自己也弄了一笔生意，每周都会强迫某个同学从他这里买点没用的东西，每天付给他五分钱，再由他在点名时准时交给老师，算作他自己为老师的快乐做出的贡献。

如今五分钱不算什么，甚至不值一提。连五分钱面值的硬币都不复存在了。但当时是二十世纪五十年代初，你可以用五分钱买到一个漂亮的芒果，而十分钱就可以买上一条面包或一盘菠菜，或一个烤木薯，或一碗阿德南小吃店的土豆浓汤，甚至一小串烤肉。所以当时五分钱对一个八岁的孩子来说并不是小数目。现在一个小芒果也要卖二十先令了。当年这笔钱可以买到四百个芒果，水果贩子说不定还会再附赠一打，感谢你的惠顾。扯远了。等老师问班上大约四十个孩子收完这一天的钱之后，他的晚餐钱都有着落了，甚至还有富余。通常刚一收完钱，他就会拿出几个硬币，派一个孩子去附近的咖啡馆给他买一杯牛奶，让他健健康康地开始一天的工作。其他老师都知道他在这么干，天天如此，家长也知道，但没人吭声。他是老师，是值得尊敬的对象。人们会允许他有古怪的性格，而关于他脾气和嗜好的故事也会被赋予神话色彩，日子越久，似乎就越容易为人所接受。所有的老师都是这样，都有某种出了名的怪癖。有的老师出了名地凶，会用残忍和压迫的手段对待孩子，对他们进行侮辱和恐吓，并施加暴力。如果仔细观察，你会发觉这些行为没有一样是好笑的，但每个人都还是对这些过分的举动报以大笑，至少是微笑，从而多少让它们显得不那么具有伤害性。事情总是这样。如果有某个家长为这些事情去找一个老师对质，那么就是不念师恩，羞辱老师。而为几个硬币计较，那简直就是令人无法忍受的一件事情。

　　总之，这个老师给了拉希德一个条子，让他带回家给母亲。第二天，母亲给了他一个装着钱的信封，让他带给老师。几天之后，放学时老师叫住了他，给了他两张叠起来的便条，让他带给自己的母亲，并轻声表达了谢意。抛开他对待孩子们的方式不谈，他还是个很懂礼貌的人。要是你只在街上见到他，你会觉得他是个笑容可掬的谦谦君子，就像我们常说的那样。你是无法想象他会在课堂上引发多少恐惧的。

那是个周五下午,放学时间比平时早了半个钟头,好让孩子们去做礼拜。拉希德赶回家,脱下在学校穿的短裤,想也不想便扔到母亲要洗的一堆脏衣服上,换上周五去清真寺的衣服,去海边榕树下和其他男孩一起等着周五的礼拜开始了。直到周一早晨他再穿上学校短裤,摸到口袋里的一疙瘩纸,才想起钱的事来。他没跟阿明说过带钱回来的事。他想自己完成这个任务,不想阿明插手。要是他说过,阿明应该会提醒他把钱拿出来,他也不用再攥着这一团干掉的纸,拖着脚走到母亲身边,哭着为自己找可怜的借口了。"我跟你说什么来着?"母亲说,"要不是连着脖子,这孩子能把自己的头都弄丢。"在这一点上,全世界的母亲都一样,都会用同一套老话,对自己年幼的孩子发狠。此后一切又都是老样子了:阿明,盯着拉希德,让他记得交作业、去理发、放学后及时回家等等。

这种安排虽然令人不快,但对拉希德来说,还是有些好处的。比如,挨骂的时候,就不会轮到他。他们有时会在街上犯蠢,在繁忙的十字路口浪荡,跟飞驰的手推车、疾驶的自行车擦身而过,或是互扔腐烂的水果,吵得太大声。每当这种时候,就会有好事者主动承担管教他们的任务,把正义的矛头对准阿明,甚至还会指责他没有照顾好弟弟。在家里,即使是他们两个人一起犯的错,先被骂的也总是阿明。每当这时,拉希德总是会确保自己站在安全地带,对着受苦受难的哥哥嬉皮笑脸或是装作愁眉苦脸,而一旦有人朝他看,立马换上抽抽搭搭的表情。这种场景会有三种结果。
一、阿明静静地被骂,双眼低垂,带着羞愧与悔悟,直到天下太平，以父母痛苦地表示下不为例而告终。这一幕结束之后，阿明可能还会拿到一个硬币，作为被痛骂的补偿。二、阿明会忍不住被拉希德的鬼脸逗笑，焦虑的父母一看他被骂的时候还这么若无其事，会勃然大怒，让这一幕在抓着手腕子抽耳光和破口大骂中结束。三、要是事发的时候法丽达也在场，她会立即揭发拉希德，而铁青着脸的父母就会转身把正在做鬼脸的拉希德抓个正着。这下被抓着手腕子抽耳光的就成了拉希德，而他会杀猪般地又哭又叫。但总体来说，如果有什么痛苦需要去承担，人们会要求阿明主动站出来。如果有什么跑腿的任务，也几乎一定是派到阿明头上。如果只剩下一点好吃的东西，人们也会希望阿明拿出奉献精神，省给自己的弟弟。这些规矩不适用于法丽达，因为她是姐姐，要遵守的是另一套规矩，而且不管怎样，她也清楚该怎么保护好自己那一份。

挨骂也好，抓着手腕子抽耳光也罢，都只是他们小时候的事情，但有一种格局却一直保留了下来。人人都把阿明当作小大人来看待，希望他可以保持镇定、负起责任，但却一直把拉希德当成孩子，觉得他冒冒失失、迷迷糊糊。兄弟俩也知道这一点，明白大家都是怎么看他们和对待他们的，两个人也都能从中找到不少方法，小小地满足一下自己。他们从未公开探讨过人们对他们的区别对待，但两人依据大家对他们天性的假设，总结出了一套应对之道，各自执行得不错，所以也挺开心。但有一点对他们很重要，那就是：他们是兄弟，可以一起面对这些事情，也习惯了彼此的方式。所以他们会发现自己开始无心、后来有意地承担了靠谱大哥和冲动小弟的角色，而随着年龄增长也渐渐明白，事实的确就是这样。这是一种恰好而令人愉悦的巧合，与一系列偶发事件相一致。而不管是巧合还是社会化，在他们身上的作用都尤其深远，别的孩子哪怕被刻意这样培养，都达不到这种效果。两个人就这样成了靠谱的阿明和爱做梦的拉希德。

孩子越大，父母对他们的看法也就越固定了。他们眼中的阿明和拉希德大致就是上面这个样子，各有各的天赋，各有各的活法。反而是法丽达，成了他们真正的心病，特别是她母亲的。她总是不慌不忙（懒），笑嘻嘻的（傻），似乎满脑子想的就是和朋友们玩，去住在破房子里的邻居家串门。让她坐下来做作业简直就是一种折磨，而她母亲主动承担了这个重任。她先是威胁，一看不管用，又改成了哄骗，但作用也很有限。无奈之下，她只能坐下来，或多或少地替女儿完成她的作业。"这个世界是不会善待那些无法照顾自己的女人的。"她告诉法丽达。听了这话，法丽达满面愁容，因为她知道，母亲只要一开口说这个世界如何对待女人，就是在表明她对自己的期望。一从作业的牢笼里解脱出来，她就立刻绽放出笑容，准备去邻居家串门，或坐下来跟任何愿意与她说话的人聊天。她喜欢聊天，如果周围没有人可以说话，她就和靠垫、雨伞或空椅子聊天。她甚至很乐意帮着干家务，有时也会和手头正在清理或刷洗的物品聊天。不过她只有在周围没有人的时候才会这么做，或是她以为周围没有人的时候。随着时间的推移，她的母亲也渐渐松懈下来。她自己好不容易才成为了一名教师，因此无法隐瞒对法丽达缺乏学习兴趣的失望。

时间终于到了法丽达结束学业的那一天，或者倒不如说，是被学业抛弃的那一天。当时她十三岁，在国立女子中学入学考试中失利了。这样的学校镇上只有一所，其实整个岛上、整个国家也只有这么一所，要知道全国有那么多的岛屿，人口有五十万。每一年都会有成千上万的女孩子参加这个考试，而只有三十人会被这所学校录取。对她们中的多数而言，这既是她们参加的第一次公开考试，也是最后一次。中榜生的名字会在国家电台上播报，既是为了让消息尽快传播到这个小国的每一个角落，也是为了庆祝她们来之不易的成就。她们会紧张而沉默地围坐在收音机旁，听着播音员用平时宣布大人物死讯的声音庄严地读出那些名字。没有被读出的名字有千千万万，而法丽达也是其中一个。

尽管法丽达从未显得对争取罕见的中榜机会有多么积极，但落榜之后，还是满腔委屈和愤懑。她带着夺眶而出的泪水，感激地投入了母亲的怀抱里。她无处可去了，她说，这辈子再也不可能有出息了。她现在已经没有未来了，什么也没有。有一所男女混合的修道院学校，由修女开办，附属于大教堂，但那是给基督徒的。任何理智的家长都不会把孩子送去，特别是女孩，因为去了那里会腐化、堕落、丧失信仰。还有一所阿迦汗学校，是给伊斯玛仪派子女的。非伊斯玛仪派的学生要付学费，还要有很高的入学分数。法丽达的分数对于那所学校来说不够高。如今她真的无学可上了。

她母亲慎重考虑过要放弃教职，待在家里自己教她、照顾她。但每个人都告诉她，这终究会成为一种毫无意义的牺牲。反对者不仅包括她的丈夫、姐妹们和兄弟，甚至也包括法丽达自己。

他们的父亲费萨尔对母亲说:"你工作那么努力,所以现在才能去做对别人有用的事情,让别人尊敬你。像你这样的人是大家的楷模,是对我们必须学着去改变的霸凌行为的挑战。人们会看着你取得的成就说上一句,赞美真主,只要你能不顾否定,努力成为自己想成为的那个人,只要你在自我满足的同时也能成为一个有用的人,那么事情就不算太糟。你怎么能想着放弃呢?我们会有办法的。"

他们母亲的姐姐哈莉玛说:"在你们决定之前,让她到我这儿来吧。我需要帮手。你没有理由放弃自己的工作,尤其是一份已经给大家找了这么多麻烦的工作。小妹啊,放轻松。像她这种情况的有好几千人呢。"

"这就是我在她那个年纪的时候人们对我说的话,"他们的母亲说道,"要是我听了那些话,我这辈子就只能待在家里做饭带孩子了。"

"就像我一样,"哈莉玛边说边笑着打了个响指,丝毫不在意妹妹带有贬低色彩的比较,"但那样你就有时间享受照顾孩子和为丈夫做饭的乐趣了,甚至还能花点时间出去见见人,而不是像个疯子一样急着跑来跑去。"

"孩子我照顾了,"他们的母亲像往常一样,被这种令人恼火的指责刺激到了,"我也照顾了自己的丈夫。你去问他们,看他们有没有怨言。去问呀。"

"我不需要去问他们,"哈莉玛叹了口气,发觉谈话又陷入了熟悉的僵局,"他们当然不会有任何怨言。他们怎么能有呢?别这么大火气,我就是说说。让她来我家吧,等你们决定了下一步怎么做再说。"

就这样，法丽达被送到了她母亲的姐姐哈莉玛太太家。哈莉玛太太家里有很多人，但她拒绝请用人，而且无论别人怎么逼她，都不肯说出原因。我不喜欢身边有用人绕来绕去，她说。无论是洗衣服、清理炉子、扫地、做饭还是熨衣服，她都是自己一个人做。她每天会从附近的商店里买自己需要的东西，而她的丈夫阿里会在下班回家的路上从市场买回家里需要的东西。要用人干什么？法丽达去了她家以后，上午可以给她帮忙，还可以学着做每个女人都必须会做的家务。她的父母对女儿又退回这种古老的家庭妇女模式感到十分心痛，但又没有学校能送她去读。让她一上午都一个人在家肯定是不可想象的，特别是这个年纪。姑娘们不知道自己已经出落得多么如花似玉，只要有一点可乘之机，男人们就会对她们垂涎三尺、蠢蠢欲动。而面对那些能激起她们虚荣心的人时，她们又是多么没有自我保护能力。到了差不多午饭时间，法丽达就会回到家里，帮母亲准备食物。

他们以前也曾经是年轻的激进分子，他们的父母。不是政治激进分子，在街上游行、演讲，在空中挥舞着拳头，不是那种闹哄哄的激进。当时的社会还容不下那种事情。英国人是不会允许的。他们对游行和演讲非常敏感，对他们所谓的煽动行为时刻保持警惕。阿曼人对这种行为也不会容忍，因为他们害怕混乱，尽管他们并不太介意男人们大声喧哗、舞枪弄棒。宗教长老们也会禁止这种行为，因为他们禁止一切对权威的争议或挑战，除非是他们自己无休止的内讧。他们父母的激进是在于，两人都违抗了他们父母的意愿，选择了去新政府的师范学院读书。他们的父亲被禁止前往这所学院读书，因为他的父亲不信任殖民者的教育。"他们会让你鄙视你的人民，还会让你用金属勺子吃饭，把你变成一个从鼻子里发音说话的猴子。"他说。他们父亲的父亲用那个时代的父辈所特有的威胁与咆哮表示："他们会把你变成一个卡菲勒（不信神者），我们就尽不到对真主的义务了。你这等于是要亲手把我们送到地狱门口。你不会得到我的祝福，我要和你断绝血缘关系。别再胡闹了，你这个罪孽深重的傻孩子。"

他们的母亲也被自己的父母下了禁令。两边家庭有很多地方不一样，比如她父母家人更多，也住得更分散，但在这一点上，两边父母的做法却如出一辙。她已经是一个大姑娘了，她父母说，让她一个人去外面晃荡，没有人管，就好比在邀请全世界的捕食者为她和她的家庭带来灾难和耻辱。

反抗是一种罪孽，因为他们是被要求服从于真主的人，首先是要服从于安拉，其次是要服从于父母。但他们的父母都选择了反抗。他们坚持要继续自己的学业，这是他们两个人的决定，因为当时他们已经认识彼此，并互相产生了爱意。他们会和父母吵架，也会哄骗和乞求，但父母依然不依不饶。于是他们请来亲戚和邻居声援自己，用对求学的认真和这么多帮自己说话的人的好意，渐渐改变了父母的看法。在这种事情上，人们是很难抗拒亲戚、邻居的普遍意见的。

随后，他们又再次违抗了父母的意愿，拒绝结婚，尽管大家都怀疑他们已经是情侣关系了。他们表示，要等到两人双双取得教师从业资格，即将开始工作，才会结为夫妻。双方父母拗不过他们，最后同意改为先订婚，给了他们一些自行决定权。有时，他们的母亲兴致来了，会讲起他们和自己的父母斗争的故事，而这通常是他们的父亲也在场的时候。她讲这些故事也许是为了和丈夫重温两人的快乐回忆，并且让孩子们也参与进来，体验一下这种感觉。在讲述的过程中，他们会在某些特定的时刻相视一笑，不过父亲偶尔也会皱起眉头，觉得母亲讲得太夸张，英雄主义色彩太浓。

"你又在添油加醋了。"他会这么说，然后一如既往地选择克制与平静。

"我根本没有添油加醋，"他们的母亲会这么说，"事实就是这样。是你老了，记不清了，仅此而已。"

对他们这样的父母来说，学校教育是一种个人追求，是其他没有说出口的野心的寄托，是通往开明新世界的道路，因此女儿的落榜不啻为一出小型悲剧。而更糟的是，他们别无选择，只能接受哈莉玛姨妈的建议，让她留在家里，免受伤害。这种感觉，就像是对自己年轻时梦想的一种背叛。所以当其他几个落榜女生的家长打算出钱请老师为这些姑娘开一个班时，他们毫不犹豫地参与了进来，尤其是法丽达自己也乐意加入。这位老师下午会在家里开设私人课程，但上午会在国立中学教课，就是包括法丽达在内的几千个姑娘没有考上的那个。姑娘们也许进不了那座学校，但老师和课本是一样的，家长们对彼此说。法丽达上午会去姨妈家做作业，如有需要也会帮忙做家务，下午去上课。这比去学校还好，她说，氛围更加友好，课业也比较容易应付。在普通学校已经放学的时间走路去上课还挺尴尬的，别人一眼就看得出，你是个只能去上私人课程的落榜生，没有制服，任何人只要付钱都能上。但既然班上还有那么多别的落榜生，过一阵子，她也就认命了，愿意接受这种不服输的实验，拒绝坐在分配给她们的那个角落里。

"我不想待在家里无所事事，"她对哈莉玛姨妈说，"人们对女人的期待就是这样。嗯，我想为自己做点什么。"姨妈听了这话，不禁笑了起来。这孩子觉得她待在家里是无所事事，其实多数日子她都要从早忙到晚，有数不清的家务要做，还有那么多事要担心，干活儿干得筋疲力尽。这话听起来就像是小妹说的，总是为了她想要的东西吵吵闹闹、上蹿下跳，就像是全世界都在拼了命地拦着她一样。

这个班只开了几个月，就在师生双方的相互指责中停办了。老师说学生们学习不认真，可能是跟不上。有时学生们连最基本的代数或化学概念都掌握不了，让她只能目瞪口呆地坐着，说不出话来。当然，这其中也不乏为了教学效果而略带的夸张。学生们却说，老师对于应该教她们的学科并不了解，因为她在学校教的是家政学和斯瓦希里语。她们说老师跟她们说话的口气就像她们什么也不懂，但事实上是她不知道该怎么教有难度的学科。这是在浪费钱，她们告诉家长，而家长们的想法或许也一样。一个老师在自己家里教的东西，怎么可能比得上拥有众多老师、书籍和实验室的一整所学校呢？有一件事他们应该也想过，但绝对不会说出来，那就是，他们也想要国立学校姑娘们那些派头十足的欧洲老师，而不是这个和他们长得一样的。要知道，她在街上碰到他们这些家长时，都无法抑制自己感激的笑容。

所以法丽达又回归了之前的生活，上午去哈莉玛姨妈家，帮她扫地、洗衣服、切菜等等，谈笑间流露着连她自己也不曾意识到的满足。有一阵子她依然会随身带着课本，像是还有作业要做，但却从来不碰。根本没时间。等午餐时间快到了，她就回到家中，从隔壁大宅子的阿齐扎太太那里取回她帮他们从市场上捎来的东西，开始做饭。等母亲到家，一切都已经在有条不紊地进行，母亲就有时间喝杯水了，或许还能坐上一会儿，再接手家里的事情。饭菜上桌的时间控制得恰到好处，大家吃起饭来也不再那么紧张和慌乱了。这种新的安排让她的父亲露出了笑意，尽管这种微笑也时常带着忧虑。弟弟们在被赶着去古兰经学校之前，终于可以踏踏实实填饱肚子了。母亲也终于有了时间，可以好好洗一把，再去躺下休息。每个人都感受到了好处。

这样过了几个月之后，法丽达的日程安排变得更加固定下来。她会把家里要洗的衣服带去哈莉玛姨妈家洗晒，第二天回家的时候再带回来。她会帮母亲去买东西，有时还会去市场买某种母亲忘记交代阿齐扎太太买的调料。她那时已经开始穿戴长袍头巾了，就是所有女性都会穿的那种黑袍，除了那些被外国做派和邪恶侵蚀的女人。无论是市场、商店还是朋友家，她想去就去，但会在要做午饭的时候回家。下午她会洗碗、扫地，或许还会熨一点自己的衣服（剩下的留给母亲熨），随后便梳洗一番，又出去见朋友了。她为这些无聊的家务忙碌时，会面带微笑，还透露着某种兴奋。这让她的母亲很担心。

"她怎么了？她不应该满足于这种生活，"她对费萨尔说,"她才十四岁,应该有自己渴望的东西。她应该讨厌这些苦差事才对。我们可没有教她过这种日子。"

"她看起来还挺开心的。"费萨尔试探地说道,不想为妻子的担忧火上浇油,因为他想不出可以安抚她的方法。那是午后三点左右,他们正躺在床上,享受着一天里最清静的时光,也是婚后这些年里他们每天最快乐的时光。没人会在这个点来拜访,孩子们要么去古兰经学校上学了,要么已经大了,明白这个时候不应该来打扰父母。

"她不会是和哪个人好上了吧,你觉得呢?"她问道。

"努鲁,你怎么会这么说?不要胡思乱想。"他是唯一一个会叫她真名的人。

"我们不能让她把自己变成一个用人,"努鲁说,"而且也没有这个必要。我之前一个人也都应付得来啊。我得想个办法,让她别再干这些事情。"

"不让她干会显得很奇怪,因为她觉得自己是在帮我们,"他说,"而且她似乎也很高兴。她正学着做那些糕饼和点心,做得很好。也许她在这方面的确有天赋。"

"都是哈莉玛,一直在教她做那些事情,"说完,她转过身来,长久地注视着自己的丈夫,"我希望你别认为她这辈子就该做这些事情,做咖喱角和点心。"

"不,当然不会。"

当然不会。

他们又为法丽达的教育做了最后一次努力。学年结束的时候,也就是十二月份,他们的母亲带法丽达去蒙巴萨走亲戚了。她的大姐塞伊达嫁到了那里,而且他们母亲的母亲老家也在那里，所以那里还有数不清的表亲戚。他们的母亲给大姐写了封信，请她帮法丽达打听一下那里的学校，因为法丽达很赞成这个计划，迫不及待地想去投奔塞伊达姨妈，去蒙巴萨上学。她们这次去，就是为了看看打听的结果如何，看看法丽达喜不喜欢蒙巴萨，她们的想法能不能实现，再商量一下财务方面的安排，因为钱的事情不便在信里谈论，而且这两家人都不富裕。三周的旅程结束的时候，他们的母亲独自回来了，把女儿一个人留在蒙巴萨，在十五岁的年纪再上一遍小学最后一个年级，然后再参加一次中学入学考试，这一次在肯尼亚。

就在法丽达在蒙巴萨复读的时候，阿明通过了姐姐两年前失利的那门考试。男孩子有两个学校可以去，但被录取也是难如登天的一件事情。但不管怎样，阿明的考试成绩都排在所有人中的第二名，所以哪怕只收十个学生，他也可以稳居其中。弟弟刚一中榜，法丽达就回到了家里。蒙巴萨也不是她的福地。那年一月，法丽达在结束了一年充满各种快乐的日子以后，带着会伴随自己一生的回忆，落榜归来。她在肯尼亚也没有被录取，而蒙巴萨私立学校昂贵的费用她父母又负担不起。她已经尽力了，她说，但她实在太蠢。

她再次回归了以前的生活，早上去哈莉玛姨妈家帮忙，洗洗涮涮，为家人做午饭。她主动要求监督阿明做作业，因为他现在上中学了，所有的作业都变得很难，但实际上她又说又笑，对他干扰的成分更多。她为拉希德画了一个复习时间表，因为小弟也要参加那个令人恐惧的考试，还以她自己为例，说缺乏条理性的学习只会导致悲剧。拉希德乖乖地把时间表贴在了复习练习册的封面内页上，然后就抛在了脑后，宁愿和朋友们玩牌、踢球，也不愿服从姐姐的命令。她把他没有执行的时间表内容都记在了自己的一个本子上，威胁说要把这些"罪状"逐条告发给能管得了他的人，这句话倒还起了一些作用。学年结束的时候，他也如愿通过了这门考试。尽管有这么多的劳动和家务，法丽达还是微笑着，带着以前那种快乐，或某种类似的感觉，但笑容中多了一丝微妙的扭曲，嘴角仿佛在因为某个隐秘的玩笑而颤动。或许只是因为她长大了，自我意识也增强了。在蒙巴萨待了一年之后，她出落得越发光彩照人，让人很难不注意到男孩子和小伙子们看她的目光，但她却总是漫不经心地对他们一笑置之，言语间也总是笑声朗朗，显得那么自信，让人不敢靠近。仿佛她已经是一个成熟的女人了，容不得轻言调笑与非分之想。

与此同时，她的弟弟阿明已经毫无悬念地长成了一个满足大家一切期待的人：彬彬有礼、值得信赖、诚实守信、与人为善。他是个好孩子，他的母亲有时会这么说，声音中带着一丝哽咽。他比小时候更加沉默了，喜欢无缘无故地发呆，一言不发。但这和他的优点比起来，可以说是瑕不掩瑜。他的沉默和言语中越来越多令人费解的部分反而让他显得更为深沉、智慧。他的中学生涯从一开始就很成功，即使课程和流程对他们所有人来说都是全新的，一开始让很多学生感到棘手。他很听老师的话，作业也完成得十分出色。他不会因为新的学习规定而恼火，也不会想着在完成任务时偷工减料。这种老老实实、认认真真的态度，让老师们都很喜欢。尽管他如此勤奋与优秀,但在班里却很随和,也不张扬,从不会让老师们头疼,是老师眼中起带头表率作用的好学生。凭借着他的顺从,老师为自己的权威找到了支持者,并以此为其他学生树立了榜样。阿明也许并不是多么出色的班干部,但他自己却足够出色。他们之前都是在缺乏自信的状态下接受的教育。他们都知道自己能坐在这里是多么幸运,而能让他们走到今天的,并不是顽固与叛逆。他健康、强壮,却不会令人望而生畏,带着朝气十足的优雅,和令人倾心的笑容。人人都为他骄傲,特别是他的父母,这是一定的。他们总会带着欣慰和感激,来看待他的成就。谁知道孩子会变成什么样?毕竟有这么多例子摆在那里,孩子们只知道挥霍父母的爱来满足自己,然后却变成了永不太平的废物和冷酷无情的恶魔,让父母醒着的每一秒都饱受折磨。

拉希德也为他骄傲。他是爱哥哥的。尽管这两点他都没有想过要告诉阿明,而且或许也不会想到要告诉自己,直到很久以后。他比哥哥入学晚了两年,一直平静地忍受着别人对他和他哥哥的比较。他对阿明的优异表现已经习以为常了,对要付出什么样的努力才能取得这些成就也很熟悉,因此并不觉得它们有什么了不起。当一位老师告诉他,他的有些任务完成得不像哥哥以前那么出色,他也只是难受了一阵子,原因是受到了鄙视,而并不是他想和哥哥竞争。况且,拉希德也没有那么怕跟哥哥比。他在学校也很成功,只不过路数不同。一开始,并不是每个人都觉得他是块读书的料,不像他的哥哥。在某些老师的眼里,他固执己见,喜欢不自量力,有时也会表现得不切实际,有些鲁莽。他也没有那么认真，有时就只是敷衍了事。有些人觉得，他会把精力都浪费在出风头和吵吵闹闹上，最后不会有多大的成就。老师们觉得他脑子是挺聪明，只可惜小毛病太多。他在班上总是很吵，是个话匣子，注意力不集中，喜欢运动却又缺乏技术，不像哥哥，参加的所有运动项目都很擅长。他是个激情四射的辩论手，听起来也许不错，但实则不然。起码在学校辩论中不行，因为这个时候需要的是逻辑和战略，是庄严、端庄和睿智，再加上一点诡黠和造作，否则要辩论干什么。但拉希德在这种情况下却总是很冲动，只会带着义愤填膺的表情，对对方嗤之以鼻、百般刁难，把大家惹毛或逗笑，招来抱怨和不满。

而且他还有一个问题，就是对所有意大利的东西都十分狂热。其实，除了那本常用语手册，后来叔叔又给他的几张图片和招贴画，再加上一些杂志剪报和几张贾科莫·阿戈斯蒂尼骑着踏板摩托的照片，还有一部姐姐从蒙巴萨给他带回来的关于加里波第生平的漫画之外，他的狂热并没有多少物质基础与知识依据。但只要有任何关于时尚、美人或诗歌的辩论，特别是在他少年时期，他拥护的一方永远是意大利。莎士比亚是很好，的确了不起，但绝对比不上但丁。为什么不能给我们一个机会研究一下但丁呢？在我看来，最美的电影女星是西尔瓦娜·曼加诺。意大利足球队几乎可以与巴西媲美。在他小时候，小学老师总是会把他的意大利语发音看作是他兴之所至的结果，聪明孩子难免爱出风头。而且当时大多数人都觉得意大利人有点搞笑，因为大家都听过他们在阿比西尼亚战争期间的滑稽故事，因此拉希德对意大利的拥护也会被看作是带着故意搞笑的意味。但到了少年时期,他在政府公学的所有老师几乎都是英国人,其中有一些会觉得他这种狂热就是在荒谬地装模作样。历史老师就很容易因为意大利人的事情跟拉希德过不去。他总是会在引用某位罗马学者或名人的说法之前看着拉希德讲,你的一位某某先人说过什么什么。文学老师则会用意大利语为他念上几句诗,然后带着冷冷的笑容告诉面前这个一脸茫然的小家伙,那才是但丁。他命令他先去看看人人文库出的但丁作品译本,图书馆就有,而且在他看来是对初学者最友好的,看完了再回来继续他毫无意义的炫耀。也许他应该先学会走,再试着跑,文学老师明智地建议道。

没想到拉希德的确对诗歌很有热情,会在学校图书馆里读,也去二手书店买了一些破破烂烂的诗集。小时候他很喜欢唱颂歌,记了不少在心里。人们喜欢背诵《古兰经》的段落,或是颂歌或故事的片段。精于此道者会把这些诗句或段落穿插在最为平常的闲谈间,而他们流利的背诵也总是会让人们称道和喜欢。有时,话说到一半,便有人开始背诵这些优美的诗句,而其他人也乐于异口同声地应和,作为炫耀和自我享受。但他到了这个年纪,上的又是这个学校,他就不再唱颂歌了。诗歌意味着莎士比亚、济慈、拜伦、朗费罗和吉卜林,而这本但丁的诗集让他尤为着迷,从中找到了许多乐趣。这就是教育的意义。并不意味着要知道大家都知道的东西,也不会让他在过程中觉得有什么损失。他家里甚至也有一本但丁诗集,只不过他还没时间读完。

有一天,他突然开始用英语自己写诗,主要是为了逗朋友们开心，就像是搞笑和夸张版本的《赫批里昂》或《恰尔德·哈罗德游记》。这些诗写得很长，带着故作睿智的语气。他背下了其中的一些，会在放学坐车回家的路上为大家朗诵，还会配上令人眼花缭乱的手势。一个朋友把这件事告诉了文学老师，老师已经被拉希德对但丁的故作迷恋弄得很烦躁了，而拉希德的这个新动作及其目的，更是让他烦上加烦。他命令拉希德交出自己的大作。拉希德不情不愿地把练习本递给他，预感到自己一定会遭到嘲笑。他并不觉得这件事很好笑，而且尽管这些诗语气轻松，却仍然会触及他心底柔软的部分。

"这些诗太不成熟了，"老师读完之后，告诉全班同学，仿佛大家都盼着要听他的意见，"里面要么是无聊的折扣版《天方夜谭》式神秘主义，要么是模仿拜伦风格的讽刺，写了太多拉拉杂杂的废话。乱七八糟、毫无意义，但凡非洲人试图用英语写一点能唤起共鸣的东西，就会是这个样子。就连试图用这种方式写作也是一种过分自信的表现，是对你自身能力不切实际的估计。继续努力吧，小伙子。你今天的家庭作业是对《非洲女王号》中船长的人物角色分析，我希望能看到一篇条理清晰的作品，而不是这种泡沫式的东西。"《非洲女王号》是一部很有名的作品，作者是以《霍恩布洛尔》系列闻名的C.S.福雷斯特，老师觉得这样的作品才适合他们的能力。面对老师的不屑，拉希德战战兢兢，竟然想不到该说什么话作为回应。而就是在他人生的这个阶段，"意大利人"的名号开始成为他的一个负担。

因此，老师们对拉希德一直看法不一，这一点和他们对阿明的看法很不一样。父母当然也会为小儿子骄傲，但却不像对大儿子那么放心。他们的母亲尤其会为他担心。有时他会坐在厨房里，陪着正在做饭的母亲，没完没了地闲聊。而母亲则会透过笑出来的眼泪不时瞟上他一眼，担心小儿子这一生会不会一直都好。不是生病、发疯那种不好，真主保佑，而是他会不会一直有力量坚持下去。他的热情到了一种痴迷的地步，他的机智有时会显得无礼，而他自信起来又是那么不管不顾，她不知当他面对失望的时候能不能处理好。随着年纪增大，母亲发现他也越来越固执，一心想要反抗和忽视他不喜欢的东西。他比阿明个子小，也比同年龄的其他人个子小，总是很容易激动。像是在燃烧。她觉得，她在他身上看到了自己的影子。

那是二十世纪五十年代末期，世界还是一如既往地充满讽刺，几乎所有的非洲国家都以各种方式被欧洲人所统治：直接地、间接地，通过蛮力或强权外交，只要说法不会太不合逻辑就好。二十世纪五十年代英国的非洲地图显示了四种主要颜色：红色往粉色渐变的区域是英国统治区，深绿色是法国，紫色是葡萄牙，棕色是比利时。这些颜色是一种世界观的代码，其他帝国主义国家也有自己的地图配色方案。这是一种理解世界的方式，对许多研究这种地图的人来说，可以借助它去梦想只能靠想象描绘的旅程。但人们今天已经不会再这样解读地图了。世界变得更加令人费解，充满了模糊其清晰性的人和名字。总之，在如今这个图片已经变成了故事的年代，留给想象的空间已经不多了。

在英国地图上，红色象征着英格兰国旗，代表着甘愿尽忠和为大英帝国洒下的所有热血。就连南非当时也依然是由红往粉渐变的颜色，是和加拿大、澳大利亚、新西兰一样的自治领，都是欧洲人穿越了半个地球才找到的一点和平和繁荣。而深绿色则是在取笑法国人，因为尽管这种颜色象征着天堂般的牧场，但其实他们统治的多数领土不是沙漠就是半沙漠，要么就是赤道森林，都是些没用的土地，靠武力和狂妄自大取得。紫色代表了葡萄牙人焦虑的自尊，和他们对王权、宗教和帝国象征的痴迷。在他们几个世纪的殖民统治里，多数时间都在像野蛮人一样劫掠这些土地，砍伐、焚烧，把数百万居民送往巴西的奴隶种植园。而棕色则代表了比利时人的冷漠和令人轻蔑的效率，他们在这场狂欢中姗姗来迟，但留给被统治人民的礼物，却无法和那个卑鄙时代的其他列强相比。他们给刚果和卢旺达留下的遗产，将在未来一段时间里让这些地方的河流与湖泊继续保持浑浊。西班牙人也有自己的领土，在英国地图上被标为黄色，象征着他们国家的颜色，也代表着他们对掠夺黄金的痴迷。到了二十世纪五十年代后期，这些颜色会被调整为淡粉、浅绿、淡紫和米黄，标志着对殖民统治的逐步放弃，或许是向自治的演变，一切尽在掌握，今天还在这里，明天就可以走了。

二十世纪五十年代的地图上，也有些没有被欧洲统治的区域。1922年以来，埃及一直处于紧张的自由状态，但也只能无奈地接受英国陆海空三军的驻扎。利比里亚从未正式成为过殖民地，但却成为了一片被解放的土地，要接纳从美国送回的被解放非洲奴隶，建立一个新耶路撒冷，干得真是漂亮啊。埃塞俄比亚曾两次抵抗住了混乱无序的意大利军队。在十九世纪，当每个欧洲国家的军队都试图来非洲分一杯羹，屠杀成千上万的居民时，孟尼利克二世的军队在阿杜瓦击败了意大利人。这场无谓的失败肯定是意大利人自己搞笑的结果，尽管一部分权威人士将功劳归于兰波，说他向皇帝走私军火。后来，墨索里尼的军队被游击队、英国人和包括哈比卜叔叔在内的殖民地非洲武装力量赶跑了。然后是苏丹，自1952年以来一直是独立的军事独裁国家。还有利比亚，从1951年起成立了神权王国，但一直在英国的保护之下。这些都是充满讽刺的事实，对此，这张地图表示不做评价。此外的一切都在文明使团的掌控之下，从开普敦到丹吉尔，也包括整个东非，也就是文中这些事件发生的地方。

之所以对这幅二十世纪五十年代的地图看得有些欲罢不能，是为了回忆当时的世界看起来有多么不同。没有人真的了解未来将会发生怎样的恐慌，不知道几年之后大部分欧洲统治者就会卷铺盖回家，只留下几张他们觉得没有义务遵守的条约和协议。所以像阿明和拉希德这样的年轻人去思考自己和自己的前途时，还没有把这些想法与对小地方殖民地人民的期待分开，不知道自己正身处两个时代更替间的过渡时期。在中学的最后一年，阿明打定了主意，要去上父母读过的那个师范学院。没有人和他争论，劝他打消这个念头，或建议他考虑一下其他可能性，因为国家独立就在七八年之后。没有人知道独立这么快就会到来，甚至也没有多少人考虑过独立会带来怎样的机会。而且不管怎样，阿明没有理由不向往父母那种既有所作为又心满意足的生活，对社会有所贡献，也让自己和自己的孩子们很有满足感。但这一切都将在一场疯狂逃离非洲的行动中改变，而似乎没人能想象到这一点，至少阿明认识的人不能。就连他每天都收听新闻的父亲，也不曾提到过独立的日子就在眼前。

他的父亲是镇上一所学校有名的教师，十分受人尊敬，尽管所有的老师都会受到尊敬，如我们所知。人们在街上会称呼他的父亲为费萨尔老师，连职业带名字一块儿叫，还会专门过来跟他打招呼，祝他安康。不管他什么时候去政府机关、码头或医院，只要是去和贪婪的国家官僚体系打交道，他都会遇上某个以前的学生，对为他提供帮助表现得乐意至极。每当阿明听到他们赞美父亲的善良和机敏，听到他们讲起自己最喜欢的关于父亲的故事，内心就无比激动。你记得那一次吗，老师？阿明知道，在这个世界上，无论他自己去哪里、做什么，都不会比父亲在这个社会上做的事情更为重要、更有意义。尽管他的母亲也一直从事教师职业，直到阿明读中学的最后一年，但她以前的学生们是不可能同样大量出现在公众视野里的，因为她们是女人。

看着两个人在一起是很有意思的一件事情，他的父亲母亲。父亲高瘦，母亲丰满，而且年纪越大越丰满。也许他和其他地方身材匀称的巨人们比起来并不算高，但这是个小地方，人们个子也小，所以他在这里算高。他的面庞也很瘦削，配上被他修得尖尖的花白胡子，更显清癯。他衬衫袖口的扣子总是扣得严严的，做起任何事情来都显得既慎重又得体。这种形象应该没有人可以保持一辈子，但他给人的印象却始终如此。他走起路来会微微弓着腰，时常眉头微蹙，但说起话来却声音温和，像是随时可能绽开一个微笑。有些人会叫他"Msafi"，意思是干净，特别是这个词和他的名字还有几分押韵。但如果换了个地方，人们也许会觉得他挑剔。

而她则恰恰相反，长得又矮又胖，看起来多半都是一副鬓发散乱、着急忙慌的模样，发丝倔强四散，完美避开试图控制住它们的发卡。她的举止容易显得夸张，惊讶的时候眼睛睁得太大，义愤填膺的模样也有些过火。她满脑子都是各种主意和没有做完的事情，但她也很擅长倾听。只要她在家，所有的对话和评论都必定是说给她听的，一切都通过她聚焦和发散。她知道什么时候该停下手头的事情，把全部注意力都给到某一个人。人们叫她"Mwana"，因为她是她们家最小的孩子，这个词的意思就是"小妹"。她的真名叫努鲁，意思是光明，不过现在只有费萨尔会这么喊她了。

十九岁的时候，阿明如愿以偿地上了师范学院，为他的教师职业做准备。这所学院本身成立年代也不久，只有二三十年的时间。他的中学同学中，有人由出得起钱的父母送去英国学医，有人去印度、埃及或其他地方学习。还有不少人各奔前程，通过家族或亲戚的关系，前往海岸线各地或内陆地区。人们总是这样。一有机会，便动身离开。但阿明并不想去寻找机会。他不想离开。他已经打定了主意，一心只想当一辈子老师。也许只有小地方的人才会有这样的想法，又或许是这个世界后来变得太不安分，不像从前。

法丽达也为自己的人生做了一个决定。她从蒙巴萨回来的几个月后，便去伏加区的一名裁缝门下当了学徒。裁缝名叫罗德里格太太，是果阿人，因为顾客中有几个是殖民地官员的太太，便自诩时尚达人。那几个太太只是让她做了些修修补补的活计，整整下摆、松松腰部之类，但她们的惠顾却足以让罗德里格太太在自己的名牌上赫然写道：女王政府指定裁缝。她的主要业务是制作各种服装，但欧洲人给了她声望。法丽达上下午都在她那里工作，晚上还会带一些活儿回家完成。头六个月她一分钱收入也没有，之后的酬劳也很微薄。罗德里格太太少言寡语，总是笑眯眯的，说起话来轻声细气，但其实心肠很硬，也很固执。她说法丽达其实应该心存感激，因为从她这里学到了先进的技术，还通过她认识了一批尊贵的客人，因此在学满出师之前，不应该期待拿到任何酬劳。她是出于好心，才给了她几个钱。她每天早上不是免费给了她茶水和一块蛋糕吗？法丽达打算出师之后自己做裁缝生意，因此觉得自己别无选择，只能忍受这种吝啬。

她的母亲"小妹"很喜欢做针线活儿，也有自己的缝纫机，这在那个时代和那个地方并不稀奇。所以女儿带回家的复杂活计她也会帮着干，就着缝纫机头下的一盏小灯，帮着缝蕾丝和缎带、锁扣眼等等。这对妈妈来说是一种消遣和快乐，她对女儿这么说。有时她们会工作到深夜，因为法丽达向师傅承诺第二天交活，害怕做不到就会挨骂。母亲常会抱怨眼睛酸。

她为罗德里格太太工作了三年。每次她说起要自己回家接活儿，罗德里格太太就会劝她留下，给她加点工资，还会吓唬她，说自己干风险大。法丽达接受了这些劝说，留了下来，但三年之后，她已经学到了足够的本事，便开始自己在家接活儿。一开始她接的是朋友们的活儿。她们会带来一张从杂志上剪下来的图片，说自己想要这样的衣服。法丽达则会全力以赴，甚至周末或晚上也不歇着。一件衣服需要很久才能做好，朋友们会来看看，抱怨几句，聊聊天，但没有人会介意。即使法丽达的劳动成果和杂志图片略有出入，也依然是一件好看的衣服，因为她在剪裁和缝纫方面很有天赋，经过对图片的研究，成品不会相差太多。

法丽达开始自己接活儿以后，家里的节奏完全变了。早上，法丽达直到所有人离开才会现身，但当他们午饭时间回家时，发现一切都尽在她的掌握之中。他们会一个接一个地到厨房对她讨好一番，母亲负责询问和插手，父亲负责递上水果，这是他下班回家路上的特殊采购任务，而弟弟们则负责碍手碍脚，贪婪地闻着锅里的食物。午饭之后，每个人都会帮忙收拾。接着费萨尔和"小妹"回屋午休，阿明和拉希德去从事可以消耗自己精力的青少年活动：运动、写作业、在街上晃荡、打牌，而法丽达则会开始一天的缝纫工作。

法丽达的手艺已经开始为自己招揽到了顾客，阿明自信满满地开始了中学生涯的最后一年，准备迎接高中毕业考试，拉希德也紧随其后，尽管没哥哥那么有把握，费萨尔老师则接到了平生第一个请他当校长的邀约，不过被他推辞了。然而，就在这时，"小妹"倒在了工作岗位上，在三十九岁的年纪被劝退了。她被诊断患上了青光眼，还有疑似高血压。这让她心烦意乱，因为她觉得自己会给大家带来许许多多麻烦。她会悄无声息地流泪，甚至出人意料地当着大家的面。"我的眼睛会瞎的，到时你们就得照顾我没用的身体了，"她说，"哦，安拉，真主保佑吧。"

他们坐在她身边，安慰着她，自己也流着眼泪，因为他们也相信，她一定会瞎。医生只说过有这个可能性，但这个可怕的预断对"小妹"和她的家人来说，就像是一个诅咒。因此他们的母亲待在家里，开始了一种新的生活。她很容易发火，而且百无聊赖，因为再也没有那么多复杂的安排等着她去平衡。但过了一阵子之后，她开始放松下来，慢慢学着适应新的生活节奏。她要去看医生，要去蒙巴萨咨询专家，还有缓解眼压的手术要做。有了近视眼镜、新的饮食、药物治疗方案和锻炼，生活又带上了令人愉悦的混乱，只不过比以前要压抑。

到了中学最后一年，拉希德说话的口气依然很大，不管是对朋友、哥哥还是父母。他这些年变得越发固执和挑剔，喜欢把自己想成是一个持不同意见者。中学最后一年，他一直在说要离开。这种想法是他在不知不觉间养成的，而且明显地通过他对周围那么多人和事的厌烦与不屑表现了出来。因为他现在知道了这么多事情，读过了这么多书，明白这个世界比他见过的任何世面都要大。这个地方让他窒息，他说：充满了社会上的曲意逢迎，中世纪式的宗教狂热和捏造的历史。他用的词汇都很有力量，而他只有十七岁。他会走得很远，他的朋友们说，只要他说的不全是空话。阿明会倾听、会微笑，也会逗他，但也会反过来对他表示赞同。他的母亲还是一如既往地担心着他，尽管她自己也很令人担心，但她也还是会不由自主地被他的激情所打动。在这个疯孩子身上会发生什么？最终，他的父亲会坐在他身边，鼓励着他，也提醒着他，别这么喜欢做梦，人还是要实际一点，你到底想干什么？但到了最后，家人和朋友还是被他的豪言壮语说服了，听着他历数他们自己人生中的不足之处，催促和建议他去追求自己对远大世界的梦想。

最终，还是他的老师们提供了一些实际的解决方案。他已经从一个天资平平的话匣子学生成长为一个满怀自信的人，可以写出严肃而成熟的作品（带着聪明的学生气），这让老师们都啧啧称奇。他们把这种转变归功于自己。不管是麦考利、莎士比亚还是伊斯兰教，他评论起来都同样毫不留情，而且显示出与年龄不相称的诙谐与机智。这种机智也会有些自大的意味，但只是一时兴起，年纪大一些就好了。是块上牛津剑桥的料。他的老师都是英国人，起码有影响力的那些是，而且或许因为他们用自己那一套把拉希德教育得太好，所以现在也忍不住为自己的教育成果所折服。他们帮他申请英国的大学，辅导他参加奖学金考试，把自己早年求学时熟悉的那一套又在他身上演练了一遍。仿佛他们都是他阴谋小团体里的成员。他们越是让拉希德去努力了解他们的世界，拉希德就越想要在这个世界取得成功。这比表面上看起来的更加微妙，不仅是对成功和取悦的渴望，还有某种更为吸引人的东西：他对这个世界了解得越深，这个世界就越像是他的。历史和文学老师对他尤其照顾，会让他研读一些他们从未对其他学生提起的文本：卡莱尔、J. S. 密尔、达尔文、T. S. 艾略特。每个周六放学以后，他都要留下来接受其中一位老师的额外辅导,通常是帮助他消化他读不太懂的那些段落。有时还会对他进行突击考察,让他反过来讲讲自己理解了什么。

法丽达的裁缝生意终于开张了,阿明也在十九岁时入读了师范学院,即将成为一名中学老师。而与此同时,拉希德却为自己的远走高飞做起了艰苦卓绝的最后冲刺。

6. 阿明与贾米拉

一天下午,阿明从师范学院回来,发现法丽达正在接待一位顾客。倒也并不稀奇。这正是一天中女人互访的时间,为的是处理些日常女人间的事情,搞搞人情往来。她们会互换新闻,向彼此道喜和致哀,表达礼貌和善意,也会讨论最近出现的或甜或酸的丑闻。多年后的婚约会在此时打下基础,哪怕双方还只是刚出生的孩子。生病的人也会得到同情。如果需要帮忙和借钱,可以趁这个时候讨论和操作。而丈夫、儿子及她们掌控的那个世界的缺点,也可以被数落和嗟叹一番。这也是一个很好的时机,可以探讨新衣服的款式,权衡缎子和棉布的优劣,看高腰和收腰哪个好。所以这也是法丽达和客人们聊生意的时间。

他知道这位客人的名字叫贾米拉,之前也见过她,但距离没有这么近,也没有和她说过话。他一直觉得她很美。近看的时候,他发现她面庞小巧,五官精致,表情也十分生动。她有一双深琥珀色的眼睛,水灵灵、活泼泼的,带着一种生命力,和被取悦的愿望。她的身材也很完美。她腿上摊着法丽达的一本时装目录,一截布料放在她们坐着的垫子上,因此他知道,她是来量尺寸准备做衣服的。她对他笑了笑,算是一种礼貌的问候,却又带着漫不经心和洞悉一切的神气,让阿明觉得她看起来很有魅力,像是出去见过世面的人。他就这么站在她面前,带着倾慕的神情,一动不动。见到他这个样子,贾米拉笑得更开心了一点,眼神中闪过一道光芒。法丽达也笑了。

"我弟弟。"法丽达介绍说。

"是阿明吧?"贾米拉笑着问道,声音比他想象得要低沉,对于如此清秀的一个人来说,"你母亲刚才还过来问你来着。"

阿明放下书包,坐在了离她们最近的一张椅子上。如果母亲在这里,他肯定会被赶走。母亲不喜欢拉希德或阿明坐在有女客人的房间里。她只希望他们过来礼貌地打个招呼。如果客人是他们打小就认识的女性,那么母亲会希望他们带着微笑听对方亲热地逗逗他们,然后就赶紧消失。他们已经长大了,不适合围着女人转。有他们在,女人们不方便谈话,也会给他们自己带来难听的名声。母亲对法丽达的客人们尤其警惕,因为她们通常是年轻女性。她倒不是怕会有任何戏剧性的事情发生,只是不想让别人说闲话。她不想听别人怪她的儿子们,说他们对邻居家某个到了婚嫁年纪的女儿不够尊重。但母亲不在这里,所以他坐了下来,直勾勾地看着贾米拉。法丽达不耐烦地轻哼了一声,他听了,便转身看着她。只见姐姐挑起了眉毛,像是询问,又像是警告。

"怎么了?"她问。阿明对她笑了笑,起身准备离开,但并没有迈开步子。"有事吗?"

"没,没有。"他说。

"他会说话哎。"贾米拉跟他打趣道,声音柔和了一些。

...... 182

"欢迎。"阿明说着,对她转过身来。

"你在上学吗?"她瞟了一眼他的书包,问道,"在哪儿上啊?"

"在师范学院。"他说着,在门口停下了脚步。

"妈在找你。"法丽达说,还背着贾米拉,给了弟弟一个假装生气的表情。他冲她们轻轻挥了挥手,便去里屋了。

"她问你来着。"法丽达晚些时候对他说。当时父母已经睡下了。她做衣服常会忙到半夜,坐在前厅,听着调得低低的收音机。阿明有时也会陪她坐一会儿,让拉希德有更多的时间可以在他们的卧室复习。只要阿明在屋里,拉希德就没有办法学习,哪怕阿明只是躺在床上静静地看书,甚至睡觉。而只要他没有办法学习,就会产生危机,他会自我怀疑,还会生闷气。况且,阿明也很喜欢坐着读书读到深夜,不时跟法丽达聊上几句,听收音机里放着各地听众点播的歌曲。师范学院的学习对他来说并没有多少压力,多数阅读都是为了满足他自己的喜好和兴趣,不会给他造成之后还要拿来考他的恐惧。所以他并不太介意放下书听听法丽达说话,因为等她说完,他还是可以再拿起书本,带着同样的乐趣继续读下去。他觉得在她身边很放松,听她聊天也不紧张。她说,他听,有时也回应几句,换她听着。然后他就会继续读书或是看笔记,而她接着缝她的纽扣和胸衣。他们能这样轻松地陪伴着彼此,其实很幸运。她谈话的主要内容都是人和他们做过的事情,还有她对他们下一步行动的预测。每当法丽达和母亲说这些事情说得热火朝天,父亲就会说她们在八卦。但阿明却觉得,这和男人们自己聚在一起聊天时说的话没什么不同，只不过男人们更毒舌。但或许女人们也是这样，当没有男人在场的时候。

"今天来的那个，"法丽达说，"她问你来着。"

"问什么？"

"问你多大了，学什么专业，什么时候毕业之类的，"法丽达说着，给了他一个狡黠的微笑，"她说她见过你，但不知道你是谁。你知道她是谁吗？"

"贾米拉。我见过她，"阿明说，"再跟我说说，多说点关于她的事情。她还说什么了？"

法丽达笑了。他看得出她很享受，他也知道，她喜欢只能互相咬着耳朵说的心事，和让人煎熬的秘密。她自己也有一个，已经告诉了他，并让他发誓绝不说出去。他一开始还以为，她告诉他是为了找个人分担自己秘密情事的压力和恐惧，但后来才明白，她其实对坠入爱河这件事非常兴奋，也很骄傲。她是在蒙巴萨上学那一年遇到他的。她们学校大一些的女孩子放学时会结伴沿着一条固定路线走回家，而不知怎，这条路线总是会和附近中学一帮男生放学回家的路线交叉。两帮人甚至都不会停下脚步，只会一起走上一会儿，说说笑笑，互换一些眼神。随后，女孩子们会聚在一起，私下选出那帮男生里自己心仪的一个，通过姐妹和表亲给男生带话。法丽达也选了一个，高高瘦瘦，神情严肃，名叫阿巴斯。她请自己的表姐妹带话给他的姐姐，随后他便开始给她写信。两人没有见面，没有接吻，也没有上电影院，什么也没有。既没做任何见不得人的事情，也没有丑闻。只有爱情应该有的样子，每天在街上邂逅彼此，或许也无意间轻触过对方的手几次。还有那些饱含着爱的痛苦的密信，通过姐姐传给表亲，最后来到法丽达手中。

当她因为落榜而不得不返回桑给巴尔的时候，感觉就像是上演了一出悲剧。失败是悲哀的，让她感觉自己很蠢。而有些傻姑娘却可以考上，只是因为她们的长除法做得比她好，而且父母付钱让她们上了额外的私教。这已经够糟了，但真正的悲剧是离开阿巴斯。他已经在一封信里告诉过她，她将永远存在于他饱受折磨的内心之中（他也在她心中，她对他说）。表亲们觉得他们的分别就像一场天大的不幸，应该允许这对恋人私下里见一次面，也不会有什么过分的行为，可能只不过是让两个人单独在海滩上走几分钟。她们开始和阿巴斯的姐妹们沟通，但被塞伊达姨妈发现了，计划胎死腹中。其实她并没有发现事情的真相，只不过是猜到孩子们会有一些大胆的企图，于是颁布了一条全面禁令，违者将遭到最严厉的惩罚。没人想惹她生气，或是为这对恋人找麻烦。因此他们甚至都没有机会牵着手在海滩上散个步，或是做任何相爱的人们会做的事情。阿明对最后这个部分持怀疑态度，觉得法丽达是为了保住他作为兄弟的面子，免得他对阿巴斯动怒。因为在某些地区，手拉手散步可是只有夫妻才能做的事情。

不管怎样，法丽达孤身一人回到了桑给巴尔，离开了她的男朋友。头几周她觉得心都要碎了——她用拳头抵着胸口，跟阿明说她这里痛——因为她失去了阿巴斯和在蒙巴萨的表亲们。就像是她被切掉了一部分。他有过这样的感受吗？如果没有，那么他还不明了真正的心痛。蒙巴萨的景象和气味会出现在她的梦中,当她在家中自己的床上醒来,眼泪会止不住地流下。

她刚回来的时候,有一段时间上午会去哈莉玛姨妈家帮忙做家务,就像她去蒙巴萨之前一样。有一天,姨妈逼着她坐下来,把一切都告诉自己。她再也受不了她盯着一个地方发呆的样子了,也不想听她突如其来的叹息声。在坦白的过程中,法丽达觉得十分心痛,流了整整一个小时的眼泪,边说边哭,有时不得不说上好几遍,哈莉玛姨妈才听得清楚。哈莉玛姨妈一开始也觉得心烦意乱,但后来发觉自己所有的安慰都是白费工夫,便索性坐在那里,笑着看法丽达悲痛欲绝的样子,最后主动提出,可以让阿巴斯把写给她的信寄到她家。当然,她的丈夫阿里必须知情,因为是他拿信,但他会小心的,这点可以放心。阿明想到阿里姨夫被告知要参与这场阴谋的表情,不禁微笑了起来。阿里姨夫喜欢淘气一下,开开玩笑什么的,也喜欢有的话故意不明说。如果有人要讲一个话里有话的故事,尤其是带有嘲讽意味的那种,阿里姨夫总会第一个听出弦外之音,咯咯地笑起来。人们会特意留着这种故事讲给他听,然后笑着看他乐不可支的样子。他一定会喜欢这个秘密通信的点子的,仿佛在参与一场恶作剧。

从那时起,他们就开始这样通信。她与阿巴斯之间的通信依然在继续,四年过去了,两人比以前爱得更深。他在信中总是会说,他对她的渴望,让他快要活不下去了。法丽达在阿明放学回来之后,第一次向他吐露了这个秘密,让他初次窥见了成人世界的隐秘、暗涌的激情和这个世界的复杂之处。

"为什么要藏着掖着呢?"阿明问道,完全搞错了重点,"你已经差不多二十岁了,他可能更大。你们为什么不能告诉爸妈你们彼此相爱,而且想结婚呢?"

"别这么孩子气,"法丽达被这个大胆的建议吓得瞠目结舌,当然也带有一点夸张的成分,"因为我们不能,现在还不行。你以后就明白为什么了。我现在不能告诉你。"

"为什么不行?"他问。

"因为你是我弟。"她说着,仿佛被他的天真惊呆了。

虽然这样的回答并不能解答阿明心中的疑惑,但他还是不得不满足于做一个倾听者,听法丽达在他耳边说出自己的心事,再用以后再跟他说其他秘密吊足他的胃口。法丽达偶尔也会跟他分享误解和怀疑对自己的折磨。这些误解和怀疑大多是由写信引发的,来自对信件的解读,尤其是对他们写给彼此的诗歌的解读。阿明从法丽达的描述得知,这些诗歌表达了他们内心最深处的感情和不确定性。那个句子到底是一个玩笑,还是无意间流露的烦躁?她写给他的那首诗真的可以反映出她想要表达的意思吗?而他的诗到底应该按照字面上理解,还是恰恰相反?"你知道诗歌这种东西的,"法丽达说,"你第一次读还满心欢喜,但再读一遍就如坠深渊。我已经告诉他我不想再看到这些诗了,但他无法控制,我也不行。"

"无法控制什么?"他问。

"写诗。"她说。

"哦,是他写的啊。我还以为是他从什么地方抄的。"

"从哪里?"她问道,飞快地给了他一个怀疑的眼神。

"书上啊,可以买到这种书的,你知道。"

"不,是他自己写的,"她想了想,说道,"我也是。"

"你也写诗?"阿明显得难以置信,"我不信。给我看。"

"不,"她斩钉截铁地回绝道,"它们不是写给你的。而且我不明白你为什么对于我写诗这件事那么惊讶。是不是你觉得我太笨了?"

不是太笨,而是他从没觉得法丽达会对某件事情特别感兴趣,尤其是写诗这种事情。她总是说说笑笑,亲热地和其他女人挤在一起,他觉得她只会干这些事情,也只喜欢干这些事情。没想到她居然在蒙巴萨有一个恋人,两个人会书信传情,还会自己给对方写诗。所以她自己独处的时候就是在干这些事情,而这也就是她一句话说完会脸上带笑的原因。而一想到哈莉玛姨妈和阿里姨夫充当了他们的秘密信使,阿明也会微笑起来。真不知母亲发现了这一切会说些什么,一定是压低了声音咬牙切齿地说狠话。自此之后,他便开始用全新的眼光看待法丽达,觉得她有能力保守天大的秘密,还可以写出只给阿巴斯一个人看的诗,在日常生活之外不动声色过着另一种生活。得知法丽达的秘密之后,他再见到哈莉玛姨妈,简直无法控制自己不笑出来。哈莉玛姨妈用怀疑的眼光盯着他看了好久,皱起眉头,命令他无论是什么让他笑成这个样子,都千万不要说出来。

尽管他判断失误,对那些诗歌表现出了不合适的惊讶,但法丽达还是会主动把珍贵的秘密说给他听,有时还会冲他亮一亮信封，或是毫无保留地（至少她表现的是这样）跟他说起自己的恋人。阿巴斯正在蒙巴萨的海洋管理局接受工程师培训，快要完成第一阶段的学习了。经理说他表现很好，未来一旦有机会去英国进一步接受培训，他会举荐他的。经理是白人，她告诉他，所以阿明应该明白，这样的赞许更有分量。一个白人的赞扬，和他精巧的大型机械、广博的专业知识一样，都是非常宝贵的。阿明也第一个知道了，阿巴斯准备下一年完成初级培训之后来看他们。他在他们镇上有亲戚，住在郊区，但他不记得那个地方的具体名称。他准备在亲戚家住一个月左右。他的母亲也会来。这将会是四年多以来法丽达第一次见到他，但她仿佛觉得，分别就在昨天。

"他是来向你求婚的吗？"阿明问，这种问题通常是母亲或姨妈问另一方的母亲或姨妈的，"是因为这个原因，他母亲才会来吗？你最好告诉妈，你知道的。"

她赶紧打断了他的话，这让他有些摸不着头脑。或许她觉得现在还不是时候，不能给他更多的信息，因为这件事还是个秘密。又或许她担心会有什么不祥的结果，所以不想让他接着说下去。但她是带着大大的笑容打断他的，让他别多问。

"你会去蒙巴萨住吗？"阿明又问道，法丽达再次打断了他，脸上的笑容更灿烂了，"等他去英国培训的时候，你会和他一起去吗？为什么不能给我看那些诗？"

"因为它们属于另外一个人。"她说。但他看得出，她喜欢这个问题。

所以，当她告诉阿明，贾米拉问起了他时，她压低了声音,仿佛说的是她自己关于爱的秘密。她是这么跟阿明介绍贾米拉的。"你知道齐朋达区的那座大房子吧?"法丽达说,"你经过右手边那个老公墓,就是里面长着一棵巨大的猴面包树那个,然后经过左手边的自行车修理店,前面就是一座很大的印度学校,学校正对面左手边有一个转弯,是去浴场那条路,你知道的,转进去就是那座大房子……她就住在那里。那是她们家的房子。她住一楼,楼上住着家里其他人,有她父母、两个哥哥和哥哥的家人。她一个人住在一楼。换我肯定不行,特别是住在那种大房子里。你见过那座房子吗?就是那种老式的房子,你知道吧?里面肯定很黑,就像墓穴或是洞穴。就像阿齐扎太太家。虽然贾米拉家的房子不像咱们邻居家那么惨,跟闹鬼的废墟一样。你能想象吗?一个女人独自住在那种房子的一楼。这不是自己找麻烦吗?换我肯定会很害怕的……怕鬼,也怕别人说闲话。贾米拉结婚的时候,家里人把一楼的房间装修成了一个公寓,给她和她丈夫住。一楼以前应该是仓库或商店,因为前门是单独另开的。人们会说她的闲话,你懂的。说得可多了。"

"都说些什么呢?"阿明问道,有些替贾米拉难过。

"呃,她坚持要让公寓留着那扇单独开的前门,人们说她要么有什么见不得人的事情,要么是瞧不起别人,或者更糟。她怎么就不能和其他人住在一起呢?为什么非要自己一个人住呢?她在隐瞒什么?她一定要让公寓有一扇单独的门,还要把墙敲掉,把窗户换掉。她丈夫很有钱,是她在外面旅行的时候认识的,好像是在内罗毕还是达累斯萨拉姆之类的地方。可能是他付的装修费用,所以他们俩可以单住。

他是做生意的。我也不知道是什么生意。反正是某种生意，具体不知道。一两年之后，他就离开了她，和她离婚了，回自己以前待的地方去了。你听了很惊讶吧？为什么要惊讶呢？"

"她看起来好像很成熟，什么都知道的样子。"阿明说。

"然后她又嫁给了一个只会吹牛皮的家伙，"法丽达接过他的话头说了下去，点了点头，"可能她其实并没有看起来那么老于世故。他玩弄了她一阵子就离开了，和那些糟老头子一样，每年娶一个新老婆，玩几个月就离婚。没想到贾米拉竟然会落在这种人手里。她们家家境挺好的，所以我都不理解她为什么会搭理这种男人。"

"或许是因为她爱他吧。"阿明这句话原本是讽刺，但法丽达却带着傻傻的笑容看着他，仿佛他说了什么令人着迷的话。

"不管怎样，人人都以为，贾米拉的丈夫离开以后，她会搬回楼上和家人一起住。甚至有人还去打听，那个公寓会不会出租。但她拒绝搬家。所以人们开始传言，说她肯定在搞什么鬼，才会一个人住在单独开了一扇前门的公寓里。然后她便开始了最近这次旅行。人们说她是去做生意，但我不确定，也不知道她在做什么样的生意。我知道她在蒙巴萨甚至更远的海岸线城市有亲戚。让我惊讶的是，你都不知道关于她的事情。人们可没少说她的闲话。"

"人们！他们总是说每个人的闲话，说得那么难听，有时我宁愿不听。"阿明说。

"所以你还是听到了一些，"法丽达说着，露出了一个胜利的笑容，"说说看，你都听到什么了？"

阿明略一迟疑。"有一次我见她路过，然后人们就开始说她是谁，她叫什么。但我不记得人们说过她什么坏话了，如果你指的是这个。只说她的外婆是一个欧洲人的女人，你知道，他的情妇。"他说。

法丽达肯定地点了点头："她是。在蒙巴萨。我不觉得她现在还活着。应该已经不在了。但她还活着的时候也没人去看她，她也不出门。我们有一次路过了她的老房子。贾米拉的母亲就是两人的孩子，阿斯玛太太。瞧瞧她的皮肤，就像牛奶一样，那么白净，即使到了那么大年纪还是如此。她是嫁到咱们这儿来的，可能也是不想再听蒙巴萨那些人说闲话了。我想她是被亲戚带大的，但我猜每个人都会跟她说她母亲的丑闻。人言可畏啊，能把你撕成碎片。"

"嗯，但这和贾米拉无关，只是她外婆的事情，"阿明说，"人们就会恶语伤人，到处八卦。我不知道他们为什么要这么做。善良一点不好吗？她下次什么时候再来？她还问了你什么关于我的事情？"

善良一点不好吗？法丽达一听就笑了。这就是典型的阿明。每次他听完朋友说一个关于轻率、残忍、卑鄙、怠慢之类不友善的故事，他就会略一沉吟，这么说。然后朋友们就会笑他。那些跟他不那么要好的，会觉得他是在假装好心，因为有的人就是喜欢这样，假仁假义、惺惺作态。而真正的朋友不会怀疑他的真诚，笑他的时候也并不都是不友善的，有时也不会当着他的面，但他们还是会笑他，把他的叹惋当作一种天真。他们会搜肠刮肚地把日常发生的残忍事件说给他听，就为了等他做出一番伤感的评论。而他话音刚落，他们就会因为憋笑憋到快要抽筋。那些特别要好的朋友并不忌讳当着他的面笑，但会揶揄他简直善良得不可思议。这个世界配不上你，他们说。

听完贾米拉故事的那个夜晚，他梦到了她。他确定那就是她，尽管他记得梦里一开始她只是个坐在黑暗中花园里的影子。她起初没有发出声音，但他知道，她就在那里。他能感觉到她在那里。空气中有什么东西在微微震颤。她开始哼起歌来，声音几不可闻。但慢慢地，歌声越来越响，她的音调也越来越高，盘旋而去，直到他再也听不到。但他能感受到她的存在，因为她的哼唱颤动着他的肌肤。她的剪影越来越深重，仿佛夜色渐浓。接着，他发现她来到了一个昏暗的房间，可能是在地下或是山洞里。她仰面朝天躺在一个垫子上，全身穿戴整齐。一只长毛怪兽蹲在她肚皮上，神色歉疚，但一动不动，像是被迷恋施了定身术。怪兽的绝望是如此清晰，阿明被惊醒了，生怕自己已经哭出了声，但几英尺外的拉希德依然呼吸匀停。他可能梦见了牛津剑桥吧，阿明想。

第二天，他骑自行车经过了她家房前。他每周会有两三天在放学后和朋友们去游泳，而这一天去叫朋友们的时候，他选了去浴场的路。下午这个时候，背阴处的街道显得狭窄而深邃，那座房子就在街道尽头的交叉路口。房子门前横着另一条街道，但这条街道一定也会被迫扭曲和拐弯，避开其他的房子。老城建设就是这样,狭窄短小的街道,带着低沉嗡响的沉寂。要是你在这些街道上骑自行车,就会拇指不停地按车铃,其他几个手指忙着刹车。房子被刷成了奶白色,在雨水的冲刷下略显斑驳。楼上的窗户被漆成了灰绿色,上方有拱形气窗,镶着的玻璃有些脏。二楼窗户紧闭,但开了几扇百叶窗通风。但三楼的窗户大开着,巨大的雕花前门也一样,让人得以清晰地窥见里面铺着地砖的庭院。他不觉得这座房子看起来像废墟。他觉得它看起来宽敞、通风,只是有些压抑。他发现屋子侧面有一扇朴素的小门,看起来像是办公室或仓库的入口。楼下临街的窗户是一楼唯一的一扇窗户。窗户关着,但所有的百叶窗叶片都是打开着的。经过这扇窗户时,他长长地按响了车铃。不,它看起来一点儿也不像废墟。

他们的游泳活动都是临时约的。有谁想游泳了,就去叫其他人,看有没有人想一起去。有时会约到五六个人,有时只有两个。他们从不会自己去游泳,特别是每年的这个时候,因为季风快开始了,海浪很大。有些人这个时候干脆不下海了,但天太热,灰太大,阿明还是想去水里泡一泡,尽管在浪里游泳是很累的。但朋友们都不在家,所以他去完第三家就放弃了,骑着自行车缓缓经过运动场,来到了长满木麻黄的林阴路上,这里全天任何时间都很凉爽。他沿着这条路骑到了高尔夫球场旁边的海滩上,但这里也没有朋友们的身影。

他转身沿着医院所在的道路往回骑,经过维多利亚花园,随后从法院后面的路上骑了下去,来到一片清静的沙滩，这里是他们常来游泳的地方。法院后面的坡地上有一片草坪，直通到海边，两侧都是高大的房屋，附带有围墙的花园，面朝大海。他听说从这些房子的楼上看出去，可以一直看到海峡对岸的大陆那边，尽管他也不确定这个信息从何而来。在遥远的过去，这些房子曾经属于商人和阿曼贵族，因此也是按照他们喜欢的风格建造的，都是有阳台的城垛式建筑，围着高高的白墙，用来阻隔好奇心。而到了阿明那天下午去那里的时候，这些海边建筑里的居住者都已经换成了英国殖民官员：也许一间住着法院院长，一间住着卫生官员，一间住着首席检察官。不过此刻一个也看不见。附近有一棵年轻的棕榈树，在海风的吹拂下，叶子在茎秆上翻转的角度仿佛有些不真实，扭曲缠绕，极尽魅惑，像是甩动着一头湿发，吐露着赤裸裸的欲望。阿明在一棵高大的木麻黄树下坐了下来，看着翻涌的海水，地面上到处都是干掉的种子。他喜欢在海边隔着一段距离，欣赏大海咆哮的平静。

他惊讶地发现，他并不知道这些房子里住的英国官员都是些什么人。有时会有人出来站在阳台上，俯视着下面的海滩，看他们游泳。这些人有时会挥手致意，但有时却会给人一种逐客的感觉。无论是他或他的朋友，还是他认识的任何人，都不知道住在这些大房子里的人是谁，只知道他们是这片土地的统治者，而且他们一直在竭尽所能地避开当地人。当然，也会有人知道这些人到底是谁，在干什么，比如他们的用人，或他们管辖下办公室的工作人员。但阿明在街上几乎从未见过任何一张欧洲面孔，除了一两个他们的老师，或肯定是来参加一日游的人，都是从往返欧洲的邮轮上下来的，途经这里而已。但肯定有一大群这样的人，躲在这些房子的高墙后面，静静地过着日子。阿明在想，不知他们统治的人民会如何看待他们。他觉得他们就像是一片充满了焦虑与烦躁的嘈杂声，他们的叫喊与喘息，随时都有可能成为被统治者的哀号。

他看见此时身后花园的墙上有一扇门开了，门口站着一个貌似是园丁的男人。他穿着棕色的长短裤和破烂的白衬衣，赤着脚，身后的花园在阿明看来很阴凉。园丁叉着腰，盯着阿明看了几分钟，仿佛觉得他不该出现在这里。阿明冲他挥了挥手，移开了目光，摊开身子躺在了草地上，拒绝被吓跑。这些人有时就是会这样，法院的园丁和其他房子里的园丁。他们会盯着来游泳的阿明他们，仿佛这些孩子侵犯了他们主人的隐私。但身后园丁的出现破坏了他刚才在树下感受到的那份平静，身下的木麻黄树种子似乎也更硌人了，所以他起身骑上自行车走了。回家路上，他又经过了那座房子，这次看到有个小女孩从大大的雕花门里出来，门此时已经关了一扇。他的车铃发出了一串欢快的叮咚声，小女孩笑了。

那天晚上，他要帮拉希德检查一份统计学家庭作业。此时的拉希德已经快把自己逼疯了，因为中学毕业考试和奖学金考试近在眼前。他多数晚上都会和拉希德在一起，陪他做一样的复习题，考考他知识点掌握了没有，再听听他没完没了焦虑的抱怨。距离这些考试还有六周，阿明已经跟拉希德表明了自己的意见，那就是，想要考过，就必须平静下来。

"但我不像你那么聪明啊，"拉希德对他说，"你不要再劝我别担心了。我们有些人就是不管学什么东西都很费劲。统计学对我来说根本无法理解。就像看不懂的天书一样。但对你来说就很简单,可能有时候还很有用处。你让我怎么平静下来?我肯定考不过的。"

"你的老师们都很爱你。你不会考不过的。"

"你什么意思?"拉希德问道,脸上的表情喜怒参半,"你是说他们会帮我作弊通过考试?我倒真希望他们可以。还是说我是个马屁精?"

"你就是个马屁精。"阿明说。于是,统计学作业不得不被放在一边,因为两兄弟还有更紧要的问题需要解决。他们把彼此推到了墙上和床上,撞得震天响,引来了他们的母亲,用力拍着门,问他们是不是疯了。

"没有,妈,"拉希德用带着哭腔的声音喊道,"是阿明又在欺负我。"

"你俩都住手!"母亲叫道,"开门,赶紧给我开门。"她站在门口,狠狠地骂了他们一顿,而阿明还是照例承担了主要责任。母亲走后,阿明拒绝再合作,但拉希德知道,第二天就一切都是老样子了。

第二天是周五,他们一大帮男生下午都去踢足球了。然后周日又骑了好久的车,到乡下的布布布去野餐和游泳。周一回师范学院上学,并照例在下午三点左右等公交车回家,做作业、见朋友、搞复习。这个时候雨季已经来了,天空连日低垂,晶洁的雨水倾泻而下,让每个人的精神都为之一振。一开始似乎一切都焕然一新:树木摇曳得更加婀娜,锈迹斑斑的屋顶也闪着光,道路被冲刷得亮晶晶的。但大雨日复一日地下个不停，阴沟里漂满了雨水冲来的垃圾，排水沟的水溢了出来，地上到处都是小水坑和小水潭。屋顶漏了，雨水顺着石灰岩砂浆灌了进来，把房子都泡松了，有些在夜里突然就塌了。他们家对面那座废墟般的房子又损失了更多的砂浆和一两扇窗子，露出了更多骨骼和牙齿，不过依然没有屈服的迹象。只要上街，就避不开污泥和脏东西，大家只得尽量小心翼翼地绕着走。皮凉鞋会带起泥水，溅到衣服上，皮子也很快就烂了。没过几天蚊子大军也来了，于是疟疾开始流行。在这种水里玩耍的孩子脚部会被沙蚤叮咬，出现感染。放学后也无事可做，只能披着床单坐着，玩牌或八卦。大雨刚来的时候，人们都觉得是一种解脱，可以免受烈日的欺压，摆脱每天太阳升起带来的折磨。但经过了一个月的天空阴沉和暴雨倾盆之后，只要太阳一露脸，人们就喜笑颜开。

　　雨季的一个下午，在时隔多日乃至数周之后，阿明回家时又见到了贾米拉。她和第一次一样坐在垫子上，腿上放着邮购目录（是订购时装用的），有一截缎子面料摆在她和法丽达之间。他母亲正坐在窗边的椅子上写信，因为那里光线比较好。一见贾米拉，他心头便涌起一阵释然，这让他自己也吃了一惊，仿佛他一直在担心自己再也见不到她了。第一次见面后，他常会想起她，但他会愧疚地压抑着自己的想法，仿佛这是什么不正当的幻想一般。她伸出一只手，微微一笑，他俯下身子，微微牵了牵这只手，便再不敢多碰。他在旁边的一张椅子上坐了下来，脸上带着笑，但胸口却像有一个疙瘩，觉得生疼。她是那么美，他看着她，会心口发疼。他常会在心中描绘她的样子，躺在黑暗里想象着她的面庞，但那是一种扁平、静止的意象，无法与面前的这张脸相比。她的肌肤像是在微微发着光，五官是如此精致而生动，眼中带着笑意，那是一种明明白白的放松。

"你好吗？"她说，嗓音低沉，但语气轻松，这是在和他说话，"你们学院放学可真够晚的，不是吗？"

"我们下午有课。"他说，发觉自己的嗓音因为兴奋而显得有些尖了。

"法丽达把我的衣服做得太漂亮了，所以我再来做一件。"贾米拉说。

他想问是不是就是她身上穿的这一件，但他害怕这样会显得太放肆了。"她是个很好的裁缝。"于是他话到口边又换了一句，而且清楚地听到自己的声音在颤抖。

"你没事吧？"母亲从他身后问道，"不是感冒了吧？没淋着雨吧？没有就好。那你待在这儿干吗？去把书放好，把眼镜给你父亲送去。他应该在咖啡馆。他忘拿眼镜了，现在他八成会觉得自己把眼镜丢了。快去，还愣着干吗？哦，能帮我买张三十分的邮票吗？我在给塞伊达姨妈写信，等会儿我想让你帮我把信寄了。"

他瞟了贾米拉一眼，发现她被逗乐了，差点儿对着被母亲赶出房间的他笑出声来。母亲们就是这样，她仿佛在用眼睛说，总是会把你赶来赶去。他走到母亲身边，亲了一下母亲的手，向她请安。从他七岁起上学以来，这是他每天回家必做的事情。母亲也照例亲了亲他的手，双眼因为写信的疲劳而泪光盈盈，这一点被阿明看在了眼里。"快去吧，"她说，"拿上你父亲的眼镜。就在床头。"

"我以前也很喜欢学习。"贾米拉突然冒了这么一句。

"你以前很聪明的，"他母亲说，语气略一缓和，"大家都这么说。我没教过你，但教过你的人都这么说。"

"你上的是哪所学校？"阿明问道，细细品味着她的面庞、声音和微笑。这是一种前所未有的感觉，他从注视和倾听中找到了深深的感官上的快乐。

"弗洛德黑尼，后来还上了圣约瑟夫，"她说，"上完圣约瑟夫之后，我去上了蒙巴萨的一所商学院，学了速记和打字，然后在那里工作了几年。之后我们就回到这里，开了一家商务服务中心。"

"那是什么？"阿明问。

贾米拉耸了耸肩。"反正最后也没开下去。"她说着，对他嫣然一笑。他听到了我们这个词，想到了她的离婚，但她似乎满不在乎。我们总是会问对方上的是什么学校，阿明想，还有学校里有什么我们认识的人。有时候就像是一种套近乎的办法。

"阿明，把书放好，给你父亲把眼镜送去，"母亲再也受不了了，说道，"别忘了买邮票。问问拉希德有什么要买的，或者带他一块儿去。他放学回来就一直闷在房间里。再这样学下去，他会把自己的身体搞坏的。"她的不耐烦和耍威风其实也是一种炫耀。看，不管我什么态度，儿子们都会恭恭敬敬地听我的话。看他们学习多努力啊。

那天晚上，他又梦到了她，还梦到了蹲在她身上的怪兽。他就是那只怪兽，醒来的时候，他想。他一直都是那只怪兽，那个着了迷的丑家伙，因为情感和欲望而颤抖，但他之前一直拒绝认出他自己，明白最好还是压抑和否认。但他为什么要勉强自己去否认？那只是一个幻想，一种令人快乐的游戏，让他可以想象着她的面庞，想象着她拥抱着他，和他躺在一起。想象她的双眼含着笑意，为他闪亮。她要是知道了，一定会笑出声来，而其他所有人都会被吓坏。对她和其他所有人来说，他可能只是一个害羞、笨拙的大孩子，不明世事。而她是一个女人，见过世面，尝过爱情的滋味，因为他相信，一定是爱情让她嫁给了她从蒙巴萨带回来的那个男人。她是个对自己的美貌心知肚明的女人，要是知道了他如何想象自己和她在一起，一定会用自己的笑容表示这不可能。不过反正也不需要让她知道，他在黑暗中跟她躺在一起，轻抚着她，跟她说话。

那个下午之后，他经常骑着自行车经过她家门口，可能是隔天一次，有时是每天一次。两扇雕花大门白天通常都是打开的，有时他会看见有孩子在院子里玩。但侧面的小门永远都是关着的。一天下午，他看见她从镇政府办公室走了出来，在想她会不会是在那里工作。她和他隔着一段距离，于是他就跟在她后面走着，并没有试图追上去。她上街的时候穿戴着头巾和长袍，因为这里的女人都需要这么做，不过她没有把脸遮起来。

有一次，她经过他身边，进了电影院。当时他正和一帮朋友站在外面等着入场。和她在一起的还有另外两个女人，和一个小姑娘，都打扮成出门的模样。他觉得这个小姑娘就是他第二次路过那座房子时从门里出来的那一个，他还给了她一串欢快的车铃声。贾米拉对他笑了笑，神态很放松，还喊了他的名字。他冲她挥了挥手。另外两个女人中，也有一个回头看了他一眼，笑了笑。朋友们开始起哄，用电影明星的名字喊他，因为他引来了这些笑容。而他也很配合，挺直了胸膛，带上了些夸耀的神色。但他明白，无论是他自己还是朋友们，都只会觉得这些微笑是一种友好的象征。或者至少是明白，他们中间没有人会对这些微笑采取任何行动。因为她们都是成年女性，而只有成熟的男人才知道，该怎么让这样的微笑有下文。

考试很快就要来了，把所有其他的念头都赶出了他们的脑子。说来也奇怪，考试一来，他们又都变成了一支支童子军。拉希德突然又自信心爆棚，搞得阿明开始担心，生怕他真的过度自信。阿明也要参加第一个学年结束时的考试了，但他的考试远不如拉希德的考试那么引起重视。拉希德的考试动静之大，仿佛他是参加奖学金考试的开天辟地第一人。这一年度的学习以考试结束告终，然后成群结队的年轻人就开始整天在街上游荡，或是骑车去乡下，睡到中午才起床，想干吗就干吗。对多数年轻人来说，假期就是这样，懒懒散散，漫无目的地在街上晃荡。也有几个倒霉鬼，家里是做生意的，需要他们帮忙。但他们也依然可以偷懒，并不会受到过重的惩罚，尤其是在考试结束后的假期中。因为父母都觉得，孩子们学习已经很辛苦了，可以娇纵一下。

这同样也是季风的季节，大批的水手和商人把大街小巷挤得水泄不通。但今年有一队冷溪近卫军盯着他们，警惕程度比往年更高，至少是和最近几年相比。很久以前，季风季意味着狂野和混乱。随风前来的冒险家们有时脑子一热，还会当街发生流血事件。人们会把孩子们关在家里，怕他们被绑架。没有人知道，那将是他们见证的最后一场季风贸易。冷溪近卫军那年之所以会在那里，是因为那个月发生了很多重大事件，而且人们还到农村地区举办了集会和竞选拉票活动，为独立前的最后一次选举投票造势。选举将于晚些时候在新年期间举行。阿明有时也会在自己参加的集会上发现贾米拉的身影，在扫盲班上也见过她。她对于这些活动很热心，会努力说服妇女们去登记投票。要登记就得识字，于是贾米拉和其他人一起，在党总支部开设了妇女扫盲班，教她们写自己的名字和出生日期。因为只要会写这两样，就足可以证明她们有能力登记投票了。拉希德主动报名，去地方党支部协助扫盲教学活动，母亲也给阿明报了名。

　　六个月前曾有过一次选举，但失败了，原因是发生了暴乱，选举结果也陷入了僵局。党派之间的政见分歧已经到了不可调和的地步，也许是因为这是个小地方，历史上有太多隐私和不满，永远也不会消失，也不太会有多少紧迫的事件，让人们觉得有必要重新审视自己的做法。没有什么事件可以紧迫到让大家需要重新考虑自己的忠诚。当时还没有。暴乱让年轻人十分震惊，但也许对上了年纪的人却并不会那么有冲击力，因为他们早在该世纪初期就见识过街头对战的情景，偶尔还会目睹割喉。等后来的事件发生之后，这些新的暴乱也会被人们换一种眼光来看待。但在当时那个天真的年代，它们就像是一种礼数的崩坏，令人骇然，仿佛家庭成员在公众场合彼此辱骂一般。我们还要很久才会意识到，我们会给彼此造成怎样的伤害，以及这些伤害一旦开始，便覆水难收。总之，一场新的选举近在眼前，而且当时大家也已经知道，国家年底就要独立了。别的地方已经掀起了这股狂潮：法属西非和法属苏丹忽然诞生了十几个新的非洲国家。英国已经把加纳和尼日利亚送上了通往光明未来的漫长道路，我们自己的邻国坦噶尼喀突然之间也走上了同样的道路，只不过更为低调。非洲各个机场和兰开斯特府之间的交通想必异常繁忙，而该府正是所有宪法会议（多么好笑！）召开的地方。

斋月就在这时开始了，所以那一年的那几个月，事情真的是一件连一件。大选将近的氛围弥漫在空气中，人们也已经感受到了即将到来的变化，因为看守政府的部长们会坐着黑色的奥斯汀汽车四处转悠，车牌号是特殊的数字，车盖上还印着苏丹的旗帜。那面车盖上的旗帜，让独立的临近显得更加真实。

斋月中一个饥饿而漫长的下午，学校和学院都因为斋戒而关闭了。阿明躺在客厅的沙发上读书，法丽达站在工作台前，熨着一件做好的衣服。人人都为斋月结束时的开斋节定做了新衣服，所以这是法丽达一年中最忙的时候。他们的父母正分房睡着午觉，打发下午饥肠辘辘的时光，母亲在法丽达的房间，父亲在自己床上。夫妻在斋月期间午休也要避免接触彼此，为的是安全起见。因为欲望的感觉，哪怕是在合法夫妻之间，也是会犯忌的。任何关于感官欲望的想法都会犯忌，因此阿明怀疑，自己无穷无尽的渴望，是不是都够在全能真主的黑账上记一笔了。成长给他带来的惊讶之一就是,他发现禁食并不能抑制性兴奋,很可能只会起到反作用。

外面的门上响起了敲门声。这些饿着肚子的下午,外面的门都是锁上的,因为一打开就直通前厅,而有些邻居又无法抗拒一扇打开的门。来者是贾米拉,她是来给自己的侄女做衣服的。阿明起身和她握了握手,在她旁边的一张椅子上坐下,听贾米拉解释说这些衣服是开斋节的惊喜礼物,所以想请法丽达照着另一件衣服做,不要给小姑娘量尺寸。法丽达把她交代的事项一一记下,显得干练而又不苟言笑,这一点总是让阿明心生敬佩。通常,法丽达只要跟你四目相对,就会绽开一个大大的笑容,但只有在记录客户要求的时候除外。阿明假装读书,但每过几秒钟就会抬头看一看她的面庞、双手和嘴唇,觉得她的一举一动都自成风景。贾米拉解释完自己的要求之后,对着阿明转过了身。他觉得她知道自己在对她朝思暮想,用他一直以来的方式。她问他在看什么,然后伸手把书要了过去。他把书递给了她,把座位换到了离她更近的一张椅子上。那是一本平装版的《日瓦戈医生》,是一个朋友去达累斯萨拉姆走亲戚时带回来给他的。她问他这书怎么样,于是他谈了谈书写得有多好,叙事手法有多么令人着迷。

"看完了一定要借给我。"她说着,把书还给了他。

他拿着书走回沙发坐下,接着很快她便起身告辞了。她看了他一眼,挥了挥手,一句话也没有说,但流露出的亲近感,却让人觉得此时无声胜有声。法丽达又接着熨起衣服来，也没有说什么，但看起来却多了几分心事。他觉得她神情中透露出了不赞成。她看出我的疯狂了，他想，于是带着紧张的沉默坐在沙发上，假装读书，等着听她嘲讽。但她什么也没有说，过了一阵子之后，也只是请他打开收音机，好把父母叫醒。他们的母亲喜欢亲手做斋月的吃食，尽管她也足够好心，愿意让法丽达帮忙。而且收音机的声响绝对会把他们的父亲从床上赶下来，甚至会赶出门。他很受不了教长们做斋月布道的声音，觉得虚张声势，神圣得有点过分。因此下午的诵读节目刚一结束，他就会马上出门。他会去咖啡馆和朋友们坐在一起，直到宣告日落的鸣笛声起，再一起喝上当天的第一杯咖啡，之后前往清真寺。

斋戒仅限白天。到了傍晚，人们会大吃一顿，随后和亲友们坐在一起，聊到凌晨，也会去海边散步直到深夜，去电影院看晚场电影，或是无休无止地打牌。还有些人会在街上潜行，玩着各种各样不愿让别人知晓的游戏。大家都会熬夜，孩子也不例外，同样会在外面的路灯下玩到很晚。那天晚上，阿明发现她和家人在海边散步。他路过她们身边的时候，她冲他粲然一笑，但未发一言。他继续朝海滨步道的终点走去，离灯光越来越远。当时月亮已由盈转亏，他后来回想的时候发觉，悬在海面上方，犹如一个明亮的失落世界。第二天，他无法停止对她的思念，也无法去想除了食物之外的任何东西，只好出门去镇上散步。就随便走走，没什么目标，他对自己说。但很快他便发现，自己在往她家走去。而就在他经过她家的时候，她竟然破天荒地从小门里走了出来。她站在门口，惊讶地看着他，过了一会儿，她说道：

"阿明，你好吗？"他回答了这个问题，然后快步走开了，心想她现在一定开始觉得他讨厌了。

那天晚上他刻意没有去海边，但第二天晚上就坚持不下去了。当他看到和家人在一起的贾米拉时，他保持了一段距离，从远处看着她，捕捉着她们牙齿的闪光，赞叹着她们说笑时自若的神态。最后他还是从她们身边走过去了，但装作没有看见，目不斜视。现在没有上学可以让他分心，也没有无聊的公交车旅程和做起来并不吃力的作业，只有烈日下白天的饥饿和一种不祥的预感，一种规律跳动着的恐惧，他无法抑制。他不敢想象把这些事情告诉她，一想到便觉得，她一定会因为震惊而哑然失笑。但他又会不停地排练自己想对她说的话，有几次还告诉自己，她一定希望他这么做。他的痴迷已经到了连他自己都害怕的地步。有时他会生气，觉得想给别人一点苦头吃，但他不明白这是为什么。

他要强迫自己刻意避开她。这就是他做出的决定。那天傍晚，日落时分，他穿上长袍，去了清真寺。当晚开斋之后，他又坐在屋外，和街坊邻里聊天。第二天散步的时候，他去了海边渔民们停泊渔船的地方，离海滨步道很远。这些渔民都是看着他长大的，里面还有他们的邻居，就住在他们家对面那座废墟般的大房子里。阿明坐在他们中间，觉得很自在，尽管他的双手细嫩柔软，而他们则因为拖拽渔线和渔网而满手裂纹，面庞上也带着烈日与大海的风霜。他们都是些对自己无比自信的人，一不怕苦二不怕死，开起玩笑来毫不留情，而且一说就能说一整天，到了日头稍弱时便划着小船出海。他陪他们坐了一阵子，为了让自己不被嫌弃，可没少忍受他们的嘲讽，然后下午又去了一次清真寺，随后读书直到日落时分。他决定用这样的方式来忘掉她：只在附近活动，去清真寺礼拜，读书，玩牌，聊天。作用不是很大，因为他读书的时候会想到她，甚至聊天的时候也不例外，但他避免了见到她。

拉希德对他不同寻常的虔诚发表了一些言论，当着父母的面戏弄了他一番，结果却被训了一顿。"你也应该去清真寺，你这个没良心的孩子，"母亲对他说，"还是你觉得自己已经是个白人了？你人还没走，倒开始忘本了。你真应该为自己感到丢脸，非但没有尽到义务，还去笑话他。"他的父亲对此也有话要说。他这种长篇大论的训诫可以变化出很多版本，这次的版本如下："斋月是一年中最神圣的月份，也是哲布依勒天使第一次向先知呈现《古兰经》的时候。我们把斋是为了历练心性，虔心向神。这时的我们，应该对自己在前几个月中养成的疏忽之习进行忏悔与改正。而你养成的一个疏忽之习，年轻人，就是不去清真寺，因此你应该在这方面好好向你的哥哥学习。不要再整天玩牌了，你应该每天下午读一章《古兰经》。去拿你的长袍，然后从我面前消失。"到了晚上，等他们上了床，相隔只有几英尺时，阿明感到拉希德正躺在黑暗里，听着自己的呼吸。

接着，拉希德问道："出什么事了？"

"没事。"阿明说道，并不想继续谈下去。

"那你干吗要去做那么多礼拜？你是不是干什么坏事了？"

"我在为你的奖学金祈祷，否则你肯定拿不到。而且也可以打发时间啊，还可以锻炼身体，你知道的，抬手、鞠躬、跪地、叩头，对背部挺好的，"阿明说，"好啦，让你可怜的脑子休息一下，快睡觉吧。"

一天傍晚，在这种新的状态持续了几天之后，法丽达对他说："贾米拉今天下午来拿衣服了。衣服做得挺好的，她很高兴。这是好事，因为她还会在开斋节后给我更多的活儿。她问你好不好，说好多天都没有看到你了。"

"你怎么跟她说的？"他连忙问道。

她摆出被吓了一跳的表情："好啦好啦，急什么。我说你挺好的。不然呢？"

第二天傍晚，他脱下长袍，去了海边，想在散步时寻找她的身影。在残月的映照下，海边到处都是三五成群的人们，有些还牵着手。路灯映在水面上，也照亮了此时夜里空无一车的道路。这时只有晚上九点，但就算开着车，也没有什么地方可以去。散步时女人和女人走在一起，男人和男人走在一起，有时会相互打个招呼、开开玩笑。这里面多数都是年轻人。有一些是印度妇女，由兄弟或嫂子、弟妹陪同。但除了他们这个群体之外，青年男子和自己的姐妹一起散步，则会被视为不妥。果阿姑娘们独自漫步，悠闲自在，风姿卓然。她们是基督徒，有葡萄牙语的名字，在政府部门工作，所以几乎可以算作是欧洲人。没有人敢招惹她们，连开玩笑也不行。阿明不紧不慢地走着，沿着路上不靠路灯的那一侧，没有往水边凑。苏丹王宫里的灯开着，水边尽头公园里的树上也亮着彩灯。喷泉的水花在灯光中闪烁。他发现她离开公园中的人群，朝他这边走了过来，身旁还是他以前见过的那两位妇人，他觉得应该是她的家人。他穿过马路，来到靠水的这边。刚一走近，便发现她脸上开始露出了笑容，而他自己也展开了笑颜。双方在距离彼此几英尺远的地方停下了脚步，每个人都笑着。

"阿明，这阵子你去哪儿了？"贾米拉说，无疑显得很开心，"我都好多天没有见到你了。你的朋友们呢？怎么就你一个人？"

"在那边什么地方，"他撒了个谎，指了指古堡的方向，"我正在去和他们会合的路上。"

贾米拉身边的两个妇人和她年纪相仿，但看起来都已经是做了母亲的人了。两人对望了一眼，往前走去。"你气色不错，"她说，他感到她的双眼在自己脸上流连，就像是抚摸，"那本书你看完了吗？看完了我也想看看，别忘了。"

"我不会忘的。"他说，但语气比他原本设想的要郑重，仿佛在做一个十分庄严的承诺。他不解地望着微笑的她，发现她被逗乐了。但并不是取笑，而且她的眼光中有几分难解的意味，让他的心有一点疼。另外两个妇人在几英尺开外停下了脚步，望着大海。其中一个笑了起来，阿明转身看去，觉得她们应该是在笑他。或许贾米拉提起过他盯着她看的样子，以及他的无处不在，如影随形。"她们是你的姐妹吗？"他问。

"是我嫂子。"她瞟了她们一眼，迈开了脚步，"回头见，别躲着我。"说完，她冲他略一挥手。

接下来的两天，他仍然持续着同样的状态，在周边活动，去清真寺，读书。但最近这个傍晚的回忆让他觉得很幸福,每过几个小时,就会在心里拿出来看一看。第三天下午,他去医院看望一位做急性阑尾炎手术的朋友,路上顺便去大教堂书店看了看。里面大部分书他都看过,因为他们只卖教科书。但他还是很喜欢拿起一本崭新的课本,读上一两段熟悉的内容。这家书店是基督教知识传播协会开的,但并不会对传教大肆张扬,还会尽量避免冒犯到多数非基督徒的顾客。阿明看了几分钟就出来了,不慌不忙地朝主路走去。突然,他看到了她,正从他这边穿过马路。他招了招手,她慢下脚步,等着他也从马路那边走过来。

"我正去医院看朋友,"两人打过招呼之后,他说,"他昨天被紧急送过去做了个手术,至少现在不用再把斋了。"他们在苦楝树阴下站了几分钟,聊着让人记不住的话题。但聊完走开的时候,他却觉得胸中热浪翻滚,因为她的眼神。她的双眼睁得大大的,带着专注的神气,细细打量着他说话的样子,像是被他迷住了,毫不在意自己的眼神会透露些什么。他觉得她的眼神中流露着渴望,这是他能想到的唯一答案。他甚至也许可以伸手碰碰她,要不是他们站在下午三点的主路旁。

随之而来的兴奋与恐惧,在他脑中呼啸而过。他不知道现在要做什么,也不知道该怎么做。第二天,他独自骑了好久的车,带着一本书去了乡下。回来的路上,他坐在圣贤穆萨①附近的海滩上,边读书边惊讶,担心自己不知道现在该怎么办。那天傍晚,他们吃过开斋饭,都在喝咖啡——拉希

---

① 此处的"圣贤穆萨"为地名,该地竖有圣人穆萨的纪念碑。

德站着喝，准备一喝完就马上冲出去参加傍晚的狂欢，父亲也显得坐立不安，准备喝完就去咖啡馆侃大山，母亲正在自己的椅子上小睡，因为刚才在厨房忙得太辛苦——就在这时，法丽达喊他去院子里帮忙收拾。他跟在她身后，有一种即将解脱的感觉。有些话要说出来了。他猜。

"怎么回事？我得跟你谈谈，"她压低了声音，急切地说道，"她今天又来了，还问起了你。到底怎么回事？你不会是在干什么傻事吧，啊？今天晚一点，你得跟我老实交代。"

所以当天夜里，他跟她说起了这一切。那是个闷热的日子，但夜里那个时候，却从海上刮来了凉爽的清风。他想过她下午说了什么，也揣测过是什么让法丽达如此急切，但他决定还是不提问题，也不再犹豫。他会告诉她自己的感觉，然后等着看会发生什么。他们坐在院子里的垫子上，头上是一牙残月，因为这个月已经临近终点。能说出来是一种解脱，所以他说了很久，她静静听着，几乎没有插话。等他第一回合的倾诉告一段落，她告诉他，其实她已经猜到了，至少是已经开始担心他对她有感觉了。"你得当心，"她轻声说着，显得很好心，但也是为了防止被别人听见，"你不知道她想要什么，也不知道她心里想的是什么。像她这样的女人，对人情世故是很有一套的。有传言说，她在和一个政客约会。那些人现在都成了英雄，很快就会去政府当官。像他们那种人，会想要一个她这样的女人作为炫耀。"

"炫耀？什么意思？"阿明问，因为法丽达说完就陷入了沉默，等着他来问她。

"意思是,像她这么惹眼的漂亮女人,还带着点家族丑闻,"法丽达说,"他们就是想要一个这样的女人来玩玩。或许这也是你想要的,玩一玩。但我希望不是。希望你不要介意我这么说,但这或许是一个你还不知道该怎么玩的游戏。也许她也只是想玩某种爱情游戏。但她比你大,又那么老练。和这种人在一起,你会迷失的。"

"我以为你喜欢她。"阿明难过地小声说道,不愿把贾米拉想成是那种人。让他欣慰的是,法丽达并没有笑话他,也没有用老一套的说教和警告来指责他。但他不喜欢听到这种暗示,仿佛在说和贾米拉的老于世故相比,他太天真了。

"不是说我不喜欢她,"法丽达说,随后忍不住笑了一下,一缕柔光从昏暗中闪过,"你要记住,像她那种人,是和我们住在不同的世界里的。如果妈知道了,她就会这么说。她们和我们不是一路人,她会说。关于什么才是应当的和……正派的,她们和我们的看法不同。你必须当心,不要伤害到你自己,也不要伤害他们。"她冲屋里扬了扬下巴。

他没有接她的话,过了一阵子,她叹了口气,接着说:"她今天来的时候,问了你好不好。其实,她是把自己暴露在了受到侮辱和拒绝的风险之下。她那是在邀请我当你们的中间人。一开始她只是问候了你,问你好不好,但随后她问我,你有没有什么话想托我带给她。我本可以把这种问题当成是一种冒犯,对她羞辱一番。我觉得她想要你,但我不知道她想要你干什么,所以你最好当心点。那个政客可能只是个传言。有人看见她在他车里,但他可能只是让她搭个便车,我觉得。不过还有些别的故事,而且她比你大。"

他流着汗,因为不确定的感觉而心痛,也生怕自己会闹出笑话。过去几周里,这些情绪已经成了他的老朋友。"她不会比你大多少的,"他说,"而且你也只比我大两岁而已。"

"她肯定要比你大上个五六岁,"她说,接着,她又把轻柔的声音压低了一些,换成了几不可闻的耳语,"你爱她吗?"见他点了点头,她绽放出一个疲惫而灿烂的笑容,把手放在了他摊开的手上。当她把手拿开时,阿明的手心出现了一个对折的信封。"这是她留给你的。她问你好不好,我给了她回答,随后她坐在那里,安静得可怕。我就知道她要做什么奇怪的事情了。她问我能不能把这个转交给你,我说我可以。我累啦,小弟弟,而且你也有好多事情要想清楚。明天跟我说说这封信吧。我有没有告诉你,我今天也接到了一封阿巴斯的信?里面有一首关于开斋节的诗,写得可好了。"

法丽达走后,他静静地坐了一会儿,好让自己消化这一切。他把信封翻了过来,上面没有写姓名和地址,但是开口处封着。他走进屋里,飞快地拆开信封,打开薄薄的蓝色信纸,难以置信地看着上面唯一的一行字:我渴望着你,爱人。这种感觉如在梦中。没有抬头,也没有落款,只有这一行字。他觉得自己如在云端,他看见了她,他想象着她。她微笑着伸过手来,抚摸着他的脸。当她投入他的怀抱,他觉得身子一轻,像是慌了神。

她想从他这里得到些什么呢?又想让他怎么做?

他们第一次单独见面,是在开斋节的第二晚,斋月结束之后。具体该怎么做,已经由法丽达带话给阿明了。两人碰头的地方,是在节日游乐会边上。游乐会是为开斋节举办的活动,为期四天,地点在高尔夫球场附近的运动场。下午的游乐会是属于孩子们的。摊位、售货亭和转转乐旁边都挤满了孩子,穿着新衣服,攥着宝贵的几个铜板。他们会去买玩具、棉花糖和冰淇淋,也会去坐转转乐,有些太吵,挨了巴掌,还有些和哥哥姐姐走散了,惊慌地哭了起来。天色一暗,孩子们就被叫回家了,这一点全世界都一样。天黑后,这里会迎来成年人,尽管提供的乐趣看似和下午毫无二致,对他们的吸引力也远不及对孩子:还是只有玩具摊位、棉花糖和游乐设施。会场点着一串串彩灯,还有威力强劲的煤油气化灯,发出阵阵嗡鸣。但灯光只围绕着摊位、游乐设施和在开斋节期间化身冰淇淋店的板球更衣室,所以从人群中走出几步便可来到暗处,再往前就是一片漆黑了。

他刚一走近,便听到她柔声唤着他的名字,让他过去,不一会儿,便摸到了她伸出来的手。她亲了亲他右手的掌心,用阿拉伯语说了声,亲爱的。随后,她轻轻拉着他,两人坐在了草地上,一丝影子也不会投下的地方。她伸手轻抚着他的面颊,宛如他一直以来的想象,又揽过他的脸,吻了他,双唇微启,让他感受到了她的濡湿。你真美,她说,左臂环着他的背,让他和自己一起躺在了草地上。他用双手感受着她的身体,觉得真是奇妙无比。它有他不曾预想到的紧致与坚挺,手中曲线的曼妙,更是说不清道不明。他本以为这种感觉会更加轻盈一些,他意识到,因为对他来说,她始终是抽象的，仿若一个幻想。他们亲吻着彼此，他沉浸在她带着香水味的呼吸中。两人轻唤着对方的名字，叫彼此亲爱的，肢体交缠，紧紧相拥。这一刻对他来说，仿佛既是刹那，又是永恒。就这样过了一会儿，她说她必须走了。她只是来抱抱他，跟他说他有多美，但她最好还是在家人开始惦记她之前回去。她跟家人说自己是来买爆米花的，好去一去嘴里冰淇淋的甜腻。如果再不回去，她们要想着来找她了。不如去她公寓见面吧？那样时间会比较充裕。

什么时候？他问，今天晚些时间？

她喜欢他着急的样子，还为此给了他一个吻，随后便站了起来。他也起身，在暗中摸索着，又牵住了她。他们就这样朝有灯的地方走去，抚摸着彼此，难舍依依。她说今晚侄女们会跟着她在公寓里睡，作为开斋节的特殊待遇。周一晚上来好吗？九点整。她会留着门不锁，这样他就不用敲了。如果门锁着，他就先走开，另候她的通知。九点整。现在她必须走了。她微笑着，飞快地亲了他一下。小心，亲爱的，她说。

他站在暗处，看着她信步朝喧闹的人群走去，仿佛刚才并没有发生什么特别的事情。他心中此刻并无半点恐惧，只有一种可以让他露出傻笑的困惑和难以置信。她觉得他美，而他一直觉得她美得不可方物。她带着满足的呜咽亲吻着他，而非他预想中那样，笑得喘不过气。她的面庞是如此地耐人寻味，无论是眼中的光芒，嘴唇的形状，还是让他心疼的微笑。一切都已烟消云散，仿佛只在一瞬之间，经过片刻徘徊，便随即隐没，化为回忆。但他知道，这些片段永远不会从他心中消失，将随着记忆一直存在：第一次亲吻时她唇间的味道，两人紧贴的双腿和揽着他脖子的那只手。在她的拥抱中，他感受到了和自己一样的渴望和迫切。这一定就是爱与被爱的滋味，他想象着，揣测道。现在他终于明白，爱上了却被嫌弃，想触碰却被拒绝，是一种多么可怕的感觉。

他朝更深的黑暗走去，背对着音乐和灯光，走向运动场边上的那条路。不知有没有人看见他们。他觉得自己听见黑暗中有人小声说了句什么。开斋节游乐会的边缘地带，总是会有一些偷偷摸摸的动作和匆匆忙忙的求爱，看到的人会带着宽容的微笑一瞥而过（除非兄长就在旁边），觉得反正也不会有什么特别出格的事情发生。找到路之后，他开始自己往回走，仿佛刚从高尔夫球场边上的海滩散步归来，或是正在享受独自漫步木麻黄林阴道的快乐。一阵清风从羽毛般的叶子中吹过，每隔几步，他的凉鞋就会踩到一颗种子。

他暗自笑了起来，觉得自己骗过了所有人的眼睛，成功营造了无辜散步的假象，仿佛只是为了躲避开斋节的喧嚣。但心底深处，他却有了一种不祥的预感，觉得只怕以后都只能这样了。这不是一个可以容忍这种关系公开存在的地方，目不转睛、毫不松懈的监视，会把情侣们焦虑的密谋变成肮脏的笑话。总有人在捕风捉影，而各种碎片叠加在一起，迟早会暴露所有事情。虽然对阿明来说，被发现后的嘲笑和羞辱敌不过此刻的狂喜，但他还是会感到一丝厌恶，对势必要走上欺骗的道路觉得有点恶心。

他离游乐会越来越远，来到了卡里姆吉·杰万吉医院后面的一条路上。医院以慷慨资助其建设的伊斯玛仪派慈善家命名，外墙粉刷成了白色。晚上这个时候，病房的灯光都已经调暗了，但一扇扇窗户后面透出来的微光还是照亮了道路两边的凤凰木。医院本身就像是一艘灯光柔和的船，无声地航行在淡淡的新月下。路上空空荡荡，悄无声息，亮着彼此相隔很远的路灯，发出油灯般昏黄的光晕。右手边医院对面是博物馆，由该地区殖民地建筑大师约翰·辛克莱建造，用以纪念1918年康边停战协定。它的名字叫"和平纪念馆"，顶塔是圆形的，在此刻昏暗的光线中只能看到一抹白色，是对伊斯坦布尔圣索菲亚大教堂穹顶朴素的模仿。

阿明走过医院对面废弃的公墓，此刻这里显得很安静，但白天背阴处却挤满了商贩，向病人和家属们兜售着水果和点心。公馆铁门紧闭，即使到了夜里这个时候，也依然有个警察站在里面的警卫室中。铁门后面是一座梦幻般的摩尔式宫殿，同样由约翰·辛克莱建造，里面住着这片土地的统治者，这艘船的船长本人，英国驻扎官、骑士指挥官亨利·波特爵士。每逢参加典礼，他都会坐着自己那辆黑色的亨伯车，从公馆里缓缓驶出，白帽上插着一簇白色的羽毛，从敞开的车顶伸出，就像一个羽毛喷泉。放在过去，这顶帽子可能会被一个骑马的男人戴在头上，在马儿优雅漫步的时候，羽毛也会随着骑手的动作摇摆或轻点。但效率已经取代了戏剧表演般的华美场面，开起来无声无息的流线型亨伯车，是沉默寡言的现代帝国更为恰当的象征。阿明有一次和朋友出海时，曾从海上看到过公馆大楼，感觉就像是个淘气的孩子，正偷窥着一个禁室。

公馆对面是维多利亚花园,也是独立前夕新立法议会召开会议的地方。修建了道路、喷泉、下水道、宫殿的巴伽什苏丹是十九世纪又一位伟大的建造者,他在这里建了凉亭和带围墙的花园,让家中的女性可以漫步其中,无须担心外人好奇的凝视。他让园丁在花园里栽满了灌木和一丛丛香气袭人的花卉,还有潺潺流水点缀其中。实在不能为家人栽种的,就只能留待她们想象了。园中种植了来自世界各地的植物和树木,其中许多都是当时的英国领事送给他的礼物。领事是一位地道的维多利亚时代绅士,和苏丹一样痴迷于园艺文化,尽管对这些植物被滥加栽种也略有不满。后来的一位苏丹在帝国的帮助下,加快了战胜对手、登上王位的进程。出于感激之情,他将花园以不朽的女王的名字命名,作为礼物送给了人民。阿明走过了法院,这是另一座辛克莱的建筑,同样有着东方风格的圆顶。在这个寂静的时刻,法院大钟的滴答声显得格外响亮。在他右手边是另一座公墓。镇上到处都是小小的公墓,在十字路口、清真寺旁、高墙院中,有大批的死者和他们的后代挤在一起。

阿明慢步朝海边走去,享受着光影朦胧中街道的寂静。他喜欢镇上各色各样的寂静,每一种都截然不同。他喜欢在心中描绘大海寂静的咆哮,或窄巷寂静的嗡鸣。在古镇中心的某些广场上,他有时会听见远处女人笑声寂静的回响。他一个人也没有遇见,尽管有几辆车从他身边驶过,也许是从游乐会上回家,也许是开斋节走亲访友归来。虽然四下无人,但他还是觉得自己就置身于人海当中。他听得到敞开的窗口中传来的低语和笑声,有些人家的前门也还开着,门口没有人，仿佛主人并不担心会有不速之客。海边依然有人散步，苏丹王宫家庭居住区的灯也还亮着。潮水缓缓退去，似有几分不舍，海水拍打着岸边的围墙，吱嘎作响。水面上停泊着一群驳船，一艘渡船拴在码头旁边，准备第二天驶往达累斯萨拉姆或蒙巴萨。他经过哈比卜叔叔工作的海关大楼，有人就睡在台阶上，面朝大海。港务长房子楼上的固定百叶窗开着，灯火通明，阳台上飘来用英文说笑的声音和雪茄的气味。他来到伊斯娜阿舍里药房后面的那条路上，飞快地走过了被拆毁的旧发电站。他还记得它被拆毁的那一天，但涡轮机和螺旋装置的一部分机房还在，一下雨就会积满油汤一样的污水，在太阳下闪着五彩斑斓的光。在这样一个没有月亮的夜晚（一弯新月早已沉入天空的弧线之下），那些水塘看起来黑漆漆的，就像三座厄舍府连在一起。他小时候曾经觉得，这些水塘里住着油腻腻的蛇形怪物，尽管现在不会再这么想了，明白这种有毒的油汤里不可能住着任何活物，但快步经过时还是心有余悸。王妃影院售票处的灯已经关了，但大厅还有些微弱的灯光，在放晚场电影。他停下脚步，看了看下周一晚上有什么晚场电影，然后便往家里走去。

他的解释就是，要和朋友们去看晚场电影。但母亲并不喜欢这个想法。为什么不能傍晚去看？就是晚上去看才好玩，他说。为什么非得是周一晚上？你第二天还要上学，她说。我学习任务都完成了，而且第二天我们也只是去一所学校拜访，他说，我会在十一点回家的。父亲没有说什么，但阿明看得出，他也不喜欢这个想法——因为他眉头皱得更深了,眼中像是有一道寒光闪过。也许他们猜到了他是去见什么人,但他们也不指望自己能阻止他,因为这种事情迟早都会发生。所以他觉得他们的抱怨和犹豫都是情难自禁,但又想不出不让他出去的理由。

周一晚上九点,带着预想中的颤抖和恐惧,阿明轻推了一下贾米拉公寓的房门,感觉到门开了。她就站在门里,他一进来,她便立刻把门关上、锁好。屋里很黑,像一个山洞,但靠里面的地方有一盏昏暗的小灯。借着那盏幽光,他看到了她的笑容。她"嘘"了一声,随后牵起他的手,带他来到了灯前。这是一间客房,有一张床、一把扶手椅和一个安着金边镜子的五斗橱。她带他来到床边,和他并肩坐在了床上。即使夜灯如此昏暗,他依然可以看到她脸上的微笑与神采,那是快乐的模样。他意识到自己也满面笑容,开心得不能再开心。

"你来了。"她说着,声音透着脆弱,又带着逗弄。

他哑着嗓子应了一声,便把身子探了过去。这是阿明第一次这么做,所以他一开始便毫无抗拒地把自己交到了贾米拉手中。这种快乐、疼痛与释放交织在一起的感觉,让他难以置信。片刻之后,他便迷失在了欢爱的狂乱中,尽管还是要带着克制。世界上的一切仿佛都消失了,只剩下她的抚摸,与她的声音。

事后,他们躺在一起,说着话。阿明觉得既勇敢又快乐,仿佛证明了自己可以完成一件了不起的事情。她躺在他身边,轻抚着他,赞叹着他的年轻和完美,而他则爱抚着她,闻着她身上香水的气息。夜灯还亮着,在屋里待了这么久之后，他终于可以看清周围的一切了。此时他发现，这间屋子里面的墙上有一扇窗子，挂着厚厚的窗帘。

"窗子后面是客厅，"她轻声说道，"这间屋子没有对着外面的窗户。所以我觉得不会有人听到我们的声音。我没办法睡在这里，一个人不行。感觉像个坟墓。"

"我们为什么不能去你的卧室呢？"他问，不知道自己是不是要求太多。

"那里有一扇对着院子的窗户，"她说，"我们可能会被别人听见。"

哪怕在她自己的公寓，他们也只能偷偷摸摸的。一想到可能会有危险，阿明胃里泛起一阵轻微的恶心。"刚才就像是个奇迹，"他这么说，是为了打消心里带着鄙视的念头，但随即听到了她的笑声，"你笑什么？"

"因为我觉得很开心，而且这是你的第一次，对吗？我觉得应该是，"她说着，摸了摸他，"而且你又是那么美。那天下午我看见你大步穿过马路朝我走来的时候，就想要你。真的很想。所以我才给你写了那封信。我无法阻止我自己。我觉得我会失去你的。你还会再来吗？"

"明天。"他建议道，惹得她又一下子笑了起来，不得不赶紧捂住嘴巴，免得发出声音。

"不不，明天不行。我们得小心，亲爱的，否则……改天吧，也许这周晚些时间。周五来吧，行吗？"她抚摸着他问道。

他点了点头："好，周五。否则什么？"

"否则他们会让我们停下，"她说，"他们会说难听的话，让我们停下。你那么年轻，还在上学，而我已经二十多岁了，是个离过婚的女人。"

"我已经上大学了，也快二十了，"阿明说，"我们之间没差几岁，而且就算差上几岁，你依然是我见过的最美的女人。如果我是你的丈夫，绝不会和你离婚。"

"我的爱人，我们必须小心，否则他们会让我们停下，"她微微一笑，打断了他的话，"你现在必须走了，这样才能在晚场电影结束以后按时回家。"

阿明溜了出去，自认为动作很轻，空气都没有一丝波动。他走在回家的路上，整个人焕然一新，变得光彩照人，而且被爱着。故事就这样开始了，在那年二月独立前夕，长长的雨季即将到来之前。之后的几个月间，阿明一直会去贾米拉的公寓。频率从一周一次变得越来越高，时间从晚上九点变得越来越早。他们在彼此耳畔低语，享受鱼水之欢，压抑着自己的笑声。到了他要离去的时间，他们会像绝望的傻子一般，抓着彼此，难舍难分。她给了他一个镶着红宝石的戒指，让他可以在不见面的时候睹物思人。有时，她会在他的衬衫口袋里塞一张小纸条，告诉他，对他的思念和他的气息与感觉，是如何填满了她的生命。他告诉她，他的身体满是淤青和疼痛，因为爱得太深。不和她在一起时，他会害怕失去她，害怕有些话会把她带走。和她在一起时，他的脑中一片空白，只剩下了她的身体和呼吸，而他的生命也因此圆满。他觉得自己仿佛有了无穷的勇气，可以去面对任何事、任何人。

有些日子的下午，贾米拉会来见法丽达，坐着聊聊天，或是为一件新衣服量尺寸,因为她觉得一定要见见自己的爱人,哪怕她前一晚刚刚见过他。她在法丽达面前不会说什么,但她时常会忍不住微笑。法丽达装作视而不见,但眼中含笑的表情却出卖了她。她喜欢他们这场秘密的恋情。有时阿明会去政府大楼,在某个柜台前咨询一个问题,从一个办公室溜达到另一个办公室,和见到的所有认识的人聊天,直到来到就业办公室,看到她的身影。

跟上学业变成了一件艰难的事情,似乎现在更不容易把心思放在学习上了,因为他很难逼着自己不去想她,总是想见她,和她在一起。他喜欢避开人群,这样他就可以想着她,盘算着在未来的这么多年里他们要怎么样在一起。她已经跟他说了自己的故事,所以他现在知道,自己不能简单地对父母说,这是我爱的女人,我想和她生活在一起。因为她有一个白人外公,而且她外婆多年来一直明目张胆地生活在罪孽之中。就算祖上的有失检点可以被原谅,更何况还不一定,也不得不考虑她的离婚、她的年龄和风流传闻。有时阿明觉得她自己也会对此有所暗示,但他不敢去问。他不想知道,最起码现在还不想。他现在明白,也许法丽达一直以来都知道,说到爱的时候,父母总是会相信最坏的情况,用恶毒的道德标准和要挟来强行体现自己的权威。

他去看她的时候,总是天黑以后,而且总是在他们约好的时间。他会走路过去,但不会着急,总是尽可能地采取不同的路线。他会停下来和熟人聊聊天,或去咖啡馆叫杯茶,坐上一会儿,也会在路上逗留片刻,听听关于一场足球赛的争执,俨然就是个沉浸于家乡小镇平凡乐趣的年轻人。他会确保街上没有其他人,才会去推那扇她留着没锁且微微虚掩着的门。要是视线里出现了任何人,他都会径直走过去,第二天同样的时间再来。他们在一起的时候,会躺在客房里的夜灯下,因为那是离街道最远的一个房间。说话的时候,他们总是轻声耳语,还会忍着笑声,做爱时带着偷偷摸摸的紧张。尽管如此,他们还是无法保守自己恋情的秘密。也许有人看穿了他精心编造的借口,或是无意间听到了一声激情的叹息。又或许有人从某个楼上的窗户看见了他,或是从小巷暗处看到他确凿无疑地走了进去,但一定是有人看到他了,而且肯定告诉了别人。一个碎片和另一个碎片叠加在一起,让发现成为了必然。

第三部分

7. 拉希德

我应该知道的,但我没有。他就睡在我旁边,心跳声都听得见,我应该觉察得出,那几个月它换了节拍。我应该感觉得到,他的睡眠会被美梦与幻想打断,有的夜里,他的呼吸会因为情感释放和激情满足后的疲惫而深沉一些。我应该闻得到他的气味不同了。我应该看得到他身上发生了一些事情,他的举止变得大胆起来,甚至有些得意,但我没有。即使我看见了,我也并不理解。而且我也没有听见、感受到、闻到任何东西,即使有,我也认不出来。即使认出来了,那也已经是后来的事情了,在他们被发现很久以后,当记忆的碎片沉渣泛起。

说到他们被发现,我并不是指他们是在亲热的时候被抓住的。我认为事情应该不是这样。我们的长辈总是那么压抑,对我们隐瞒了那么多,而其中有些事情又是那么稀松平常,所以有时我实在不明白,他们为什么要这么大费周章。是为了让我们免于应对世界的丑恶吗?还是说,这只是一种习惯性的保密,并没有什么别的目的,只是为了让年轻人尽可能无知得越久越好,这样他们才能听话和顺从?有时我会惊讶地发现,我对于自己身边发生的事件是那么不了解。但我相信,如果他们是在亲热的时候被发现的,肯定不会被藏着掖着。我不知道他们到底是怎么被发现的,但我觉得应该不是在那种时候，否则肯定会成为一出公开的闹剧，供人们带着笑容讲述，说不定还会有人因此添上几道伤痕。也许他们根本没有被发现，只是不小心暴露了自己，因为他们带着一种无敌的感觉，认为他们感情的无瑕会让他们免受周围的人们无情的谴责。在那个时候，我是不可能懂得这样的事情的，也不理解那种爱得天经地义的感觉。我满脑子想的都是自己的胜利，我成功通过了考试，拿到了去伦敦大学读书的奖学金。那是1963年七月底，距离我离开只有一个月了，所以我脑子里容不下像别人的感受那么微妙的东西，而是全部被自负的幻想占据。我觉得我已经用自己的成功为每个人带去了快乐。我感到被爱着，像个英雄，每天都沉浸在亲朋好友的赞美中。我无法描述逃离与无家可归的体验会给人带来怎样深重的痛苦，但这些东西我当时也同样一无所知。所以我怎么会知道呢？怎么可能有一丝一毫的察觉？

事情暴露的当晚，我正躺在床上读书。读的可能是侦探小说，或是历史爱情小说，如果我没记错当时的爱好的话。我们都是能搞到什么就读什么，并不会觉得不自在或不好意思：女生漫画、《安娜·卡列尼娜》、海明威、百科全书，就像有着钢铁肠胃的野兽，如同梅尔维尔笔下的鸵鸟一般，无论是火石、幼虫还是稀有的多肉植物，统统啄而食之，一视同仁。当时已经快到晚饭时间了，我们通常都会在宵礼过后吃晚饭，八点刚过一点，因为那时父亲才会回家。每一天，除非他身体不舒服（他那个时候几乎从来不会不舒服），父亲都会在咖啡馆从下午晚些时候坐到傍晚，喝喝咖啡，和朋友聊聊天，读读报纸，听听广播，和往来行人打个招呼什么的，好让自己不和这个社会脱节。如果他没去，就会有人来问候他，担心他是病了，或是家里出什么事了。等穆安津喊大家做宵礼的时候，他就会去清真寺，先自己做一遍昏礼，因为他在咖啡馆聊天的时候会错过这次祈祷，然后等着伊玛目带大家一起做宵礼。

有时他会在去咖啡馆和去清真寺之间回家一趟，让阿明和我去做礼拜。也许是咖啡馆的谈话有些无聊，或是他被什么人的观点惹毛了，但又不想发作，又或是他听说清真寺会有为去世邻居举行的诵经活动。无论是什么原因，他有时会想到，自己的两个半大小子竟然不去做礼拜，而只是在家里无所事事。于是，他就会打破自己的常规活动轨迹，特意回家一趟，把他们赶出去。所以，当我一开始听到他提高了嗓门说话，但又没有听见穆安津呼唤大家做宵礼的声音，我还以为他在叫我去清真寺。"遵命。"我欣然喊道（我喜欢这个词：欣然），因为我知道如果他觉得我们失礼了，他会很伤心。"遵命"是表达"是"的最为礼貌的形式，任何礼貌程度稍有逊色的说法，在我父亲看来都是失礼的。我走到客厅，发现阿明正站在前门里面，还穿着凉鞋，显然刚从外面回来。他面无表情，但眼睛却睁得大大的，透露着惊恐。父亲面朝着他，背对着我，僵着身子，驼着背，摆出了他生气的姿势。肯定是阿明刚一进家门，就被他吼了。母亲坐在窗边角落自己的老位置，垂着脑袋，用右手揉着额头。法丽达站在她的缝纫机旁边，身子靠着墙，看着父亲。她朝我看了一眼，我发现她的眼睛也睁得大大的，带着焦虑的神色。她眉头一皱，显得有些心烦，仿佛我的出现让一切变得更加复杂了。

"费萨尔,请不要叫喊,"母亲说,"没这个必要。"我从她的声音听出,她刚才一直在哭。阿明也听见了,看向了母亲。父亲转身看着我,绷着脸,皱着眉头,眼中闪着寒光,仿佛不知道我是谁,我在这里干什么。接着,他又把身子转向阿明,朝他跨了两大步,举起一只胳膊,张开巴掌,然后便站在那儿,僵住了,像是对着心爱的儿子下不了手,要等着别人来解围。他已经很多年没有打过我们了,再之前打得也很有限,只不过是气急了扇上一巴掌,或是往胳膊上揍一下,强调他训斥的严重性。母亲又喊了他一声,他放下胳膊,走到她旁边的沙发上坐下。我发现他的身体在颤抖,可能是气的,也有可能是难过和害怕。

"你怎么能做这种事情?"父亲说,"把我们和你自己的脸都丢尽了。你什么都不想,只顾着自己快活。你毁了你的人生,就像你没有脑子可以思考一样。就好像从来没有人教过你任何事情,告诉过你什么是对、什么是错。好像你就是一只野兽,没有感觉,对你自己或其他任何人都毫不尊重。我简直不知道该对你说什么。"

发生了什么?我想问。他做了什么?但眼前的一切给我带来的惊讶和焦虑让我说不出话来,而且我觉得,只要我一开口说话,马上就会被赶出家门。父亲的这些话说得很平静,但脸上都是鄙夷的神情,而且这几句话其实说得很重,所以仿佛依然回荡在空气中,尽管他就连说起重话来声音也很轻。

"请跟我们解释一下这件事。"母亲说着,抬起头来,把手从额头上移开。她用一张痛苦的脸对着阿明，双眼圆睁，闪着泪光，两手十指交缠，放在腿上，虽然显得很紧张，但也透露着耐心。大家没人说话，屋子里似乎静了好几分钟。

"谁告诉你们的？"阿明问道，声音低沉而悲凉。

"阿明，"父亲疲惫地说，无法抑制一个几不可察的微笑，带着嘲讽的意味，仿佛被逗乐了，"重点不在于是谁告诉我们的。你的一举一动都表明，我们听到的是真的。"

"我不知道你们听到了什么。"阿明脱口而出。我也不知道，我想说。到底发生了什么？我也想知道。

"我们想把这件事搞清楚，"父亲说，"你母亲让你解释一下，为什么会发生这样的事情。你怎么会这么愚蠢？"

穆安津的宣礼声在我们耳边响起，大家都沉默下来，静等他结束，这是一种习俗的要求。这段沉默来得正是时候，因为我看见父亲叹了口气，展开了眉头。他闭上双眼，嘴唇动了起来，在跟着穆安津的宣礼声默念：真主至大，真主至大，我作证，万物非主，唯有真主，我作证，穆罕默德是真主的使者。穆安津宣礼结束的时候，父亲的嘴唇颤动了一下，做出了一个我们熟悉的表情，含义介于耸肩与摇头之间，像是放弃，又像是困惑。我看到母亲瞟了他一眼。我想我也看见阿明脸上有某种神情闪过，就在他看了看父亲、又看了看母亲的时候。也许就在那一刻，他下定了决心。

"我爱她。"在穆安津宣礼后所有人的沉默中，阿明这么说。他只说了这么一句，这就是他的解释，至少在当时来说。而他说完这句话后双唇紧闭的样子，仿佛在说，他觉得

233

有这一个解释就足够了。

父亲站了起来,像戴着面具般,没有任何表情,垂着眼睛。他穿上凉鞋,去清真寺了,一句话也没有说,也没有让我们跟着。他很擅长离开。他会盯着你深深地看一眼,然后悄无声息地走开,一句怨恨或责备的话都不会说,留下你自己在罪孽中煎熬,所以下一次你再见到他时,几乎会巴不得他逼着你认错与忏悔。可能是他做惯了老师的缘故,知道该怎么不使用暴力,就能让我们顺服。

"爱谁?他做什么了?到底怎么回事?"父亲一出门,我便急不可耐地问道。

"你,去做礼拜。"母亲说。我没有理会她,但如果换做父亲,我就做不到了。因为再微不足道的忤逆之举,他都会放在心上,所以我不敢不从。但来自母亲的指令总是连续不断、源源不绝的,所以有时无视一两个也不是什么大问题。她匆匆擦了擦眼睛,示意阿明过去。他在父亲几分钟前坐过的沙发上坐了下来,眼睛看着地上。

"她勾引你了吗?就是她勾引你的,对吧?肯定是她。"她毫不客气地说道,觉得一定是阿明太好骗了。他没有说话,低垂着双眼,脸上的汗水亮晶晶的。她说话的声音变得越来越不屑。

"你知道她是谁吗?你知道她们家那些人吗?你知道那都是些什么人吗?她外婆是个杂种,是一个印度男人生的,是有罪的孩子。她长大成人以后,给一个英国人当了好多年的情妇,再之前还和另一个白人生了个孩子,又是一个有罪的孩子,她自己的杂种。那就是她的人生,和欧洲男人不干不净地生活在一起。她的母亲，就是住在大房子里的那一个，仗着自己有那些丝绸、香水和金首饰，就一副自以为是的样子，她就是那个白人的孩子。她甚至不知道自己的父亲是谁，只知道那是个被她母亲带回家的英国酒鬼。她丈夫把她从蒙巴萨领回来的时候，其实对这一切都很清楚，但他们家很有钱，所以不在乎别人的想法。他们总是为所欲为。那个你说你爱的女人，她和她外婆一样，过着不可告人、充满罪孽的日子。她已经结过婚又离婚了。没有人知道她的行踪，也没有人知道她去见什么人。她们和我们不是一路人。她们是不知羞耻的，心里只想着自己。你说你爱她，关于爱你懂什么？你不了解她那种人。我们之前是那么信任你。你的父亲……你自己也看见了，你伤透了他的心。"

阿明猛地打了个哆嗦。

"你知道他的。"她又说道，声音中的不屑少了几分，稍微缓和了一点，像是在拉拢他的心。这也是她一贯的角色，打一把，再揉一揉，好软化我们，让我们投降。这说明他们的确很擅长自己的工作，但也说明我们一定非常容易被摆布，受到的教育就是要服从。"他会回家来，一句话也不会说，但你知道，他的心都碎了。他是那么为你骄傲。你必须和她断绝往来，你必须乞求他的原谅，否则你会失去他的。他还会和你断绝父子关系。他现在年纪大了，我真不知道他能不能承受这一切。而且我的视力一天比一天差，很快我对他来说就是个废物了。我们信任你，不要忘记这一点，不管发生什么。答应我，别再去见她了。"

阿明轻轻摇了摇头，没有说话，像一个生闷气的倔孩子，拒绝配合。

"答应我呀！"她叫了起来，打了他后脑勺一巴掌，"我跟你说话的时候看着我！你想把你爸害死吗？"

阿明起身走开了，脸上带着愤怒的表情。他回头看了她一眼，仿佛有话要说，但始终没有说出口。我觉得他应该是想说自己不会答应的，但他还是没能说出来。我听见他进了我们的房间，把门插上了。从他们的对话中我已经明白，他们说的女人是贾米拉，因为人人都知道她外婆在蒙巴萨有个英国情人的故事。这真是太让人难以置信了，阿明竟然会爱上她，还会站在父母前面把这句话说出来。但这是什么意思呢？意味着他们会书信传情、拥抱、亲吻、注视着彼此的裸体、共赴云雨？我从没想过阿明会和任何人做爱，更别提是和贾米拉那样的女人了。我觉得她很有魅力，属于成人世界，更进一步说，是属于那个有着情妇与丑闻的罪恶成人世界，但我觉得我哥连成年人都还算不上。我和法丽达交换了一个眼神，发现自己正因为想到阿明的胡闹而面带微笑。她也笑了，至少是用眼睛笑了。

"那个魔鬼。"我说。

"这没什么好笑的，"母亲生气地说，"我跟你说了，快去做礼拜。赶紧的，给我出去，去，快去。而且我不希望这件事被告诉给这个家之外的任何人。明白了吗，你个大嘴巴？"

等我到清真寺的时候，礼拜已经进入了第二拜。我和大家站成一排，开始一起祷告。我没看见父亲。清真寺里到处都是人，我靠着后墙站着，而他这个时候很可能在第一排朝拜者中间。不管怎样，做礼拜的时候四处张望是很不合礼仪的，因为你的每一句话、每一个动作都是要献给真主的，而主并不喜欢你在祈祷的时候分散注意力，脑袋朝这里转转、那里转转，想东想西。你要双臂抱于胸前，垂下双眼，把自己完完全全地交给主。礼拜结束之后，我要自己补上之前错过的那一拜，然后才能在清真寺里到处张望，仔细看看父亲在哪里。他此刻正站在寺外的台阶上，脸上挂着友好、客气的微笑，和什么人说着话，等那人找到自己的凉鞋，两人再一道走下台阶。其他人也在站着交谈，或是三三两两地走开，四散而去，回家吃晚饭，或是去咖啡馆听收音机上的新闻。看到他明知家中一地鸡毛却还能显得如此轻松，我大为震动。而且从这份轻松中我也明白了，为什么让阿明痛斩情丝对他来说是那么重要。

阿明斗不过他们。他们让他停了下来。那天晚上，他们把法丽达和我赶回自己的房间（法丽达表示了抗议，我安静地去了），和阿明坐在一起，直到他答应再也不去见她。我不知道他们跟他说了什么，或是他具体做了怎样的承诺，但我猜得出来。他们会一直让他坐在那儿，直到他答应与她断绝来往，还会用他们的伤痛和他们对他蒙羞的恐惧将他紧紧裹挟，而善良又孝顺的阿明，是无法对他们的爱说不的。或许实际情况甚至比这还要简单，因为在他们提到对他的信任的那个瞬间，他就知道自己应该怎么做了。他一直都在扮演那个值得信赖的角色。那是他对自己的认知，也是他赢得父母及他人爱与尊重的方式，因此我想，他是没办法让这一切统统去见鬼的。于是，在我得知他恋情的同时，这段恋情也就结束了。之后，阿明也拒绝和我谈起它。

我和他开玩笑，试图吹捧他擅长引诱，但他不愿去说自己是怎么做到的，也不愿去说他和贾米拉之间发生了什么。我甚至试过对他进行催眠。我们躺在床上的时候，我用手电筒照着天花板，告诉他我已经对他施了咒语，但他还是拒绝说话。从他的表现来看，似乎他已经和这段恋情彻底告别了，所以我们没有理由不去相信他。我费了好大的力气才忍住没有去说这件事情，特别是阿明看起来已经把它抛在了脑后，所以其实和朋友说说也无伤大雅。他上学、回家、和朋友出去，就像以前一样，唯一的区别或许就是，他现在比以前更加沉默了，熬夜看书的时间也越来越晚。不管怎样，当时我也快要走了，有自己的事情要考虑，所以当我想到阿明和他的恋情时，会觉得那就是一场差点以麻烦告终的冒险。

那真是好久以前的事情了。在内心激动和自我陶醉的反复拉扯中，我准备开始自己伟大的探险。如今回想起来，当时的我会觉得那是一份尊贵的体验，也是我应得的。我会忍不住把阿明的遭遇看作是某种略带喜剧色彩的东西，就像一出闹剧。我会用各种问题怂恿他谈起贾米拉，比如：你到底是怎么快活的，猛男？但他拒绝回答，因此我只能去想象他们的恋情，以我个人的经历作为有限的资源——极其有限。但即使是他的沉默，也像是某种老谋深算，一种巧妙的心机。既是对情人的礼貌，又无损征服的胜利，而夸夸其谈反而会显得肮脏和笨拙。

我当时还年轻，对爱与性的了解仅限于我成长的地方和周围的人的二手故事，跟任何与我同样年纪、同样懵懂的人一样。我的哥哥已经和一个漂亮的离婚女人做过爱了，还被发现了，真是个胆大包天的恶魔。但我不觉得我是嫉妒。我已经习惯了阿明多数情况下比我先走一步，但我从不怀疑，自己迟早也会走到那里。不，其实我很有可能会觉得，自己才是被嫉妒的那一个，身为奖学金得主，刚刚因为自己的天赋和智慧受到嘉奖，而阿明只不过是皮了一把，做了一点年轻人觉得无法抗拒的危险的事情。

在我离开的那个年纪，在那样的成长环境下，我们只能从谈话的只言片语中听到关于爱和性的东西。比如长辈说脏话被你偷听到了之类。受人尊敬的长者反正是不会说这种话题的，至少不会当着年轻人的面说。而说这些话的人往往是出于挑衅和讽刺，为了展示他们见过世面，肯定他们的男子气概。这些人通常是比较年轻的男性，或是有些名气的男人，并不介意自己在街头聊天时有一帮半大小子坐在边上，对他们男人味十足的玩世不恭边听边笑。他们会把爱变成一种喜剧，一出滑稽戏，因此结局注定是残酷的。情人们会被监视，他们的卿卿我我也会被当作嗤笑的素材。还有些情人会被亲戚们暴打，以某种闹剧的形式被羞辱。另外一些则会因为对恋人的残忍抛弃而臭名远扬。爱是某种破坏规矩、荒谬可笑的事情，一种胡闹，充其量是在逗英雄。阿明这件事可以算作是逗英雄，而且他的沉默让它变得更耐人寻味了，成了一个计划或一种算计，无疑可以在适当的时候巧妙作用于另一个对象。如果从这些角度来看，那阿明似乎就只是皮了一把，做了一点危险的事情，纯属胆子大的年轻人哄自己开心。

但我就在那里，亲眼看见了那场对峙，在他们揭露他的恋情，强迫他结束的时候。我看到了他那时的悲痛，他的满脸通红，他的沉默。我感受到了我和法丽达被赶走后那场深夜对话紧张的重要性，也想象得到那些恳求和最后通牒。但我还是选择了去误解这一切，把他看作一个勾引女人的人，选择无视他的沉默和脆弱，去迎合我所熟悉的爱情喜剧故事。我不觉得当时的我还会有第二种做法。就像我之前说的，我是那么年轻，那么膨胀，我自己做的事情才是最有趣的，其他人做的事情都无法与之相提并论。

我不记得自己是怎么离开的了，记忆很有限。我记得机场，还有哪些人去送了我，还有我是怎么上飞机的，但我不记得之前那几天的事情了，甚至是前一晚。至少我不记得自己的感觉了，也不记得细节。我记得阿明在我们共度的最后一晚说，我会错过那年晚些时候的独立庆典。我还记得他对我说，如果读到什么好书，要寄给他看。我答应了。我记得法丽达在机场哭了，还记得这让我觉得很丢脸，还有我最后一次回首时父母的微笑。我记得他们在挥手。但我伸长了耳朵，也听不见他们在说什么。多么微不足道的记忆啊。

伦敦、伦敦！我见到了伦敦、伦敦！在莱奥波尔德·塞达·桑戈尔的著名诗歌《纽约》中，他在第一眼见到哈莱姆区时，这样惊呼道：

哈莱姆、哈莱姆！我见到了哈莱姆、哈莱姆！如一阵绿色的微风，
玉米突然从人行道上冒出，那耕地的犁，
是舞者的赤足。

...... 240

我当时还不知道这首诗,但当我后来读到它的时候,却让我想起了自己第一次见到这座城市的情景,在飞机盘旋降落时俯瞰它的样子。它就像从虚无中升起的奇迹,仿佛我之前并不知道它在地平线上的存在。桑戈尔的惊呼当然不是因为他不知道哈莱姆区就在那里,而是一种满足的呼喊,因为那个心心念念的抽象的东西终于出现在了眼前,是一种刻意的夸张,因为终于抵达了那个地方,看到了他诗歌中赞颂的哈莱姆文艺复兴和流散的非洲活力。伦敦对我来说没有那种认同感,我也没有看见任何一只在人行道上耕耘柔韧生命力的赤足。它对我来说,既没有桑戈尔在哈莱姆区寻找与感受到的精神与创造性共鸣("听听你夜里遥远的心跳"),也没有让众多西印度群岛人为之失望的祖国错觉,而只是一个很有名的抽象概念,就像其他许多人以不同方式感受到的那样。它是一个不可能抵达的目的地,如今终于抵达,是一个有着无法解释的力量与神秘感的地方,凡事都和我们自己的努力息息相关。如果当时我也会惊呼,那一定会带着满满的自负感。伦敦,我终于来了!舍我其谁!

我只记得一些片段了,不是出于故意或否定,而是因为在眼下这么狂乱的时刻,人的想法会受到莫名其妙的限制,而且新知识有时也会掩盖以前的知识,况且我在这里已经待了那么久了。真希望我能记得多一些。我知道自己当时并不觉得害怕或是胆怯,只有一个陌生人来到一个未知目的地的正常反应,比如不确定方向,担心用错东西招来嘲笑,生怕做错事情。我会把自己想成是一个走了很远的路来上学的人,而学校里肯定也包括其他像我一样的人,勤勤恳恳,对自己的才华保持谦逊，但私下里却很有野心，刚刚进入到知识分子的领域之中。我要在这个学校里大展拳脚，大放光彩，赢得赞誉，实现自我。所以我并不害怕，也不知道我应该害怕什么。

我是在八月底到的，接待我的是一个瘦削而害羞的男人，来自英国文化教育协会。他似乎对我们的相遇感到很尴尬，在长时间的沉默中问了我几个老套的问题。我记得他戴了一条学院的围巾，这让我很嫉妒，在心里发誓将来也要戴一条。我们坐长途客车去了伦敦，然后又搭红色双层巴士去了尤思顿，我会暂住在那里的一个学院宿舍里，直到学期开始。英国文化教育协会的这个人说，他第二天再来看我，脸上带着虚弱的笑容，但我再也没有见过他。那里有长长的走廊，两边是空空的房间，住着另外几个怯生生的外国学生。附近什么地方（结果就在马路对面的一座建筑里）有个食堂，我可以去那里吃东西，但宿舍行李搬运工告诉我这个信息的时候，我却没能理解，其实他说的大部分话我都没有听懂。我第一晚只能饿着肚子度过了。第二天，我出去走了走，身上带着几个英镑，那是父亲在市场上的货币兑换处换来的，作为给我的告别礼物。我用其中的一些在一个书报亭里买了一块大大的巧克力。开书报亭的是一个穿开襟绿毛衣的小个子老人，小小的店铺里充满了他烟斗中芬芳、强烈的烟草气息。而且就算我找到了食堂，一开始也没办法说服自己进去吃饭，因为我不知道该怎么叫东西吃，也害怕不会用里面的东西。所以，是的，我终究还是有一点点害怕的。我被这座城市的庞大与匆忙吓坏了，好几个月都没有缓过来，也许永远都没有完全缓过来。

等英国文化教育协会迎新培训开始的时候，我发觉自己的确很需要它们。我们穿着各色各样难受的西装坐在一起，听一个脸色红扑扑的秃顶男人腆着肚子跟我们说话，用一种官员特有的诙谐语气，不过这一点是我后来才意识到的。他咧嘴一笑，冲我们点着头，鼓励我们充分欣赏他的机趣，就像他自己一样，邀请我们在生活中找到更多的乐趣。他说话的时候会用我们的语言穿插一些诸如谈判、淘气、危险、真主保佑之类的词语，以示他对我们的文化是行家。他喊我们小子们——我们都是男生——但我觉得他是想显示亲热，仿佛我们都是一伙的，是同一个小组的成员。他跟我们说了被邀请去英国人家做客的规矩，什么该做，什么不该做。我们刚到人家家门口的时候，必须先彻底把脚蹭干净才能进去，免得鞋底带了些泥土或是更糟的东西。我们不能把鞋脱掉，这样会显得不正式，是不受欢迎的。如果是被请去吃饭的，我们不能吃得太多或太快，也不能打嗝。我们不能要求添菜，而且绝对不能自己盛菜，除非主人邀请你这么做。盘子里最后必须剩点东西。我们不能起身离开桌子，直到主人邀请你离开。过了好些年，我才有机会将这些指令付诸实践，因为收到邀请需要时间。但这位讲师还告诉了我们该怎么数钱、怎么坐地铁、去哪里买学习用品，其中有不少是立刻就可以派上用场的信息。

后来，我搬到了另外一个宿舍，之后一直住在那里，也和那里一帮别的外国学生交上了朋友。我已经完成了所有和学院行政官员打交道的部分，按照指示乘坐了公共汽车，找到了学术办公室，注册了我的课程，在担心做错事的不安中完成了所有事情，又因为没有出错而产生了一点小小的胜利感。就是在那种一切尽在掌握的情绪中，我坐下来写了第一封正式的家书。我刚到的时候写过一封（在身上揣了好几天，才找到一家我敢进去的邮局），但这是我安顿下来之后写的第一封信。我不记得自己写了什么具体内容了，但写信的桌子长什么样依然历历在目，桌面是光滑的福米加塑料贴面，当时的我觉得它真是又雅致又干净。我想，我应该在信中表达了自己终于松了一口气的心情，事情都办妥了，没有搞砸，"不愧是无能的梦想家"。我可能还写到了自己觉得能到这儿来真是幸运得不可思议，还有我要怎么好好努力。我应该提到了城市的庞大，大街小巷都挤满了人。或许，在我尽力表现出的风趣与自嘲之外，我也无法掩饰自己的担心，因为还有些地方没有去：银行、食堂、诊所、商店，这些地方还等着我去出洋相呢。

我知道我不会告诉他们我有多么想回去和他们在一起，我有多想家。也不会说我有多么怀念那一切：我的朋友们，街道的气味，海边的清风。蓝色的眼睛是多么冰冷和瞧不起人。我是不会跟他们说这个的，当时还不会，第一封信里不会。我不想让他们觉得我孩子气，经不住事。而且就算后来我说了，也只是跟阿明说，在几个月后我们正式与对方通信的时候。

我在宿舍里交到了朋友，是一帮和我一样的外国学生，都已经读大二或是大三了。有一次我太饿了，就去了楼下的食堂，他们招呼我过去，对我表示了欢迎，而且显得特别把我当一回事，因为我是新来的。他们每一个人我都记得，为了表示对他们珍贵友谊的重视，我要在这里列出他们的名字。首先是来自加纳的安德鲁·夸库，是一个安静而警觉的人，但只要和你眼神略一接触，便会露出笑容。他说话很慢，像是在给自己时间去考虑一下自己正在说的话。接下来是来自埃及的萨德，胖乎乎的，很热情，留着浓密的小胡子，就像我们以前在家里看到的埃及电影上面的搞笑警察。他话很多，总是喜欢咧着嘴笑，还总是会溜号。他是我们这个小团体里年纪最大的，在读放射学课程的最后一年。还有来自印度的拉梅什·劳，他通常很少说话，而且就算说，也会很小心，所以从某种程度来说，显得挺无趣的。他总是摆出和善的表情，但你可以看出，他的眼睛总是在计算和整理，把周围的一切都标上价格。萨德开黄腔的时候总喜欢拿他做笑柄，因为他觉得拉梅什听不懂这些笑话，而这会让笑话更加好笑。接下来是桑迪普，同样是印度人，但举止潇洒，也很有冲劲，和拉梅什的谨慎与警觉截然不同。萨德喊他"国际型人才"，这让桑迪普很受用。他有一头浓密而有光泽的头发，被他打理得很有型，还有一柜子的贵衣服，他每周至少展示一次，在有钱的朋友们开车来接他出去的时候。他喜欢冷嘲热讽，但不是对我们，而且他的傲慢会让我对我们不得不忍受的一些轻视感觉好得多。然后是阿穆尔·巴达维，他来自苏丹。他和安德鲁两个人，成了我第一年最要好的朋友。

但想接近英国学生就不是那么容易了，即使是同班同学。抵触感从一开始就存在，这是一种我能觉察但又无法确定的感觉。我之前也不知道自己会被怎样对待，但当我发现我的灿烂笑容只会得到淡淡一笑作为回报时，便觉察出了抵触感。我在人们避开的目光中觉察到了这种感觉，当我跟着其他学生走出班级，试图加入他们接下来的活动时，在他们皱起的眉头里也觉察到了这种感觉。我发现，不管他们在图书馆外面、咖啡吧还是别的地方见面，都不会叫上我。而我在他们互换的淘气眼神和努力憋笑的神情里，也觉察到了这种感觉。有时我还会看到尴尬，特别是在女同学中，尽管我觉得可能是因为男人有时会吓到女人。不久后的一天，我在一门课结束后，徘徊在他们那帮人旁边，无意中听到了一句像是故意说给我听的话。他在这里干吗？说话的学生是个谈吐得体的圆脸小伙子，中等身材，头发是深色的，留着刘海。他的名字叫查尔斯，问这句话的时候仿佛压低了嗓门，用的是气声，但其实声音很响，还带着恼火的感觉。要不是他说了这个"他"字，我才不会把他这句话记到今天。所以，我先是觉察到了抵触感，然后听见了略带尴尬的偷笑，还看见了走廊上、街道中陌生人脸上惊讶和恼怒的表情，随后慢慢听到了他们表示困扰与厌恶的言论。这一切都有些出人意料。学会不在乎需要很长时间，许多年，一辈子。

  这并不是我在最初几周中学到的全部，但那些遭遇的感觉一直存在，并且还要对其他类似的知识温故知新。我又耳闻目睹了许多其他的事情，并学着活下来，至少是学着找到自己的生存之道，就像大家在各种情况下都会做的那样。伦敦给我上的第一课，就是如何忍受漠视。我们许多人都不得不以各种方式学会这一课。和身处同样情况下的许多人一样，我开始用越来越不喜欢、越来越不满意的眼光看待自己，仿佛在透过他们的眼睛看我自己，觉得我自己就是一个活该不被喜欢的人。一开始我觉得可能是我说话方式的问题，用词不当，显得很笨拙，没有学问，发音也不清，或许目的性太明显了，太想讨别人喜欢。那些带着讨好意味的灿烂笑容一定会让每一个跟我说话的人都觉得尴尬，因为他们必须要努力才能忍着不笑出来。然后我觉得，可能是我穿的衣服不对劲，都是些便宜货，也不合身，不够干净，可能让我看起来像个小丑，脑子不太正常。但尽管我给自己找了这么多原因，我还是会不由得注意到日常生活中遇到的轻视的话语或恼火的语气，或不经意的一瞥中流露出的努力忍住的敌意。

我意识到我其实对英国了解不多，所有我研读过的书籍和细细查看过的地图，都没有教过我英国是如何看待这个世界和像我这样的人的。也许我不应该说英格兰，好像这样说会缺乏差异性和多样性，但我认为非欧洲世界及其居民之所以会被这样看待，有些国家需要承担主要责任。所以，当我说到努力忍住的敌意之类时，我可能指的是在英国或欧洲的现象，但我的确觉得这是有它的真实性的。住在我们的小岛上，深陷在我们自己复杂的戏剧性事件和以自我为关注点的故事中，我没有领会那些英国老师对我们谈起莎士比亚、济慈和黄金分割的意义，没有明白这种看似是地方现象的事情，其实已经在全球形成了规模。在被统治的世界里到处都有英国老师，讲着莎士比亚、济慈和黄金分割，但重要之处并不在于被统治者是如何看待这些作品的，而是他们被告知了这些作品的存在。老师们也不全是英国人,但我们又怎么分辨得出来呢?就算我们分辨得出来,又会有什么不同呢?

所以我必须了解这一点,还要了解帝国主义,以及一种已经深入人心、很容易被误认为是宇宙真理的说法,那就是:我们是低人一等的,欧洲人才适合称霸全球。我必须先了解这些东西,然后才能大致了解我所遭遇和起初无法承受的厌恶与尴尬到底是怎么回事。有一位老师跟我谈过这个。他一定是看到了我的畏畏缩缩,或是可能对我正在经历的现象比较熟悉。英国人喜欢把自己想成是冷漠、不友好的人,他说,这让他们觉得自己很坚强,不容易被愚弄。如果你说他们热情,他们就会开始抽抽搭搭、自怜自艾,认为你的意思是他们容易上当受骗。冷漠一点,不友好一点,你很快就会交到朋友的。

我们私下里会聚在一起说这些事情,这是肯定的,但我们谈论它们的方式和经历它们的感觉是不同的。我觉得我们谈起它们的时候,会将我们、至少是我的受伤害与被贬低的复杂感觉简单化,那是一种觉得不公正和不理解的感觉,因为自己没有受到公平对待,而且遭到了鄙视。他们那么不开心干吗?难道不是他们凌驾于这个世界之上,让我们觉得自己毫无价值吗?这种震惊感其实在我亲身经历这些事情时显得更为真实,因为到了谈论它们的时候,我们都在忙着为自己进行总结性辩护,用侮辱性语言和居高临下的态度还以颜色。谈起这些的时候,我们会把一个又一个故事叠加在一起,不管是自己的还是别人的,日常生活中的还是全球层面上的,还会在适当的时候添油加醋、好好包装一番,用来描述我们周围那些人带着小心眼的卑劣。我们并不明白，自己的抗议声早已被预料到了，并被解释为爱耍性子和性格缺陷。我学会了要避开看似在邀请你谈论这些话题的问题，因为它们会伴随着那种怀疑的眼光，所以哪怕你还没有开口历数自己小小的不满，就已经领会了那种眼神或脑袋一偏、嘴唇一抿的动作的含义了。继续啊，让我们听听你对肤色偏见的老生常谈，在我们为你们做了这么多以后。

如果桑迪普在场，他就会成为我们吐槽大会的主力。他的眼睛会闪着寒光，像是个有过痛苦经历的男人。他在英国住的时间最长，显然对周围的一切都很熟悉，而且你也可以想象得到，他在我们这一帮外国学生中其实是最异类的一个。他有复杂的安排、约会和电话，在这些方面显得很小心，还有点神秘，如果有人直接问起，他会噘起嘴唇，显出一种礼貌的迟疑。他会用一番痛骂作为我们讨论的总结陈词，用词极其残忍与刻薄，让我心怀内疚，却又无比兴奋："听着，他们就是一帮垃圾。我比你们任何人都要了解他们。我可是在这里念过中学的人，别忘了。他们每周才洗一次澡，而且全家人共用一盆脏水。他们用纸擦屁股。所以每次你和他们握过手，一定要马上就去洗手，而且绝对不要在没有洗手的时候摸食物。他们的女人都是婊子。他们吃动物的血、蹄子和皮毛，还和动物乱搞。你听他们说话的时候，会觉得这个世界都是他们发明的。但其实，无论是诗歌、科学还是哲学，他们做的所有事情，甚至是他们知道的每一件事情，都是跟我们学的。"他把安德鲁和我也包含在了这个"我们"里，朝我们的方向坚定地点了点头。这真是太客气了。我们来自最黑暗的非洲，桑迪普应该就是不想让我们觉得自己被排除在外而已，恐怕不会真的认为有多少东西是跟我们学的。我绝对无法想象，有任何人能从我和我们那些人身上学到什么他们自己无法及时实现的东西，但桑迪普盛气凌人的豪言壮语让我们都笑了起来，感觉十分良好，甚至可以自己也甩出几个鄙视的眼神。后来他成了作家，以讽刺非洲人和穆斯林的心胸狭窄而闻名，但当时我们还是很乐意聚在一起狂喷英国人的。

　　回到自己的房间，我会写信，每周可能三四封。晚上我会先学习一会儿，等累了就开始写信，写上一个小时左右，用萨德留给我的索尼半导体收音机听着英国广播公司国际频道，然后读书直至午夜。信一封封从笔端流出，有的是为了汇报情况，有的是为了倾诉孤单、思乡，表达激动或骄傲，我想，取决于谁是收信的对象。我可能对于自己写的内容没什么顾忌，因为我觉得自己没什么好隐瞒的。我每周给阿明写一封信，其余的则写给父母和朋友们。起初，学生信箱里每天都有一封给我的信。一封信寄到只要三天，所以我可以在一周内寄出一封信并收到回信，但这种情况并不像我期望的那么多。很快，我其他的通信对象就写不动了，除了阿明。母亲以没时间和眼睛疼为借口，改为让阿明转告问候和勉励的话语，而阿明有时会在这些话里加上自己的一丝揶揄。父亲早些时候也写过一封信，信中是语气严肃的谆谆教导，显然是带着关心写的，但随着时间的推移，里面的内容我早已忘了个干净。我记得信不是很长，还带着一种仪式感。那是一封父亲给儿子的信，是一种祝福的赠予，让我觉得自己已经是个大人了，还有点被抛弃的感觉，尽管我知道那不是这封信的本意。

我给阿明的信写得很随意，会卸下包袱，敞开心扉。有时会抱怨，哀叹自己的孤单，有时会写到那年冬天说不出的寒冷，下着暴风雪，湖水都结了冰。而他会在回信中带来家乡的消息，也会给我鼓励。想家是在所难免的。你已经交到朋友了，他说，这很重要。很快你就会交到很多朋友，把我们给忘了。讲真的，别觉得孤单和低落，别允许自己这样，别容忍这种情绪。要抓紧时间好好努力，充分发挥自己的才能和天赋，这才是最重要的。多跟我说说这些朋友，听起来他们是一帮很好的人。跟我说说雪。摸起来是什么感觉？跟我描述一下吧。于是我照做了，还描述了我和朋友们的争论和谈话，还有我们去游览过的地方。他甚至会建议我有哪些地方可以去参观，有哪些事情可以去做。真羡慕你，可以见这么多世面。你去过大英博物馆了吗？进过剧院吗？你应该去看一场莎士比亚的话剧，看看在伦敦正宗的表演是什么样子。你见过布什大楼吗？我路过过布什大楼，那是英国广播公司国际频道做节目的地方，就像一个圣地，在有些人看来，比唐宁街或特拉法加广场更能代表抽象的伦敦。我站在马路对面，看着这座伟大的建筑，觉得它的形状从某个角度看就像一艘战舰，而换个角度看又像是趴在山坡上的洞穴村落。我看着人们从它的旋转门里进进出出，感到了一阵短暂的失落。我想，我希望看到的是大楼周围的空气中有来来回回的声波，噼噼啪啪，火花四射。我跟阿明说了我去的这些地方，还有我的课程和我小小的胜利。我吹嘘了一下自己的论文成绩，那可是我一个人在房间里待了那么长时间的成果，还说了老师们的评语。阿明让我把论文复印件寄给他，他也想看看。但我只给他寄了几本书，在我自己看完以后。

我记得，自己最开始寄给他的是这么几本书：《灵异推拿师》《山巅宏音》《印度之行》。这些书是我从查令十字街的一家二手书店买来的。当时我在店外站了很久，看着橱窗里的展示，怎么都无法鼓足勇气进去。最后，还是店主出来把我喊进去的。店主是一个印度中年男人，问我在伦敦待了多久了，提问的时候面无笑容，甚至还微微翘起了下巴。大声点，臭小子。但我却并不生他的气。我明白他那种皱着眉头的表情是一种年龄带来的特权，而且我也在这些表情背后感觉到了一种关心，一种亲密的延伸，可以想象我父母带着同样的表情和我说话。我告诉他，我刚来伦敦几个礼拜，他点了点头，但我也看到了他强忍笑容的样子。他问我是不是在找某一本特定的书，我说我想找几本有意思的书寄给哥哥，于是他推荐了这几本。我现在想起那个店主的时候，不禁会去揣测，他为什么会到那条街上卖书，他的微笑是不是有某种讥讽在里头。又一个掉进痛苦磨盘里的冒失鬼，我想，他也许会在心里这么念叨。不知他会不会知道，当他推荐那些书给我时，就像是点燃了一个火把，照亮了一条陷入黑暗中的道路。

很久之后，我又去了那家书店，距离第一次大概已经过去了一年。我发现，店里换了另外一个人。从他在我进门时跟我打招呼的方式来看，我猜他可能来自德国或荷兰。当时我的耳朵还不够灵光，认不出不同的口音，只觉得他发音略有一点不清。我也有可能是根据外貌来猜的。他笑了笑，便继续手头的工作了。在犹豫不决地浏览了一阵子之后，我便离开了。

阿明在独立庆典前夜给我写了一封信。这封信我还留着，写得很美，语气隐忍，带着沉思，显示出在过度乐观的时刻对未来的担忧与期许。我已经很多年没有读过这封信了，可能以后也不会再读，但我记得它的语气，它的优美与克制。他的信总是写得那么好，带着风趣与自持，让我时常边看边笑，不是因为他写得好笑，而是因为写得好。

电视上播了一条关于我们独立庆典的新闻。我们上电视了。那个年代的图像是黑白的，而且庆典是在半夜举行的。这类庆典一般都是在这个时间举行，为的是为仪式增添一抹神秘的象征意义，让它变成一种神圣的游戏，代表着确实将统治的重任移交了出去。新闻很短，又是在光线不足的夜间拍摄的，所以根本辨认不出地形，看不到海边那一排木麻黄树，也听不到近在咫尺的涛声。唯一能看见的，就是旗子被降了下来，士兵们列队走过，菲利普亲王肃立一旁。在他右边站着身着黑色长袍的苏丹，而他左边是英国驻扎官，身穿白色制服，头戴有羽毛装饰的帽子。声嘶力竭的记者将此情此景变成了新闻中常见的帝国画面的一部分，大家都遵从着各自的身份体面行事。新闻一眨眼就播完了，跳转成了别的画面。而差不多刚好一个月之后，我正在听英国广播公司国际频道的晚间新闻，突然听到了一条关于推翻新政府的报道。报道是一个业余无线电话务员发回来的，她的丈夫是一位殖民地官员，还留在当地，处理政权移交事宜。也许她并不是一个业余无线电话务员，而是受过训练的人，有备而来，知道一旦发生当时那种预料之中的事情，就应该做一个那样的报道。她说话的时候声音很大，显得很紧张，语速也很快，还提到当时自己正躲在小别墅的床底下，因为子弹正从头顶上飞过。播音员报出了她的名字，我一听就想起，那是女子师范学院的一名运动与游泳教练。她是校际体育赛事上一个亮眼的存在，吹着哨子，发着彩券，大步流星，风风火火。而也正是她，把我们眼下最新出炉的丑事公诸天下。

接下来的日子里，新闻变得越来越暴力，还有大屠杀的报道，间或由记者和专家评论员进行短暂的知情者分析。但没有任何关于家人的消息，也没有一封信。直到过了好几个礼拜之后，当发生的一切已成定局，那种难以置信、担心而遗憾的情绪才开始转变为一种理解，明白我们的家乡已经被恐惧所笼罩。阿明的第一封信几周后才寄到，信写得简短而小心，而且显然被拆开过。信上只说他那天收到了我一封信，但没有收到我之前寄过去的那几封。还说他们都好，让我自己保重。这封信让我明白了，他无法再自由地写信，而我也不能。我告诉朋友们，我终于收到了来自家乡的消息，家里没有人被害或受伤，我们之前的担心可以打消了。他们和我一样松了口气，就像前几周一直陪着我担心和感伤一样。自此之后，我绝少再跟他们提起这个话题。我们迟早都会轮到自己为远方的悲剧感伤的时刻，因此必须学会带着克制伤心。

又过了一阵子，我收到了一封父亲的信，信显得很破旧，带着折痕，是从蒙巴萨寄过来的。信上说，家乡发生了可怕的事情,很危险,让我千万别想着回去。我不知道该怎么回这封信,害怕给他们带来麻烦。而阿明的信也变成了很久才会寄来一封,都写得很短,很公务化。爸丢了工作,和许多其他人一样。很多事情都变了。妈拿不到眼睛药了,终日被视力问题所困扰。她会对此抱怨,这一点你也能猜到。但我们都好,也向你问好。

之后的几个月里,我开始把自己想成是一个被驱逐出境的人,一个流亡者。我让自己把它看作是一个循序渐进的过程,事实上也的确花了好几个月才找到可以描述自己所处情况的词汇,但我其实在很早以前就有了这种感觉。父亲那封关于别回去的信让我惊得目瞪口呆,陷入了无声的恐慌之中,只觉得手足无措。要是不回去,我该去哪儿呢?他说让我千万别想着回去,这是什么意思呢?我还有什么别的地方能去?等到这一阵恐惧的狂潮平息,又过去了好些日子,情形依然没有松动,也没有再来一封信,取消前一封的指令。这时,我才开始寻找语言去解释已经发生的事情,带着羞耻和自嘲对自己低语。这是我到英国之后第一次觉得自己是个异类。我意识到,我之前一直觉得自己人在旅途,在来去之间,完成任务后就会踏上回家的路,但如今只怕我的旅程已经终结,从今往后我都只能住在英格兰,做一个四顾茫然的异乡人。

后来,这种情绪慢慢变成了一种可以忍受的异类感。日子一天天地过去,这种异类感变成了一个象征,起源也不再确定。很快,我也开始说起黑人和白人,就像大家一样,越来越自在地说出这个谎言,人云亦云地承认着我们的不同,向种族化世界的僵化看法低头。因为承认了黑白之分,我们也就同意去限制复杂的可能性,肯定了那些已经存在了若干世纪并将继续存在下去的谎言,让它们继续服务于对权力和病态自我肯定的赤裸裸的欲望。总之,我说了谎,还把它们当成是更高层面上的真理,从对抱怨和反抗的声嘶力竭的歌唱中找到了某种自我肯定(我更多的是用精神参与,而非声音)。我把关注点放在了将我们所有人纠缠其中、无法脱身的更大的谎言上。我将自己置于战争、民权和种族隔离的喧嚣中,带着一种不容错过的感觉,投身于处于争议焦点和斗争中心的世界紧迫问题当中,从而远离了家乡正在发生的复杂的残酷。它们无法被插入这种对话之中,因为对立性太简单,确定性太清晰,因此我只能在独自一人时默默带着内疚,承受它们带来的痛苦。

我继续着我的学习,但却和我的外国同学朋友们渐行渐远,或者说,我们不可避免地走上了各自的道路。安德鲁和我的关系维持得最久。在他回加纳之前的最后一个假期,我们去湖区疯玩了一次。在那个年代,当你转过小镇的街角,或乡间小路的一个弯道,还是有可能会从迎面走来的人们脸上发现惊讶的表情的,看到他们被一个深肤色的人吓了一跳,惊得说不出话来。我们在湖区遇到了很多次这样的情形,并不是每次都好笑,但我们还是自己找了不少开心,装作是各个地方来的人,但就是不说我们是哪里人。我们是巴西人,也是马达加斯加的两个王子,是巴拿马来的新手神父。当我告诉安德鲁自己小时候被叫作意大利人时,我们甚至还装了一阵子意大利人。似乎我们说什么人们都会相信,尽管他们可能只是在配合我们的演出，因为他们觉得我们疯疯癫癫，十分幼稚。但我们还是觉得不管怎样都很搞笑，虽然我们也许只是两个觉得自己的笑话胜过所有人的年轻人，假装把一切都冷眼看作是某种平淡版本的荒谬。

他现在人在美国，在蒙大拿州的一所高校教社会学。他终究还是没能在加纳待下去，因为那里也和所有地方一样，变成了一个泥潭。他大概每年会给我打一次电话，或者更少些，但我们始终没有再次见面，哪怕在他经过伦敦的时候。我觉得我们应该再也不会见面了。我怎么会去蒙大拿呢？见面又有什么意义呢？每次通话都越来越勉强，两个人都在努力让对话显得高兴一些。我们问对方的问题都只不过是一种姿态，指向我们两个都无法完全找回的友情。有时我会想，是什么让他拿起电话打给我，在那种在我看来如此奇怪的时间。我从不给他打电话，尽管我觉得我应该打。我不知道该说什么，从哪里开始。不知他打给我是因为回忆让他感伤，还是日子过得太孤单，还是他觉得出于好心和关怀应该和我说说话，或是想起了什么让他微笑的我们共同的往事。现在想起来，我们就这么不假思索地让冷漠一步步耗尽了彼此的情谊，着实令人伤感。

既然说到了这个话题，我就根据自己的了解，讲一讲我刚到英国时的那些好朋友后来的情况吧。阿穆尔得到了一个英国广播公司国际频道阿拉伯语部的临时职位。他回到苏丹之后会在广播电台工作，所以这个临时职位就像是某种培训。因此我也终于得以进入布什大楼，穿过巨大的楼门，昂首挺胸地走上弧形的楼梯，穿过无数的办公室和播音室。我记得阿穆尔为了把我弄进去，还编了一个节目表，说是需要采访我。也许那个时候安保还没那么严，因为我不记得有人对我进行过检查，或是问过问题。布什大楼肯定是会令人失望的，如果你已经习惯了把它想象成一个划过天际、绵延数千英里的声音，公正而庄严地传递着世界的消息。大堂和楼梯可以和这些期待相匹配，但播音室和办公室则低矮狭窄，又闷又挤。尽管到处都是工业化和目的性的嗡嗡声，但我必须承认，我还是很羡慕阿穆尔的。他只在那里待了几个月，便返回了苏丹，自此我便和他彻底断了联系。有时你会陷入那种没有目的的怀旧情绪，计划要找寻所有久已失联的朋友们的踪迹，可惜这种情绪甚至不会持续到天光破晓。就是在这种情绪中，我想过要找到苏丹广播电台的频率，听他描述尼罗河的水流，或是佐法尔干旱的平原，至少再跟自己确认一次，他有一个好声音。但还没等到早晨，我就会告诉自己，他说的话对我来说不会有任何意义，而且我甚至不知道那会不会还是同一个阿穆尔，他很可能现在已经去了迪拜或沙迦的学校工作，而不是在苏丹广播电台侃侃而谈。

桑迪普就像我之前说的一样，成了一个颇有些名气的作家。他在马拉维住了一年，写了一部关于那个国家的小说，笔法入时，语带讽刺，对后帝国主义的荒谬进行了大不敬的嘲讽，写殖民地大老爷们摇身一变就成了外派官员，甚至都不用从他们精心打理的政府别墅里挪窝。我觉得那些大老爷们对这本小说应该不会多么介意或在乎。他们知道那些小别墅和别的许多东西是谁建的，谁在道义上有权利住在里面，漫步于满是奇花异草的花园之中。但班达总统不喜欢这本书，禁止该书在马拉维销售。那时桑迪普已经安全地离开了那个国家，而且自己的书被刚刚达到权力巅峰的终身总统禁了，对他的声誉来说，并不是什么坏事。之后桑迪普又写了一些别的书，同样入时而辛辣，收获了一众粉丝。他的书我大部分都读过，但却不再抱多大期待了。它们固然不乏激情与流畅，但看法却渐渐开始固化，而一旦对某样事情太过确定，就是偏执的开始。这是一种自由的教条，本身就是一种悖论，如果走得太远，就会让我们觉得，轻浮才是唯一正宗的严肃。扯远了。总之，桑迪普找到了非洲这个主题，在书中一次又一次地回到这个主题上来，但他笔下的非洲人容不得别的意见，带着不必要的讥讽，有一些作秀的意味，带着年轻时他自己的影子。我这些年也没有再见过他，只在他第一本书问世时写了封短信，以示祝贺。

拉梅什如今已经成了一位全球闻名的经济学家，提倡对经济发展进行道德限制，其观点常见于各类严肃的社论文章。他也会为政府和联合国机构出谋划策，并在美国一家牛逼大学（我记不清是哪一家了）担任经济学教授。他来伦敦政治经济学院做访问学者的时候，我去听过他一次讲座，他还是一如既往地警觉与谨慎，但语气中带着不容置疑的沉着与坚定。我走到他跟前，和他打了个招呼，他给了我一个克制的微笑，但眼神中却并无笑意，说明他一开始并没有认出我。而认出我之后，他也只是严肃地对我点了点头，尽管我笑容满面，期待他的反应会更加友好。他问我是不是一切都好，我说一切都还不算太坏，我也希望他一切都好。他略作迟疑，看向了别处。如果没有过去跟他打这个招呼，我心里会过意不去。当时我甚至还想起了萨德，还有他是如何捉弄拉梅什的，想着想着还笑了起来。我不知道萨德后来怎么样了，自从他离开之后。

不管怎样，这都是后话了。在当时，自从伙伴们各奔东西之后，我便一心过起了自己的日子，日复一日地扑在学习上，朝着连我自己都不曾想过的远大目标而努力。要实现这个下意识存在着的远大目标，我必须要超越他们为自己设定的标准，尽管我发现这些标准代表的很多东西都十分令人讨厌。所以，我讨厌自己必须要做的事情，也讨厌自己不得不去做这些事情，但与此同时，也体会到了成功做完这些事情后的胜利感。在认识我的人看来，我似乎更担心该用什么恰当的批判性语言来论证我论文中的观点，而对我离开多年的那个地方发生的事情兴趣寥寥。但其实当我独自一人待在寒酸的学生宿舍时，却会暗自垂泪，为我已经失去的一切感到自责和悲伤。每当阿明沉默的信寄到，我都十分害怕，觉得它们就像对我的指控，尽管信中的语气始终那么温和，甚至还稍显轻松了一些，因为他们的生活变得不那么可怕了。我还是每隔一阵子就会回信，但不那么频繁了，也很注意措辞。我常会觉得自己要说的话很乏味，甚至有些造作，于是只能加倍努力地传回自己的消息，说一些实在而具体的内容：我去了哪里、做了什么、铁路罢工、天气情况。报春花开了，真希望我可以向你们描述出花朵那种纤妙的乳黄色，其雅致不亚于凉夜中茉莉的芬芳。天空倏而晴丽，大地也换了新装。花园里群芳争艳，公园里的树也吐芽展叶。你无法想象绿意复苏时的英格兰是什么模样。有一次，在暮春时节，我还见过万寿菊盛开在前晚意外落下的雪中。

我在脑中描绘着阿明为父母和法丽达读这些句子的情景，仿佛可以看见他们失望和困惑的神情。他干吗要告诉我们这些事情？他难道不明白，我们生活在恐惧、混乱和物资短缺之中？他为什么不给我们寄些东西，而不是这些废话？我给他们寄过一本日历，上面印着英国乡村的照片。我无法让折磨着自己的辛苦与焦虑看起来足够重要，值得传达给他们。我甚至无法让自己觉得它们足够重要，至少写出来的时候不行。

最终，在经过了许多年如今看来似乎难以理解的努力之后，我终于可以在某一天写信告诉他们，我的学习结束了，我已经成功地读完了博士，并奇迹般地在一个大学里找到了工作。大学不在伦敦，在英国南边，对我来说很合适。我很开心，终于可以离开那座巨大的老城，远离它的拥挤与肮脏，住在一个小镇上。真是再合适不过了。我会住在小镇边一条安静的街道上，打理自己小小的花园，安心搞我的事业。想休息的时候，我就在日落时分静静地散散步，或是去看场电影。我在当周就收到了回信，就像很久以前一样。

亲爱的，我们太为你骄傲了。衷心地祝贺你。今天下午早些时候，我给爸妈读了你的信，他们俩都哭了。先是爸，泪流满面地抽泣着，几乎无法控制自己。再是妈，跟着爸一起呜咽了起来。再是我们其他人，都抹着眼泪，像是得了失心疯。我想，我们流下的是骄傲的眼泪，为你骄傲。尽管你离家千里，孤身一人，一定每天都有无数的困难与担心，但你依然勇敢地坚持了下去，直到实现了那个你历经千辛万苦想要实现的目标。我想我们之所以会哭,也是因为生活强行将你从我们身边带走,此刻本该想着欢迎你回来,却无能为力。干得漂亮,我的小意大利人。当我读完了你的信,爸又把它拿走,自己读了一遍,尽管他之前已经读过一遍了。他现在身体不太好,也不再出门去很远的地方了。愿真主保佑他。世事艰难,每个人都不容易,但有些人尤其不容易。他读完了你的信,就把它放进衬衫口袋,出门散步去了。等我后来出门的时候发现,他每到一处,都在跟别人说你的消息。要是他说了算,只怕今晚的广播里都会播这条消息。我想他把自己给累坏了,现在已经在沙发上睡熟了。法丽达还和我们住在一起,她也托我好好地祝贺你。她现在总算是和阿巴斯结婚了,但他们还在等结婚证。婚礼是几周前办的,再过几天,她就要去蒙巴萨和他团聚了。她让我告诉你,她到了那儿会给你写信的。不过估计有你等的。搬家后别忘了跟我们说说你的乡间小屋。纸短情长,就此搁笔。爸妈向你送上祝福,我们都爱你。阿明。

  不出所料,我读这封信的时候也哭了,特别是读到他们都像疯子一样流眼泪那段。我也加入了他们。读到勇敢坚持的那个部分,我又哭了。当我想到他们的境遇时,我觉得自己已经很受宠、很幸运了,并且觉得他们应该也是这么想的。我也认为自己能坚持下来是很勇敢的一件事情,当然实际上我也没有多少别的选择,但得知他们也是这么想的,我还是非常开心。格蕾丝下班回家的时候,我把信递给她,等着看她也开始啜泣。果然,她也在读到大家一起哭的时候流下了眼泪,而我别无选择,也只能再次加入进来。哦,这是

…… 262

一封多么令人快乐的信啊!

我还没有跟阿明说起格蕾丝,虽然格蕾丝已经从我这里知道了他们所有的事情。

我没有料到自己现在才写到格蕾丝。我本无意赘述刚到英国的那些日子。毕竟,有那么多人比我早来,还有什么是他们没有写过的呢?我原本只是想解释一下自己为什么会开始写阿明和贾米拉的故事。以及为什么当我开始构思的时候,会不由得想象起贾米拉的外婆蕾哈娜和英国男人皮尔斯是如何相遇的,又是怎么在那个两人的世界是如此不同、如此遥远的年代走到一起的。但我写到自己到了这里的时候,似乎就一发不可收拾,又说起了许多其他的事情。我无法阻止自己回到从前,再品尝一遍那段日子的苦涩与失望,尽管已经过去了这么多年。我就是这么一个以自我为中心的人——只要一说起自己就没完没了,不许别人说话,还得让大家都专心听着。格蕾丝以前就是这么说我的,她说这是让她离开的原因中的一个。除了这一点,还有很多。但我不打算在这里细说了。

格蕾丝过了许多年才离开,而且多数我们住在一起的时间还是要比可以忍受强上那么一点。我们有过快乐和满足的时候,帮助彼此成长,也帮助彼此短暂地逃离自己的回忆和不足。但日子久了,积怨一深,大家开始变得不可理喻,充满恶意。她说她得离开,趁着她还有对生活的渴望和再度找到爱情的可能性。我当然劝过她别走,但她一说起这些就停不下来,而且说得越多,就越容易说得更多。一天,她把东西装进车里,朝着自己的新生活驶去(后来又回来拿了第一次没拿完的东西)。我还住在小镇边安静的街道上,工作的大学步行可达,不需要车子。

她走的时候,我已经精疲力竭,觉得她一走,我终于可以得到解脱。但其实,我却迎来了这辈子最孤单和心碎的时刻。她离开之后我才意识到,我已经习惯了用她的方法来做事情,用她的方式来想问题,我的精神世界已经有一部分置换成了她的。她一走,我突然跟不上自己的生活了。我在这种可怜的状态下给阿明写了一封信。我们还会给对方写信,但没有以前那么频繁了。我一般没什么大事可写,生活波澜不惊,也不知该如何对无法感同身受的人说起。他有消息告诉我时就会写信,但这些消息往往很悲伤,而且我觉得他写的时候也会很难过。当我跟他说起格蕾丝的时候,他立刻就回了信,并且在安慰我的同时,提到了二十年前自己失去贾米拉的痛苦。就是在这个时候,我开始想到去写一个关于阿明和贾米拉的故事。这么多年过去了,我渐渐明白,阿明和贾米拉的感情不是我刚听说这件事时想的那样。我当时会把他想象成大着胆子勾引人家的帅小伙儿,因为那时我觉得老套的谈情说爱太过无聊。但和格蕾丝在一起的这些年让我懂得了更多,我开始体会到阿明人生的悲剧意味,或许贾米拉也是一样,尽管我对于她知之甚少。但我了解阿明,依然记得事发当晚的情形,和我走之前那些天家中的沉默,以及此后他对她的绝口不提。日子久了,她名字的缺失,和他与她分别后痛苦的缺失,似乎变得有些怪异,仿佛它们越是不存在,就越应该存在。我在许多封信里都会用戏弄的口吻劝他结婚,而他会开玩笑说当个单身汉挺好。格蕾丝的离去让他第一次说起了贾米拉，在我离开家这么多年以后。我将自己的痛苦与他的一对比，突然对他放弃的东西有了更深的理解。既然我有了时间，可以好好回想一下那么多我曾经忽视的东西，那么不如试着写一写他们之间的故事吧。

一天，我正写着他们的故事，突然收到了阿明的一封电报，说母亲走了。家里没有电话，但我给地方党支部打电话留了言，这就是我们紧急通讯的方式。晚些时候我又打了一遍，对方告诉我，他们已经传达了我的消息，阿明对于我已知情表示了欣慰。我静静独坐在自己小镇边安静街道上的房子里，哀悼着我已经二十二年没有见过的母亲。我想到了自己的过往与今朝，也想到了父母为按照自己的意愿生活与相爱做过的那些斗争。我想起了他们如何为我们的未来盘算与担忧，还有我自己如何用令人生厌的材料吃力地学习，而所有的那些计划与奋斗，到头来只不过让我过上了这种原本不费吹灰之力就可以过上的索然无味的生活。讽刺就像是无情的记录，什么都不允许我们忘记。

收到电报几周后，阿明又来了一封信（我开始害怕收到他的信了），第一次跟我说起了他的失明。他的一只眼睛已经完全瞎了，另一只的视力也开始逐步减退。他也患上了让妈失明的那种感染，但他没有药可以吃，也没有医院可以去，就像妈之前一样。我回信让他来英国。我可以拿房子贷一笔款，送他去私立医院，那里什么都能做。你以前干吗不告诉我？快点来，别犯傻了。别浪费你剩下的人生。但他说已经太迟了，感染已经无法切除，他去达累斯萨拉姆看病时医生说。而且，他也不愿撇下爸一个人。说实话，他说，我觉得我并不在乎能不能看见，起码现在已经不在乎了。在过去的几年里我发现，在盲人的国度，有一只眼睛都嫌多。先抛开这些老男人对身体日渐衰弱的抱怨不谈，我还有更重要的消息要告诉你，是关于法丽达的。她去年在蒙巴萨出版了一部自己的诗集，来参加妈的葬礼时还带了一本过来。谁能想到法丽达居然成了诗人？其实她已经写了很多年了，你知道，只不过总是说说笑笑，让别人觉得她傻乎乎的。但她并不傻，我早就发现了。总之，这本书反响很好，她甚至还上了广播，读了其中的几首。罗马有个文化活动邀请她去参加，她会从那里给你寄一本。我也不知道她为什么要从那里给你寄，而不是蒙巴萨，但她就是想这么做。这是她第一次去欧洲，可能从那里寄给你，会让她觉得自己离你更近。我也有个小东西要寄给你，我会交给她的。暂且搁笔，爱你，愿你一切都好。

几周之后，我收到了一个来自罗马的包裹，里面是法丽达的诗集，*Kijulikano*（《已经知道的》）。包裹里还有个小包，用棕色的粗纸裹着，扎着细绳，上面写着我的名字，笔迹是阿明的。法丽达的包裹里没有便条，书里也没写题词，只有书本身。法丽达并不怎么喜欢写信，这么多年来从没有回过我的信，只是一遍遍让阿明带话给我，承诺等她忙完手头的这个或那个活，就马上给我回信。封底印着一张她的照片，看起来像是护照照片，就是一个人刚从街上走进照相馆，拜托摄影师别多说、赶紧拍的那种。也许当时她正在去医院看望生病的姨妈的途中，不想占用太多探病的时间。她还披着头巾，面纱因为拍照的缘故扯了下来，但随时准备着一出门上街就戴回去。她现在戴上了眼镜，镜框上半部分是深色的塑料，下半部分是金边。她还是带着大大的笑容，仿佛是无意间被摄影师的话逗乐了，或是正对着陪自己来的丈夫阿巴斯笑，只不过他没有出现在画面中。我看着这个笑容满面的中年女人，突然意识到，这个人我几乎已经不再认识了。

她这本书的献词是这么写的：

致教会我关怀的父母。致好人阿明和从未离开我们的拉希德。致我的挚爱阿巴斯。

从未离开我们。不愧是诗人，连说谎都这么深情。虽然事实恰恰相反，但我感谢她说这句话的好心。不出所料，这些诗让我非常惊讶。它们极其感人，其思想深度和私密程度都是我始料未及的，而且它们的观察是如此智慧和无情。其中许多写的都是我无比熟悉的平民生活。书中在写到女性命运时采用了风趣而讽刺的手法，而且我猜书名本身和沙班·罗伯特的一部诗集有互文关系[1]。有一首诗是关于阿明和贾米拉的，尽管里面并没有提到任何名字。它让我眼眶发湿。是的，我非常惊讶。我觉得能读到兄弟姐妹写的东西总是很令人惊讶的，因为那是你从小就无比熟悉的一个人。但阿明是对的，我一直觉得法丽达有点傻乎乎的——考试考不过，还笑得那么没心没肺——不说是脑子笨吧，至少也带着她这种好人特有的傻气。这么多年来，我从未觉得需要重新审视

---

[1] 此处应指东非斯瓦希里语诗人沙班·罗伯特（Shaaban Robert，1909年1月1日—1962年6月20日）的诗集 *Kufikirika*（《可以想象的》）。

自己对她的看法，但这些诗让我意识到，自己犯了多么大的错误。我写信为她送上了自己最诚挚的祝贺，但却对自己的惊讶只字未提。

那些诗我翻来覆去读了好几遍，特别是那首关于阿明和贾米拉的。多希望我自己也有那样的勇气和技巧，可以写得如此坦诚与谦逊。而我一遍遍地读诗，也是在拖时间，不想拆开阿明的包裹。我从手感上辨别出那是一个本子，有些害怕那上面写着他自己的东西。不知阿明会怎样去写自己的故事。一想到这里，我便没来由地紧张起来。

8. 阿　明

我是谁？我是她与我戏水的池塘。我从未体验过如此失落与如此渴望的时刻，仿佛如果无法拥抱她、躺在她身边，就会死于渴求或发疯。但我没有死，她也不在我的怀中。不过，我懂得的向来不多，或许所有的爱终究都会变成这个样子。有个盲目而固定的东西卡在我的心里，牙齿嵌进了某个我找不着或够不到的柔软的地方。我能感觉到它的恶意。这种绝望的痛苦会过去的，它正在过去，尽管一开始我甚至发不出声音，也找不到语言，可以对自己解释。我的爱是不明智的，但它从未让我觉得压抑。我的愚蠢也是我的幸运。我永远不会抛弃她。我每天都会见到她，只要我还可以，只要岁月还没有带走我对她的记忆。我会在夜晚到来时赞颂白天的美丽，让我的夜因此而绵长，她的美因此而无尽。

她把他们吓坏了。他们怕她会把我变成一个笑话，人们会笑话我们所有人。人们会笑话一切，我告诉他们。想想她的名声，妈说。再想想你自己的好名声，他说。没有名声，你什么都不是。

他们在多年前携手为自己抗争的时候并不是这么想的。但如今他们成了街坊邻里眼中有声望、值得尊敬的人，我却随随便便地把自己和他们变成了笑柄。人们会笑话我们的。他们笑话得最狠的是她，我说。

那种人是不怕被笑话的,妈说。她们脸皮厚着呢。她外婆是一个肮脏的女人,跟一个英国佬过着罪孽的生活。她母亲和她那住在大宅子里的一家人仗着有钱,就那么高高在上,不可一世。我们视众人平等,但虔诚自有高下,正如阿尔比鲁尼说过的那样。他说。他总是能在需要的时候从故纸堆里翻出一句老掉牙的名人名言来。说完他就站在那里,带着这些病态话语给自己带来的自信,微微发抖。她自己一个人住在另开了一扇前门的公寓里。还有人看见她在一个政客的车里坐着。她是一个毫无廉耻的人。而且在他们看来,让我进她的公寓,更是无耻中的无耻。

如今已经过去了几周。每天我回到家,母亲就会仔细端详我的面庞,看我是不是去见她了,或是我是否介意没有见到她。两个人都不会提起她,也许是因为尴尬。害怕再次出现那晚的情景。那些威胁、恐吓和眼泪。眼泪是我的,当他们看到它,一定知道他们已经赢了。我们不要再提这件事了,他说。每当他觉得是时候显示一下自己高高在上的仁慈了,就会这么说。我知道他们是怎么发现的。是阿里姨夫把谣言带回了家。外面总是有很多谣言,他把这条小小的花边新闻带回家,应该就是想当个笑话说。那个小王八蛋,你知道大家都在说他在干什么好事吗?哈莉玛姨妈听了可能皱起了眉头,带话让法丽达过去一趟。是法丽达告诉我的。哈莉玛姨妈逼着她说出了一切,展现了一遍她丰富的骂人词汇,威胁说无论如何都要告诉妈。法丽达跟她说,要是告诉妈,就等于要把我害死,因为妈会告诉爸,而他们会让我停下,或逼得我不得不当逆子。法丽达以为,既然哈莉玛姨妈帮她保守了关于阿巴斯的秘密，那么也会保守我的秘密。没想到哈莉玛姨妈觉得贾米拉可恶至极，按她的话说就是个妓女，所以她立刻就去跟妈告了密，虽然法丽达一直跟在旁边苦苦哀求，直到最后一刻。法丽达很自责。

我不能见她了。我羞愧极了。法丽达去见了她，做了解释，并乞求她的原谅。而我不能见她。她会觉得我不够爱她，但不是这样。或是我太软弱，无法为她抗争，这一点可能是真的。我无法不听他们的话，因为我已经听了这么多年。

我渴望触碰她。直到现在我才真正明白了渴望这个词的意思，因为我是那么渴望她的触碰。我在黑暗中思索着渴望，还梦见了一片荒地，散布着碎骨、岩石和死去的昆虫。地面像金属一样坚硬，我醒来之后双脚生疼，尽管我整夜都躺在床上。我梦见了一张床，上面散落着死去的蝉，我还听见了一个声音，像风的哀叹，从木麻黄树间穿过。那是我听过的最悲伤的声音，唯一可以与之相比的，可能就是我想象中她描述起自己对我的失望时说的那些话了。我在夜半时分哭喊着醒来。床单都被汗水打湿了，身体摸上去感觉就像是躺在一片如脉搏般跳动的红光下。我把这些症状都一一记了下来，就像一个病人，或是一个疯癫的科学学生。那会是一种什么样的科学？是关于如何顺从的科学吧。

我以为他会因为我的无眠而醒来。我以为他至少会翻个身，被我下意识的呻吟和叹息所惊扰，因为我辗转反侧，总觉得疼痛的髋部或肩膀无处安放。我不能起来。他们会听到我的动静，以为我要出去见她了。当我从噩梦中醒来，我会躺一会儿，听一听，怕我刚才吵着他了。我想看看他会不会告诉我，我是不是说梦话了。但似乎这一切丝毫没有打扰到他。他的呼吸轻柔，睡得像个无辜的孩子，面带微笑，做着关于英格兰的梦。他已经远离了这里。就连他睁着眼睛的时候，你也可以看出，这双眼睛看向的是一个遥远的地方。我几乎有些希望他会醒过来，逼着我说起她。他在盯着我。他想知道，不过他现在还不会明白。他说起她的时候，会开些艳羡的笑话，我也随他去。要是他说起我在睡梦中说过的话，我会告诉他，一个人无法为他在夜里说的话负责，因为他说话的时候可能是睡着的，因此并不是他平常的自己在说话。或是黑暗中的什么东西会抓住他说的话，将它扭曲，把它变成另一句话。我会在夜里赞美她。他们为什么都这么恨她？我恨这一切。

她跟我说了她的故事。她对她的外婆基本没有多少记忆，只在四岁时见过她一次，是个身材臃肿的妇人，有一双锐利的眼睛，不爱笑，也不爱说话。她的哥哥们对外婆印象比较深，小时候常说起她。她是他们家族的故事，也是一切麻烦的源头。许多故事长久以来混杂在一起，一层摞着一层，而有些情节又有所缺失，所以后来，当她想知道故事的全貌时，已经无从寻觅它从哪里开始又在哪里结束了。

他姓皮尔斯，有一天突然从荒郊野外冒了出来，扑进了她外婆蕾哈娜的怀抱。不，其实不是这样，她说，说扑进她外婆的怀抱，只不过是她在开玩笑。实情是他在内地迷了路，因为几天前他被自己的索马里向导抢走了东西，扔在了那里。他们把他带回家的时候，是他的外婆蕾哈娜给这个英国人喂了几天来第一口喝的。她一定是在里面放了什么东西，所以才会让他一睁开双眼，就被她深深地迷住了。这是她的舅外婆玛莉卡亲口告诉她的。她是她舅外公哈桑纳利的老婆。她比所有的同辈活得都长，在她十五六岁的时候还活着，而她那个时候已经足够大，会问起这些事情了。她从未见过自己的舅外公哈桑纳利。每当说起他的名字，舅外婆玛莉卡的声音总是会哽住。他一定是在她出生前就死了。我现在不太愿意写出她的名字。感觉很厚颜无耻。

她外婆蕾哈娜之前嫁给过一个印度商人，但那人走了，再也没有回来。之后也有不少人向她提亲（都说是之前错过了她），但她统统拒绝了。很难搞吧？英国人出现的时候，她已经不再年轻了，也已经有人开始对她说闲话了。但没人敢当着她的面说什么。英国人出现了，爱上了她，她就和他在一起了。她什么也没说，但每天下午都会穿戴好头巾和长袍，一个人出门，可没人敢对她说什么。要是你对她说了什么，就等于是指控她犯了通奸罪。没人敢这么做。那是一种可怕的罪行，有着恐怖至极的惩罚方式——石刑。唯一能跟她说这件事的是她的弟弟，哈桑纳利。他也是蕾哈娜在长期没有丈夫状态下的监护人，尽管他比蕾哈娜要小。那时的女人必须有一个监护人：可以是她的父亲，她的丈夫，如果两者皆无，那就是她最年长的兄弟。如果这些人都不存在，那么就是和她关系最近的男性亲戚。这是我以前不知道的。当她告诉我的时候，一开始我简直难以置信，居然任何男性亲戚都可以把自己变成一个女人的监护人和指挥者。哈桑纳利拒绝对那些姐姐不在的下午发表评论。要是他说起后她承认通奸该怎么办？让她被乱石砸死？

有天晚上，她经过一条小巷的时候，有人从暗处喊了一句什么。回到家之后，她在盛怒中对玛莉卡说了一番话，但她没有说那个人到底喊了什么。我不会让他们的肮脏玷污了我的心灵，她说。有人对理民官抱怨了皮尔斯。可能是尊贵的阿曼人（外国贵族），他们喜欢展示自己的神圣，提出狭促的顾虑。他们是不会直接抱怨的。那会有损他们的高贵。可能是对瓦基尔吹了吹风，再由他传到理民官的耳朵里。阿曼人对顾忌和分寸非常计较。哪怕是看见一个肚脐眼，都会让他们觉得受了冒犯（有可憎的嫌疑），而在他们周围放个屁，都会让他们受伤。可以想象，蕾哈娜和皮尔斯的传言，给他们带来了多少折磨。

所以这对恋人搬去了蒙巴萨，皮尔斯先走，蕾哈娜紧随其后。他们在一间公寓里住了几周或几个月。后来蕾哈娜一直住在那里，直到去世。那也是她母亲阿斯玛出生的地方。"无罪之人"：这就是蕾哈娜给她起的名字的含义。至少是她的希望。但当时皮尔斯已经走了。他离开了一次，又回来了，但最后还是走了。

他回来是有原因的，因为离开她让他心碎，她说。这会让你觉得他一定是爱过她的，尽管他还是走了。他一定是在某个时刻恢复了理智，决定回家了。他可以有无数个理由离开她。两个人一定都撑不下去了。她是个勇敢的斗士，走到当时那一步，她尽力了。如今想起她时，我会在脑中勾勒出一个形象。那是一个可以静坐不动,用目光迎击他人注视的人。一个可以静坐不动,用目光迎击他人注视的女人。

皮尔斯长什么样儿?我问她。

她笑了,说她喜欢我念出这个名字。他是她外公,有时她也会偷偷用这个姓氏称呼她自己。她说她舅外婆玛莉卡告诉她,他又高又瘦,眼睛亮晶晶的。她觉得舅外婆玛莉卡不喜欢他的样子,甚至压根就不喜欢他这个人。她母亲阿斯玛告诉她,蕾哈娜曾经说过,他永远乐呵呵的。

她会在我们躺在夜灯下的床上时跟我说这些事情。有时我看不见她的脸,因为我躺在她怀里,她的声音拂过我的太阳穴。或是她靠着墙,我躺在她腿上,她的乱发拂过我的面颊,我抬头听她说话,爱抚着她的大腿和乳房。有时我们也会并排躺着聊天,抚摸着彼此,永远在相互触碰。当她觉得内心强大而快乐的时候,会喜欢做计划。还要等多久,我的培训期才会结束?等我一找到工作,我就告诉父母,然后我就可以搬进这个公寓,和她住在一起了。她让我的生命充满快乐,永远乐呵呵的。只要一离开她,我就会有受不了焦虑和恐惧的时候。一天晚上,当我们在欢爱后汗津津地躺在一起时,听见有人从马路上走过,趿拉着凉鞋,吹着口哨。她紧紧地贴着我,轻轻抓住了我的身子,微微发抖。怎么了?怎么了?我问她。我害怕,她说。我试图开个玩笑。怕口哨吗?我问,那是天黑后在世界上游荡的灵魂们在用它召唤着彼此。怕他们。怕那个男人和他的口哨。你没听见他多么确定吗?我害怕你会离开我。我永远不会离开你,我说。

她一开始并没有告诉我另一个男人的事情。我觉得她是不想让我急着对她的外婆下结论。她想让我先喜欢上她。皮尔斯做了一些关于资金的安排，但蕾哈娜知道这并不是长久之计。他为公寓付了六个月的租金，好让她安安稳稳地生孩子。他还在她名下的银行账户里放了一点钱。或许他觉得，等这笔钱用完，她就会回到那个店铺后面，继续和弟弟生活在一起。他给她留了个英国的地址，有急事可以联系。皮尔斯没有跟她解释要怎么把那笔钱提出来。他走后，蕾哈娜想去从账户里拿一点钱，但遭到了银行的拒绝。她不明白为什么。她以前从来没有去过银行，甚至不确定他们是不是真的拒绝了她。她觉得既困惑又丢脸，以为是他们不认可自己之前的所作所为。她没有给皮尔斯写信。她请弟弟哈桑纳利和弟媳玛莉卡照顾阿斯玛一阵子，直到她的生活重新走上正轨。这本应该只是短短一段时间，但阿斯玛却和他们一直待在一起，直到成年之前。她是这个家唯一的下一代。

皮尔斯居住在蒙巴萨期间，和一个名为安德鲁·米尔斯的苏格兰人交上了朋友。他是一名水利工程师，在蒙巴萨俱乐部有一个房间。那里只接待会员，其实等同于只接待欧洲人。欧洲游客会在旅行或去会友时住在那里。安德鲁·米尔斯则是那里的长期住客。他喜欢喝酒。皮尔斯还没走的时候，他会去公寓里拜访他们。在他走后，他还是会去。之后他便搬了进去，把房租承担了下来。

什么是水利工程师？我问她。

她耸了耸肩，用湿润的手指划过我的双唇。够小心的啊，她说，问什么是水利工程师。你本可以问他是哪种朋友，怎么就那样搬了进去。或是问蕾哈娜变成了什么样的女人。

高级妓女，我说，练习着这个英文词汇。这种词可不是你常有机会用到的。

每个人都那么想，她说。

不然他们还能怎么想？我问。

她又耸了耸肩，意思是她并不在乎他们怎么想。他是个上了年纪的男人，她说。他搬进公寓，帮她做起了跟布料相关的小生意。她开了个店，雇了个裁缝，做些窗帘、床罩之类的东西卖。

她是怎么想到这个计划的？如果是你，会想到要这么做吗？

应该是她有开店的基因吧，她说。这是她的梦想，她想用这样的方式来自给自足。等到生意好起来，她就能把阿斯玛从弟弟那边接过来，亲自照看她了。我想也就是在这个时候，她开始喝酒。

我一听就知道，这会是个悲惨的故事。一个被丈夫抛弃的女人，又和欧洲男人生下了有罪的孩子，并再次被抛弃，接着又和另一个上了年纪的欧洲男人同居，还喝酒，你让这样的女人如何找回自己的幸福？她看着沉默的我，恻然一笑，我感到泪水涌了上来，带着对她的爱。我当时还不知那恻然从何而来，但它却让我满心悲伤。没人知道他们在一起的生活，她说。她还是会去走亲戚，但她从不会说起自己和水利工程师的生活。我不知道她去走的是什么亲戚。反正总有亲戚可走。他们从不请蒙巴萨本地的用人，所以从那些人嘴里也套不出什么消息。但他们有空瓶子需要处理。每天来收垃圾的男人会把空瓶子卖给小店店主。他会解释瓶子是从哪里来的,以及他每周来这几次一共可以带来多少瓶子。没人去他们家,蕾哈娜晚上也绝少出门。这一切让人们得知,其实蕾哈娜自己也喝酒,但没人知道那间公寓里还有什么事情在发生,她是否真的是一个高级妓女。哈桑纳利两口子带着阿斯玛去蒙巴萨的时候,都是住在亲戚家的,只会在白天去见蕾哈娜。水利工程师只会在他们离开之后回家,所以他们一次也没有见过他。

他们这样住了很多年,十四年,直到1914年战争开始。战争让水利工程师很愤怒。一天晚上,当蕾哈娜正在缝裙边之类的普通玩意儿时,安德鲁·米尔斯醉得两眼发直,轰然倒在了自己的房间里。她听见了他倒地的声音,等她来到他的房间时,发现他已经死了。不过,他在遗嘱里给她留了钱,所以她还可以继续住在他们的公寓里,做她的生意。

小意大利人今天走了。他看起来呆呆的,最后有点想哭。这让妈和法丽达哭了起来,爸也皱着脸,忍着眼泪。我只能努力不让自己笑出来。他又不是走了就不回来了。这是他想做的事情,我想告诉他们。是他多年以来的梦想。有时他会从熟睡中醒来,开始说英文。这意味着什么?他在用英文做梦。他一定会去那个地方,做出一番成绩来。我相信他会的。他已经准备好了。他会继续保持自己的过度自信和狂热,当经受考验的时刻到来,他一定会披荆斩棘,所向披靡。

看着他走是一种解脱。他不在的日子会轻松一些,房间里也会有更多的空间。我需要更多的空间。听起来不太厚道,虽然这不是我的本意。我只是觉得如今自己更加需要一个人待着。我们的生活都会少一些内容,因为他不在了,但他很快就会回来的。上个礼拜,他一直都在和朋友们道别,去他们家里看他们。一次一个,每一个都是一场戏。他们彼此开着玩笑,相约来年夏天在开罗或布达佩斯见面。最后一晚有一场长长的辩论,关于他上飞机时到底应该穿西装还是休闲一点的衣服。爸认为他应该穿干净的衬衣和裤子,最好是浅色,因为浅色看起来总是比较优雅。虽然他没有说,或者可能没有意识到自己其实等于在说,他觉得他那样穿最好看。妈倾向于西装。理由是他不知道谁会去接机。哦,可能是英国女王吧,爸说,带着一反常态的嘲讽,但妈没有理会他。总之,你不会想让别人觉得你连一套西装都没有,她说。那边的英国人都穿西装,虽然他们来这里的时候都穿着肥肥的短裤,而且这套西装多漂亮啊。法丽达点了点头,我耸了耸肩,这种事情就留着让老头老太太争论吧。他最后穿了西装。

如果我是他,会很害怕的。我觉得他也会。无论是他还是我,之前都从未出过远门。我会嫉妒他吗?会,因为这会是一种解脱,可以远离每天面对的那些事情。可能是因为她我才会这么觉得,尽管我并不想远离她。我不觉得自己有很深的嫉妒感。可能有一点遗憾,就像自己没有被邀请去野餐。我并不期待会带来挑战和刺激的生活,而且我也不觉得不满足。我可能会想多去钓钓鱼,学着把桨叉架船开得更好一点。我也想了解一下植物和树木，它们的名字和季节，以及用途。每当我听到不同的树木的名字，看到人们闻着这些树，确定自己的判断对不对时，就会觉得很兴奋。我也想知道它们闻起来是什么味道。我会想去乡下教书，去更多地了解那种生活。我喜欢慢慢地读书。我让他给我寄一些自己读到的好书。也许他会的，如果不会，也会在回家的时候带给我。

我害怕他想要的那些东西。这不是去看看就回来那么简单。你看见的东西会改变你。我害怕等他回来的时候，他会变得像去过那里的人一样，一举一动都显得那么不容置疑。会有人向他提问，而他会带着容忍的微笑倾听，再慢慢地开口回答，不想让对方错过他说的每一个字。他会努力让回答简单一些，以免说得太复杂，对方听不明白，但他会希望对方带着敬意聆听。他会觉得自己做了什么了不起的事情。

他走的时候，跌跌撞撞地上了飞机。我们对他挥手，但他太专注于当时的情况，没有回头看我们。他在舱门口略一迟疑，便一头扎进了黑暗里。片刻之后，他又回到了舱门口，用目光搜寻着我们，挥着手。然后飞机就起飞了，妈放声哭了起来，说那个白痴肯定会迷路的。爸说，你总不会在飞机上迷路吧？他会的，她说，要么就是会让什么人把他的英镑偷走。我们坐出租车回家的一路上，她都在用这个风格絮叨着，不过后来倒是不流眼泪了。等我们到家的时候，她静了下来，他也一样。他们两人眼中都有微笑的光芒，我觉得，他们是在为我们的小意大利人骄傲，而且很有可能已经在盘算着迎接他回来了。

我想到了那个水利工程师，当我看见她坐在部长车里的时候。他就是那个政客，之前流言的主角。他已经娶了一个老婆了，也有孩子，但他似乎并不介意让大家知道自己正在追求别的女人。她会成为他的高级妓女吗？每个人都那么想。三周之后我们就独立了，那时部长的权力就足够大了，更不会把流言当一回事。也许有权有势的男人都需要高级妓女。

这几个月里，我每天都看得到她。我每晚都想象自己和她在一起。我们和以前一样，在幽光里轻声交谈，然后做爱。我们讨论要采取什么措施，才能避免被发现。我再也没有去过那个公寓，也没有再试图见她。她也没有来过我们家。都是法丽达代替我跟她说话。她托法丽达带话过来，问我们能不能见一面，说说发生了什么。我说我不能。我向他们保证过再也不见她。我也没脸见她。我知道她会多么对我不齿，觉得我也认为她是个肮脏的女人。她应该生我的气，而我应受的惩罚远不止这个。

我有两次瞥见了她的身影，两次都让我心里一跳，但我不等看清就移开了目光。我每天都会看到她。我们会私下里相会，在晚上，在紧闭的门后。我的名字是姆西里·阿明——可以托付秘密的人。

我今天在部长的车上看见了她，这一次，我没有移开目光。我从自行车上下来，看着他们。他还不是正式的部长，所以车上还没有旗子，但很快，三周之后，就会有。我骑到法院后面的海边，在草坪上坐了好几个小时，想着我已经知道的那些事情。园丁或法院的警察都没有出现。周围是如此

281

安宁与寂静,我甚至可以听到自己的呼吸声。就连海水也只是轻轻地爬上了岸边。这让我想到,我们的统治者已经悄悄溜走了,而我们对顺从是那么地习以为常,哪怕没有人盯着,还是会继续乖乖当奴才。

今天我在那里静坐良久,再次确认自己犯了一个可怕的错误。我之前别无选择。其实我应该去见她,佯装无事地继续过着我的秘密生活。人们的流言蜚语会把我们变得鬼鬼祟祟、荒唐可笑。我们的人生会变得难以忍受,但也许我们并不需要觉得自己像人们描述的那么肮脏。看到她坐在部长的车里,我的心像针扎一样疼。

我一进家门,就看见妈坐在窗边。她坐在那里的样子看起来很可怜,但我让她换个地方坐,她又不听。她说她需要光线。她刚把小意大利人的一封信又读了一遍。他写了很多信回来,但里面有三四封她特别喜欢,就收在了自己做针线活的篮子里。法丽达可能出去了,或是在她自己的房间。就是在我进门时,她抬起头来的一瞬间,我发觉她看起来特别可怜。她打量着我的脸,但我知道在那种光线里,她是看不清的。她想从我的脸上看出我是不是去见她了。尽管距离我抛弃她已经过去了好几个月,她还是会在我每次回家时这么做。我定了定神,过去坐在她旁边的沙发上,让她把我看个清楚,好觉得安心。她的视力在慢慢消失,随之而来的恐惧笼罩着她的生命。有时我会突然发觉她原来一直坐在旁边,默默地流着眼泪。

我今天给拉希德写信了。我之所以想给他写信,是因为明天是一个特殊的日子——独立日。我觉得我应该给他写封信，不知道为什么。所以我认真地给他写了一封信，用的是成年人之间通信的口吻，可能会显得我严肃而睿智。我不想让他错过这个日子，也想给他提供一个记住它的方法，即使他不在这里。而他可能会给我回一封装腔作势的信，口气特别郑重，一副深思熟虑的样子，来模仿我的口气笑话我。要是他在这里会很好玩的，所以我想我有时还是会想他，尽管我绝不会告诉他。他的朋友们总是会问他好不好。他肯定也很怀念这一切。他们以前总是厮混在一起。

他要是在这里，应该会写一首关于独立的诗。甚至会组织一个诗歌比赛，让你任选一种语言写一首关于独立的诗，看谁写得最好。他还会煽动朋友们和邻居们，让他们都来投稿。他会收集眼下所有时髦的小玩意儿，把庆祝活动的纪念品都弄回家：印着新国旗的徽章、录着新国歌的磁带、挂在门头上的串旗，可能还包括一面插在旗杆上的大旗子，只要爸允许。新国旗和之前的没有多少不同，还是那面赛义德王朝统治期间的红旗，只不过中间多了个绿色的圆圈，里面有两朵丁香花。不过倒也不算太坏。总比蹲在小树枝上的鹦鹉强，也好过印在蓝色背景上的梭鱼，再配上代表海浪的黑色波浪线。这都是些多么脆弱的象征啊，对于一个国家来说。今晚广播里放了新国歌，先让我们体验一下，有个心理准备，免得明天放的时候大家面面相觑。不过我没听出什么门道来。但我们会习惯的，就像我们习惯新国旗一样。

转眼间一切都变了。我们没有足够的时间去适应任何东西。我们必须找到一种新的方式来谈论此刻的生活。他们不喜欢听到人们说起某些特定的事情，或唱起某些特定的歌。我们绝不能提起苏丹或旧政府的名字。独立才一个月，一切又都地覆天翻。新国旗已经不复存在。持有新国旗成了违法行为，哪怕是出于好奇也不行。我已经开始忘记它的样子了，记不清那两朵丁香花的颜色到底是棕还是金。新国歌也已经被遗忘了。我不觉得有任何人能哼出任何一句。就算能，也一定会被毒打，甚至更糟。已经有人被杀害了。我不能写这些东西。它们给我们带来的恐惧已经太深了，而且何必非要自讨苦吃，记下这些我们不应该知道的事情呢？

她被袭击了。就在政变的当晚。那些人在找部长，但部长不在家，他们就去了她公寓里找他。她为他们开了门。换了谁都会这么做的。当枪柄和靴子砸在门上，没人知道怎么拒绝开门，也想不到别的办法。他们随后便袭击了她。几天后我在街上听到了这个消息，立刻赶去了她的公寓，一路上还要尽量显得不太焦急。当时是早上，但却正在实施宵禁，禁止在街上集会。到处都有持枪分子，有些墙上布满了枪眼。还有几座房子被烧毁了。我来到她的公寓之后，敲门敲了好几分钟，门都没有开。我自报了家门，也无人应答。我感到上面有什么动静，抬头一看，发现楼上的窗口有个人影。我退后几步，站到街上，想看看那是谁，但那人却缩到屋里去了。我想应该是她的一个哥哥。我在街上站了一两分钟，抬头看着，等着，但窗口再也没有出现过人影。我不敢喊，不知道这座房子是不是也已经遭遇了袭击。屋里可能都是受伤的女人，他们并不想让一个陌生人对如此耻辱的伤害

…… 284

表示问候。

他们袭击她可能是因为部长。也有可能是因为她漂亮，而且被人用如此下流的方式谈论。一天，我听说她走了。全家都走了，那座巨大的老宅子人去楼空，大门紧锁。成百上千的人在离开，成千上万的人被驱赶，还有些则被禁止离开。他们想让我们忘记之前这里的一切，除了那些会让他们如此愤怒和残忍的事情。而我一时忘情写下的这些文字，如果被发现，也会给我带来灾难。我不知道她是怎么离开的，也不知道她去了哪里。有时我想，不知那些离开的人知不知道自己在做什么。因为他们可能再也回不来了。

我不知道自己为什么要写这些。我想可能是因为我现在很闲，而且我觉得自己也已经是有一些重大经历的人了。我开始用写作为自己再现这些痛苦。我想有时我依然会觉得，还是有办法回到她身边的。如果我显得足够可怜，一定会有人同情我，他们会说：回到她身边去吧，你应该和她在一起，你已经受尽了折磨。自从几周前我看见她在部长的车里……可怜的部长，他也和其他所有部长一样，被抓了起来，饱受羞辱。他们现在都被关在大陆的监狱里，被坦噶尼喀总统朱利叶斯·尼雷尔好好招待了一番，而总统本人正兴高采烈地看着降临在我们头上的一切。从几周前我看到她开始，这种写作就成了一种负担。而在如今这么多的杀害和驱逐之后，它也成了一种危险。今天我开始想，我已经找到了一个理由，可以继续写这些七零八落的事情。她走了，拉希德也走了，那么多人都走了。我们剩下的这些人也几乎害怕得活不下去。写写这些东西，就等于在告诉自己，我还活着。也是在告诉我，不要忘记。

天已经晚了。爸在隔壁坐立不安，很快就会敲我的门，让我关灯。天一晚，他就不敢开灯。他觉得这会招来持枪分子，让我们有密谋者的嫌疑，给他们提供恐吓我们的好机会。法丽达不能像以前那样在深夜做针线活了，我也不能再读书读到凌晨。爸晚上九点就会关上窗户，紧锁房门。街上空空荡荡。晚上没人出门。

九个月之前，我暗自发誓要在这里写作，让我知道我还活着。可如今我只字未写，却依然在苟活。真是傻透了。我现在已经拿到了教师资格，被分配到了一所乡村学校任教。爸失业了。许多老师失去了他们的工作，被我这样的人或待业的中学毕业生顶替了。真是太卑鄙了。他被击垮了。我们小时候，拉希德还在这里的时候，我曾经觉得没有任何坏事会发生在我们身上。爸妈是那么勤勤恳恳、本本分分，是那么好的两个人。怎么会有坏事发生？但之后我失去了她，拉希德也走了，一切都变了。如今爸妈是如此意志消沉，畏手畏脚。她不想让我接受那份被分配到乡村学校的工作。我告诉她，现在去乡下比较安全，除非士兵们想把那里也变成不安全的地方，但其实哪里都有这个可能。她对我叫了起来，骂我天真、愚蠢。我向她承诺会努力调岗，但我不会的。我喜欢在乡下教书，也很擅长违背自己的承诺。我会想知道树木的名字，学会从气味辨别它们。

爸对此倒是没说什么。他现在背驼得更明显了，眉头永远紧锁，有时竟然还会口吃。他还是遵守着去咖啡馆的老规矩，但之前和他一起坐着的那些人大多都走了，或是进了监狱。多数日子里，他都坐在家里读书，然后去清真寺。当法丽达告诉他们，自己在蒙巴萨有个叫阿巴斯的爱人，而她是多么想去和他团聚时，他哭了。没有哀嚎，也没有抽泣，只是静静地让泪水在脸上流淌。可怜的爸，尽管没有任何理由让任何人知道他的存在，但从某种意义上来说，是他让我相信了美德，相信这种东西可能存在。

我们所有人都越来越依赖清真寺。政府一发布它的谎言，我们就迫不及待地冲向清真寺。无论从哪个方面来说，日子都变得越来越难过。食物越发短缺。还会停水停电。因此清真寺将不可避免地变得越来越热闹，祈祷的时间也越来越长。而我也从这种宗教活动中找到了意想不到的乐趣。

很快，我们就知道了自己的期待的极限在哪里，而不知为何，恐惧也跟着消减了一些。我们会坐在自己家中或街上自己习惯的角落里，说起最新的传言和局势的动荡。我们已经不再苛求了，许多人都是这样。反而会说日子一天比一天好。那些曾经说过自己绝对不会和如今邪恶的统治者有任何瓜葛的人，都已经学会了屈服。但也没人嘲笑他们。有工作的人就工作。也会结婚、生子。老冤家之间有什么恶意也不再藏着掖着。年轻人长大以后，能离开的都离开了。

街道是如此寂寥。那么多人都锁上房门离开了：去了达累斯萨拉姆、蒙巴萨、内罗毕、迪拜、印度。钥匙可能还藏在一个安全的地方，等着他们回来。不过他们的房子并没有空关很久，政府把它们占领了，分配给了自己的成员。但被占据的房子显得凄凉、幽怨，也无人关爱。许多都因为无人照料而倒塌在了街上。上个雨季中的一天，我们邻居的房子也终于倒了下来。先塌的是楼上的墙，所以大家还有时间跑出来。随后整幢房子都塌了，变成了一堆老化的砂浆和石头，还有朽烂的房梁，鸡也四处逃窜。没人受伤，还有些人笑着庆祝这破房子终于倒了，尽管我们的邻居看起来心情不是太好。但这的确给人一种焕然一新的感觉，有一个庞大的东西从我们眼前消失了。现在再往窗外看去，会觉得整个世界都不同了。

今天我们接到了拉希德的消息。经过了这么多年的苦读之后，他终于圆满结束了学业。真是太不可思议了，就和他依然和我们有关系一样不可思议。爸一直等我下班回到家中，才把这封信从衬衫口袋里抽出来。最近他都是自己去邮局，每天都去，因为他实在太闲了。不过通常没什么东西可拿。所以我一进家门，不等他往外拿，就瞅见了他口袋里的那个航空信封。他把信递给我，让我读给妈听，因为妈由于眼睛的缘故，已经没办法自己读信了。信是拆开的，说明爸自己先读过了。法丽达在里屋，爸也把她叫了出来。我为全家人朗读了拉希德的这封信。刚读了开头几行，他的眼泪就下来了。那时我刚读到重点部分，幸好拉希德把它写在了前面，因为我发现母亲的脸上已经出现了警惕的表情，不知这封信到底要宣布什么。当我读到他结束了学业时，她轻声感谢了真主，而他也从静静泪流变成哭出了声。她喊了爸一声，努力想看清独自坐在沙发上的他，但他只说了一句

"读",命令我继续。我接着读了下去,读到他说自己有多么感激,感激他们把他培养成一个刻苦学习、勇于争先的孩子。他为离家万里而伤感,也为能在英国一所大学找到教职而感到幸运。在他的描述下我们知道,他会住在一条安静的街道上,那里有他的房子,还有一个他会自己打理的花园。信读完了,我们每个人都流下了眼泪。我不确定这眼泪到底是为什么而流:可能是为他没有遭遇挫折而欣慰,也可能是为他不在我们身边而难过,或是为我们自己无法与他分享的悲哀而哭泣,哀叹事情竟然会变成今天这个样子。

那时我感觉到……不,那时我就知道,我们已经失去他了。我不是第一次有这种想法,但关于小镇边上那条安静街道的描述让我确定,我们再也不会见到他了。就连我自己也对那条街道充满了向往。他有一次随信给我寄来了一张图片,是他从一本日历上剪下来的,上面有一个小湖,还有碧山绵延的乡间景色。他说那就是他和一个朋友去度假的地方,风景很美。这里有什么东西能让他回来?回来干什么?

爸从我手里把信拿走,出去向全世界宣布这个消息了。我陪妈和法丽达坐着,回想着小意大利人的点滴,思念着他。接着我便开始回信,直到今早才完成。这种感觉,就像一个时代的终结。法丽达不日便将离开,去和阿巴斯团聚。很快,家中的孩子,只会剩下我一个人。

有时一切都显得那么近,多年来的事情仿佛都发生在昨天,所有东西挤在一起,似乎下一秒就会爆炸。我每一天都想着她。再也没有人提到过她,我也不敢打听她的下落。我问过法丽达一次，她看起来很痛苦，很烦我的样子。我其实只是想问问她知不知道她的通信地址，但我终究还是没有问出口，而且我应该也没有胆量给她写信。于是我没有再问，法丽达也从不提起。我想她痛苦的表情是在告诉我，忘记她。但我无法忘记。我会想象自己和她在一起。有时一想就是好几个小时。我们共度过的时光又再度浮现在我的心中，而让我惊讶的是，这些记忆在多年后依然如此丰满而鲜活。今天，我们躺在床上，她谈起了那个开斋节的晚上我们初次相会的情景，那是我第一次在黑暗中抱住她，叫她亲爱的。她喜欢说起这个故事，笑我有多么心急。我一边听她说话，一边爱抚着她，用双手体会着她大腿的结实和臀部的曲线。突然，楼上传来一声巨响，那是一扇门被狠狠关上。她不再说话了。我想看看她是不是被吓着了，是不是害怕，但她已经走了，只留下我一个人躺在黑暗中。那声关门的巨响还回荡在我的身体里，仿佛刚刚发生。

我还记得第一次去见她后走路回家的情景，还有那种对未来的恐惧。那种恐惧从未离开过我，但却会被我和她相聚时的快乐冲淡，甚至不见面的时候，我也还是那么快乐。有时我见完她，走在回家的路上，每走一步都会忍不住嘴角上扬。我会在脑中回放着我们说过的所有甜言蜜语、海誓山盟，觉得难以置信。如今我依然听得到那些话语与承诺，但却不会再觉得难以置信，只会满心羞愧，有时还带着一种奇怪而无法抗拒的恶心。我捂上耳朵、缩起身子，但我还是听得到它们。我无法想象，当她听到我做过的事情，会对我怎么看、怎么想，心里会是什么感觉。我无法想象她被那些男人袭击时的感受。

我不能抛下他们。我不能不听他们的话。看看他们现在的样子吧。她已经瞎了,胆子变得很小,一天到晚都坐在家里。有时我会忘记她在屋里,因为她是那么安静。她喜欢看相册。我们唯一的一本。她会抚摸着那些相片,描述着它们,我在一旁替她翻着页。那是法丽达和表亲们在蒙巴萨提维附近的海滩上,我们去里科尼坐渡船那天。这是拉希德在学校参加话剧表演,戴着大大的假胡子,扮演巴尔马克家族的一位大臣。她只愿意谈起小时候的拉希德。当他写信告诉我们,他和格蕾丝结婚了,她只问了一句那是不是个英国女人,随后便再一次陷入了沉默。几天之后,她让我帮她写一封航空信。记下来,她说,我说什么你写什么。接着,她便口授起难听的话和威胁,而我则装作都记了下来。瞎子说,一只眼的听。那封信我没有寄出去,虽然我骗她说寄了。他们从不提起她,格蕾丝。我不知道他们为什么这么惊讶、这么恼火。他们想让他怎么样?孤独终生吗?为什么就连最好的人也会如此刻薄?

她抚摸着自己已经看不见的那些照片,笑了起来,仿佛振作了一些。她是不会对着这些照片难过的。但多数时候她都在难过,而且没有人跟她说话的时候,她就那么静静地坐着。她让我只管自己工作、改作业、读书,不要去管她。我提醒自己要跟她说我在做什么,用平静的语气,就像一般聊天那样。有时这会让她笑起来,因为我的意图太明显,然后她就会让我别唠叨了,说我吵得她心烦。家里有一种致命的沉默,我们坐在那里,仿佛被它麻痹了。

爸在家通常会开着收音机，而她就会和播音员辩论，质疑他们的报道，揭穿他们的谎言。在盲人的国度里，谁还需要眼睛？她告诉播音员们。

爸早上会去散长长的步，走到水边，在渔船中穿行。然后，他会沿着小巷来到市场，买些果蔬，再去趟邮局，就回家了。到家后，他会把蔬菜做好，水果切好，留出我那一份，等我从乡下学校回家吃。哈莉玛姨妈会给我们送一篮食物当午餐，因为妈试图烧炭做饭时被烫伤了很多次。法丽达寄来了一个电炉，但这里经常停电，而且即使是电炉，妈用起来也不再安全。她已经放弃了，我想，被已经发生的事情和孤独压垮了。

他现在身上会发抖。午饭后从不出门。有时他会坐在外面读书，如果清真寺有为去世邻居诵经的活动，他会去参加一下。除此之外，他都坐在家中，只要听到有人大声说话，或是广播里政府部长们令人厌恶的聒噪声，他就会发抖。他不许我晚上出门，并不是他担心我这个孩子，或是他觉得我会做什么邪恶的事情。我不这么认为。而是他害怕我会出什么事，这样家里就只剩下他们两个人了。想到他们已经是快入土的人了，我会感到高兴。这并不是说我讨厌或埋怨他们，而是因为这会让所有的孤单和空虚走向终点。我觉得他们想到自己将不久于人世，应该也会高兴的。反正我想到自己会死，还是挺高兴的。

我已经成了死亡仪式上的一个小配角。起因是我经常去清真寺。我发现这些宗教活动出人意料地抚慰人心，尽管我也没办法一直相信自己说的那些东西。我开始对各种祷文和仪式熟悉起来，不知不觉就记在了心里。过了一阵子，人们开始向我提问，好像我是学者一般，或是请我背诵一段祷文，好满足他们对于我虔诚的想象。现在这都成了我的义务了。如果街坊邻里有人去世，他们就会让我帮着一起张罗。那么多人都离开了，如今只剩下老人和孩子还在这里，他们会觉得，邻居的声音可以抚慰死者的灵魂。这种感觉并不像是在办丧事。

我几乎不会说什么关于死者的话，只是走一遍流程，糊弄一下。我会为他们的来世祈祷。其实这也是在糊弄人。人明明没有来生，但如果这会让你好受一些，我是指无声无息躺在那里的那一位，那么我愿意为你祈祷，希望你来生得到怜悯。活着的人会觉得这一切很有意义，因为他们可以借此想象逝者去了哪里，祈祷他们获得安息。

今天下雨了。瓢泼大雨从黎明下到午后。雨水让上了年纪的人也站了起来，笑着、叫着。妈靠着爸，晃着他的胳膊，带着久违的顽皮。孩子们也出来了，在满地的雨水和溢出的屋顶排水沟积水中跑着、跳着，用匆忙做成的火柴盒、椰子壳小船比赛。

拉希德来了一封信。一开始我没有急着去读。他偶尔会写些东拉西扯的短信过来，也总是会替格蕾丝向爸妈问好。我会转达，但没有什么效果，不过我也会在回信的时候替他们给她送上问候。我能感觉到他写这些信时的疲惫，而且怀疑自己回信时也越来越显得力不从心。今晚我读了他的信，信上说格蕾丝离开了他。这是一件很痛苦的事情，我心疼他，也替他难过。他一直是我心里那个话又多、又喜欢逗能的小弟弟，没想到如今却在异乡形单影只，这让我的心里隐隐作痛。我给他写了一封回信，应该明天会写完，但我发现自己在想象他的感受时也想到了贾米拉，所以就把这一点也写进了信里。这些年我从未在信中写到或提及过她的名字。因此我想等明天天大亮之后再读一读这封回信，感觉一下到底怎么样。

　　我觉得我应该不会把格蕾丝的事告诉他们，尤其是妈。她病得很重，呼吸困难。医院的护士告诉我们，她的肺出了问题，他们也无能为力。目前没有医生可以为她做检查，最近一段时间都不行，具体原因我们也无从知晓。但不知道她得了什么病，药剂师就不肯卖药给我。所以现在她只能带着喘不上气的状态躺在自己床上，整夜无眠，而他也只能躺在她身边，辗转反侧。我写这一段的时候，依然听得到他们的动静。

　　向拉希德提起贾米拉是一种解脱。我不知道我写陈芝麻烂谷子有什么用，但在信中对他提起她，会让他明白人可以傻到什么程度，我可以傻到什么程度。也许我也应该把自己正在写的这些东西寄给他。我不知道自己还有多少时间可以写信或是工作，也不知道之后会发生什么，我们几个要怎么生活。我的一只眼睛几乎已经看不见了。

　　我开始觉得，黑暗和沉默就像是一种福佑。即使统治者禁止我们播放音乐，也不许我们收看电视和收听广播，我也不会觉得有多么可惜。禁止音乐听起来很糟糕，就像最严厉的瓦哈比派，仿佛活力与快乐都被禁止了，不过在那之后，至少我还可以拥有沉默。

　　悲伤也有它的好处。妈四天前走了，结束了她的痛苦。爸似乎从她的离去中找到了某种活力，开始整理他们的东西，说起她和他们在一起的生活。法丽达回来服丧，带回一本她自己写的书。我终于可以读到她的诗了。她昨晚给他读了一首，他听完之后表扬了她，却并没有像我预料的一样哭出来。那首诗是关于妈的，背景是我们小时候。他边听边露出了微笑，连连称是，说她以前就是那个样子。他想让法丽达帮他一起整理妈的东西。我想，他只是想让她多陪陪自己。我不知道他还能撑多久。这种精力充沛的状态对他来说其实很异样。想到他走之前应该见不到拉希德了，我很伤心。想到我眼瞎之前也不能再看小意大利人一眼，听不到他在我身边呼吸，或是叽叽呱呱地说话，我也很伤心。

　　收音机坏了，我们听不到新闻了。大多数时间都停水，因为抽水站也有个什么东西坏了。我们不再知道如何让一切运转。我们不知道如何为自己制造东西，任何我们需要或渴望的东西，哪怕是一块肥皂或一包剃须刀片。我们怎么会让自己沦落到这种境地？

后　续

在读到阿明的笔记之前不久，我去卡迪夫参加了一个会议。组织者是我读研时的同学，那段时间我们又恢复了联系。读研的时候，我们是在同一时间写论文的，也会去参加同样的研讨会，每周一起打两次壁球。从这些方面来说，我们曾经是朋友。但找到工作之后，我们就各奔东西，从此再无联系。我从未听任何人提起过他的名字，也没有读到过任何他写的东西。我敢肯定，他对我也有同样的感觉。我有时会想起他，也许是因为某个名字让我联想到了他，或是因为其他类似的偶发事件。有一天，他给我写了一封邮件，说是从大学网站上找到了我的地址。那里列着我们所有人的名字和地址，仿佛是为了满足某种荒谬的虚荣。他说自己之所以写这封信，是因为他回忆起了多年前我们在讨论《奥赛罗》时的一番谈话。当时他对我的观点佩服之至，还试图劝说我写一点关于那部戏剧的东西。他在信中还表示，希望我后来真的那么做了。总之，他正在组织一个会议，探讨英文写作中对于跨种族性行为描写的处理，他想知道我有没有兴趣贡献一篇论文。能见见面、叙叙旧总是件好事，他说。我也这么想，便答应去参加会议。

我带去的并不是一篇关于《奥赛罗》的论文，因为我从来没有写过，枉负了他的奉承和建议。我带去的是一篇关于肯尼亚殖民文学中种族与性行为描写的文章。我对小说和部分回忆录做了一些低调的评论，指出在这些作品中，性经历的描写要么是缺失的，要么就被升华了，用来表现庇护者的痛苦，或体现为一种过度悲剧性的传闻。在我做报告的讨论阶段，我提到了蕾哈娜的故事，把我知道的部分讲了讲，作为一个例子，说明这种故事在这类写作中的缺失。我提到了故事发生的小镇，故事大约发生在什么时期，以及这件事为她的外孙女贾米拉带来的意想不到的影响。当时我还不知道皮尔斯的名字。其实这算不上是一篇论文，既没有对现有观点提出挑战，也显示不出什么野心，更像是对于我自己在这类写作中感兴趣的问题的一个简述。

我这场讨论只有六个人参加，其他多数人都去参加同一时间举行的另一场讨论了，是关于威廉·福克纳的。其实我也更想去参加那场讨论，无奈我还有自己的文章要讲。做完报告之后，一位参会者过来和我说话。她告诉我，她觉得这篇文章很有意思（那种情景下必需的客套），不知能不能和我聊聊关于蕾哈娜和她英国情人的故事。我等着听她接着往下说，但打不起精神攀谈。她是个很有魅力的女人，年纪大约有三十八九，比我小几岁。我等在那里，是因为我想知道我们该如何继续。我觉得很累，也很害怕邂逅。格蕾丝走后，我从未试图再与任何人发展关系，日子过得痛苦又孤单，但倒也平静，容易应付。我通常在这方面感觉也没有那么良好，不会把每一场邂逅都看作一次潜在的引诱，反而觉得更有可能恰恰相反。但有时情况比较复杂，不能简单地归为引诱、误解、伤害或尴尬。所以我等在那里。

她告诉我,她的爷爷曾经在肯尼亚海边的一个小镇当过一阵子理民官,时间在上世纪末本世纪初,而且就是我提到的那个小镇,蕾哈娜的故事发生的地方。他把自己在殖民地的工作写成了一部回忆录,篇幅不长,而且也没有写完,但他在这段短暂的回忆中提到了一个非洲当地女人和一个英国旅行者的恋情,虽然他没有指名道姓。她在想,这会不会就是我说起的那个故事。她的爷爷之所以会提到这段恋情,是因为那个英国旅行者和他的非洲当地恋人公开同居了一段时间,这在当时是很罕见的。他还想说这种恋情是没有好下场的,就像我文章中论述的那样。最后英国情人回家了,而非洲当地女人和另一个男人在一起了。

我就是这么遇见芭芭拉·特纳的。

我们共度了一个傍晚,她和我说了很多事情,远远超过我的预期。她的爷爷是弗雷德里克·特纳,于1903年休假时回到了英国,之后再也没有回到殖民地工作。他的妻子痛恨帝国,而他又太思念她,无法继续担任那项工作。于是他成为了诺丁汉大学的一名文学教师,因为他的太太克丽丝特贝尔在那里有崇拜者和影响力。他太太后来还自己出版了诗集。就是在那段时期,弗雷德里克·特纳开始写回忆录,并在每一节的空白处标注了日期。最后一节写于1905年六月。他们的大儿子约翰就出生在1905年六月,而他也就是芭芭拉的父亲。可能这也是弗雷德里克放弃写回忆录的原因,因为生活被一个完美后代的到来所填满。我不知道这部回忆录写得有多认真,是否只是为了填补生活的空虚,还是说只是为了满足一下突如其来的怀旧之情,缅怀一下过去的日子，只不过这种情绪很快就被小约翰的到来而冲淡了。那时他可能已经恢复了与马丁·皮尔斯的联系，因为后者就住在附近的纽瓦克。这可能也是他没有继续写下去的原因之一。他不想得罪朋友。事实上，马丁和弗雷德里克的友谊十分牢固，尽管马丁后来搬去伦敦，担任大英博物馆研究员一职，两家还是会互相走动，一直保持着联系。

这些倒还都不算太意外。我现在知道了蕾哈娜英国情人的名字，也知道了关照他的殖民地官员的名字。马丁·皮尔斯成了东方学家并不令人惊奇，但我着实没有想到，弗雷德里克·特纳竟然当上了文学老师。不过他也不会比这一行里其他许多人干得更差。马丁和弗雷德里克都侥幸逃过了战争。马丁以文物专家的身份被派往美索不达米亚，弗雷德里克则平安留在家中。不过我的确没有料到，皮尔斯的女儿伊丽莎白竟然是芭芭拉的母亲。她在我们第一次见面时简单介绍了这些关系，后来又跟我说了更多。此处我只引用一点：芭芭拉的母亲伊丽莎白是马丁·皮尔斯的独生女（尽管我们知道她并不是），后来嫁给了弗雷德里克·特纳的大儿子约翰。是伊丽莎白自己把与非洲当地女人公开同居的英国男人的身份告诉芭芭拉的。在弗雷德里克去世（1940年）之后，伊丽莎白读了他的回忆录，问婆婆克里斯蒂·特纳知不知道那个英国情人是谁。你爸，她说。彼时马丁·皮尔斯也已经作古（1939年），保密不再有任何意义。他们这一辈人都离死不远了。

我解释了自己为什么会对这个故事感兴趣，跟芭芭拉说了贾米拉和阿明的事情，但起初她似乎很难接受她外公和非洲当地情人有个孩子的事实。

她的名字叫蕾哈娜，我告诉她。蕾哈娜·扎卡利亚，不是什么"非洲当地情人"。她为女儿取名阿斯玛，"无罪之人"。而阿斯玛则为自己的女儿取名贾米拉，是"美丽"的意思。

贾米拉是我的表姐，芭芭拉说。她还有两个哥哥，我告诉她。我还有两个表哥，她说。

几天后，芭芭拉的母亲伊丽莎白给我写了一封短信，邀请我去和她共进午餐。我想跟她要那本回忆录看，所以她请我过去和她见面。芭芭拉并没有受邀。她不想让我对她的父亲产生不好的想法，她说。老人已经年近八旬，却依然健康，反应敏捷，甚至有些微微发福，毫无半点虚弱或憔悴。她亲自下厨，为我们做了一顿简单而用心的午饭，菜色有玉米浓汤、烤三文鱼佐菠菜和香料苹果挞。芭芭拉已经向她汇报了从我这里听来的故事。她想让我再说说贾米拉和她母亲的事情。我把自己知道的都告诉了她。她之前并不知道他们有孩子。就连弗雷德里克也无从得知，但她父亲应该知道。至少他肯定知道，在他离开她回家的时候，她已经怀孕了。她问我知不知道她父亲是否给蕾哈娜和这个孩子写过信，或是去看过他们。我说我不知道。我有个姐姐，伊丽莎白说。她的丈夫约翰知道了这个消息会很高兴。他两年前去世了，她说，然后略一停顿，又补充道：我依然无法相信，他已经走了。她问她的姐姐是否还活着，我知不知道她的名字。我说她的名字是阿斯玛，但我不知道她是否还在人世。她让我把这个名字给她写下来，还问有没有办法联系到贾米拉，或是她的母亲，如果她还在世的话。我说我去问问。

在那之后不久，我便收到了阿明的笔记。读完之后，我意识到，尽管我真心实意地想要了解一切，但其实我根本无从想象他们生活的痛苦。我明白自己该做什么了。是时候回家了，我要回去看他们，让我的恐惧得到平息，乞求他们原谅我的疏忽。这会为他们带去快乐，也会为我自己带来喜悦，还会让沉睡已久的神经与纤维重焕生机。芭芭拉问她能不能和我一起去。干吗？我问她，觉得很惊讶。你去那边会觉得不方便的，风俗习惯不同，也不舒服。我话虽这么说，但内心还是希望她坚持。我想听她说，无论我说什么她都要去，因为她想和我在一起，其他都不重要。我想听她说，如果我离开这么久她会想我，就像我知道我会想她一样。她现在可能已经对我足够了解，知道我实际上是多么怯懦的生物，我想让她去，但又不愿明说。

"也许我们可以找到贾米拉。"她说。我不知道，我说。一切都已失散，飘零到世界上最远的角落。谁也找不到谁。会有人知道的，她说。她已经读过了我写的东西。我打算就此停笔了，我告诉她，不再写下去，就让它成为另一本只写了一半的回忆录。它已经让我获得了再度尝试的勇气，让我想重新开始。哪怕这只是一种幻觉，但它给了我幸福感，这就足够了。

"我得写信解释一下你要去，免得爸措手不及。而且咱们得分房睡，你知道的。"我对她说。这句话在我们这个年纪体现出来的喜剧意味，让我们都笑了起来。

附　录

2021年诺贝尔文学奖得主
阿卜杜勒拉扎克·古尔纳获奖演说

写　作

写作向来是一种乐趣。当年我还是个小男生的时候，课程表上的所有科目当中，我最期盼的就是上写作课，写一个故事，或是写我们的老师认为能激发我们兴趣的任何东西。这时所有人都会安静下来，伏在课桌上面，努力从记忆中或是想象中提取一些值得讲述的东西来。在这些青涩的作品中，我们并不渴望诉说什么特别的事情，或是回忆某段难忘的经历，或是表达个人坚信的观点，或是一诉心中的愤懑苦情。这些作品也不需要任何别的读者，只是写给催生它们的那位老师一个人看的，作为一种提高我们漫谈技巧的练习。我写作，因为老师让我写作，因为我在这样的练习中找到了如此多的乐趣。

多年以后，等到我自己也成了一名教师，我又重演了这段经历，只是角色颠倒了过来：我会坐在一间安静的教室里面，学生们则在伏案奋笔。这让我想起了D. H. 劳伦斯的一首诗，我现在就想引用其中的几句：

引自《最好的校园时光》

我坐在课堂的岸边,独自一人,
看着身穿夏日短衫的男孩们
在写作,他们的圆脑袋忙碌地低垂着:
然后一个接着一个他们抬起
脸来看向我,
十分安静地沉思着,
视,而不见。

接着那一张张脸便又扭开,带着小小的、喜悦的
创作兴奋从我身上扭开,
找到了想要的,得到了应得的。

  我所描述的以及这首诗所回忆的写作课,并非日后写作将会呈现在我眼前的模样。它不像后者那样被驱动,被指引,被回炉,被不断地重组。在这些青涩的作品中,我的写作是一条直线,可以这么说吧,没有太多犹豫和修改,有的只是纯真。写作之外我还如饥似渴地阅读,同样没有任何方向指引,当时我还不知道这两者之间有着怎样密切的联系。有时候,如果第二天不需要早起上学,我就会读书读到深夜,我的父亲——他自己也算是个失眠症患者了——都不得不来我的房间,命令我熄灯。哪怕你有这胆子,你也不能对他说,既然他也没睡,凭什么你不行呢,因为你不能这样子和父亲说话。再者说,他是在黑暗中失眠的,灯也关了,为

…… 306

的是不打扰母亲，所以熄灯令依然有效。

与我年轻时那种随性的体验相比，日后我所从事的阅读与写作可谓有条不紊，但其中的快乐从来没有消失过，我也很少感到过吃力。不过，渐渐地，快乐的性质发生了改变。直到我移居英格兰以后，我才充分认识到了这一点。正是在那里，饱受思乡之苦与他乡生活之痛，我才开始深思此前我从未考虑过的许多事情。也正是在这一时期，在长期的贫穷与格格不入之中，我开始进行一种截然不同的写作。我渐渐认清了有一些东西是我需要说的，有一个任务是我需要完成的，有一些悔恨和愤懑是我需要挖掘和推敲的。

起初，我思考的是，在不顾一切地逃离家园的过程中，有什么东西是被我丢下的。1960年代中期，我们的生活突然遭遇了一场巨大的混乱，其是非对错早已被伴随着1964年革命巨变的种种暴行所遮蔽了：监禁，处决，驱逐，无休无止，大大小小的侮辱与压迫。在这些事件的漩涡当中，一个少年的头脑是不可能想清楚眼下之事的历史与未来影响的。

直到我移居英格兰后的最初那几年，我才能够深思这些问题，琢磨我们竟能对彼此施加何等丑恶的伤害，回首我们聊以自慰的种种谎言与幻想。我们的历史是偏颇的，对于许多的残酷行径保持沉默。我们的政治是种族化的，直接导致了紧随革命而来的种种迫害：父亲在自己的孩子面前被屠杀，女儿在自己的母亲面前被侵犯。身居英格兰的我，远离所有这些事件，同时却又在精神上深深地为它们所困扰——这样的处境，比起继续同那些依然承受着事件后果的人一起生活，或许反倒使得我更加无力抵抗这种记忆的威力。但我同时还被另一些与这类事件无关的记忆所困扰：父母对子女犯下的残酷行径，人们因为社会与性别教条而被剥夺充分表达的权利，以及种种容忍贫困与依附关系的不平等。这些问题普遍存在于所有人类的生活中，并不为我们所特有，但它们并不会时时挂在你的心头，除非个人境遇迫使你认识到它们的存在。我猜这就是逃亡者所不得不背负的重担之一——他们逃离了创伤，自己找到了安全的生活，远离那些被他们抛在身后的人。最终我开始将一部分这样的反思付诸笔端，不是以一种有序的或是系统的方式，当时还没有，只是为了能够稍稍澄清一点心头的困惑与迷茫，并从中获得慰藉。

不过，假以时日，我渐渐认清了还有一件令人深感不安的事情正在发生。一种新的、简化的历史正在构建中，改变甚至抹除实际发生的事件，将其重组，以适应当下的真理。这种新的、简化的历史不仅是胜利者的一项必不可少的工程（他们总是可以随心所欲地构建一种他们所选择的叙事），它也同样适合某些评论家、学者，甚至是作家——这些人并不真正关注我们，或者只是通过某种与他们的世界观相符的框架观察我们，需要的是他们所熟悉的一种解放与进步的叙事。

如此，拒绝这样一种历史就很有必要了，这种历史不尊重上一个时代的实物见证，不尊重那些建筑、那些成就，还有那些使得生活成为可能的温情。许多年后，我走过我成长的那座小镇的街道，目睹了镇上物、所、人之衰颓，而那些两鬓斑白、牙齿掉光的人依然继续着生活，唯恐失去对于过去的记忆。我有必要努力保存那种记忆，书写那里有过什么，找回人们赖以生活，并借此认知自我的那些时刻与故事。同样必要的还有写下那种种迫害与残酷行径——那些正是我们的统治者试图用自吹自擂从我们的记忆中抹去的。

另一种对于历史的认识同样需要面对——这种认识是我在移居英格兰，接近其源头之后才渐渐看清的，比我在桑给巴尔接受殖民教育的时候看得更清。我们这一辈人，都是殖民主义的孩子，而在这一点上我们的父辈和我们的晚辈则并非如此，至少和我们不一样。我这话的意思并不是说我们对于父辈所珍视的那些东西感到生疏，也不是说我们的晚辈就摆脱了殖民主义的影响。我想说的是，我们是在帝国主义高度自信的那段时间里长大成人并接受的教育，至少在我们所处的世界区域是那样，当时的殖民统治使用委婉的话术伪装自我，而我们也认可了那套说辞。我指的那段时间，是在整个区域的去殖民化运动开始步入正轨并让我们睁眼看到殖民统治所造成的掠夺破坏之前。我们的晚辈有他们的后殖民失望要面对，也有他们自己的自我欺骗来聊以自慰，所以有一件事他们也许并不能看得很清，或是达不到足够的深度，那就是：殖民史彻底改变了我们的生活，我们的腐败和暴政从某种程度上讲也是殖民遗产的一部分。

这些问题中的一些我在来到英国后看得愈发清楚了，不是因为我遇到了什么人能在对话中或是课堂上帮助我澄清，而是因为我得以更好地认识到，在他们的某些自我叙事中——既有文字，也有闲侃——在电视上还有别的地方的种族主义笑话所收获的哄堂大笑中，在我每天进商店、上办公室、乘公交车时所遭遇的那种自然流露的敌意中，像我这样的人扮演着怎样的角色。我对于这样的待遇无能为力，但就在我学会如何读懂更多的同时，一种写作的渴望也在我心中生长：我要驳斥那些鄙视我们、轻蔑我们的人做出的那些个自信满满的总结归纳。

但写作不可能仅仅着眼于战斗与论争，无论那样做是多么的振奋人心，给人慰藉。写作不是只着眼于一件事情，不是为了这个问题或那个问题，这个关切点或那个关切点；写作关心的是人类生活的方方面面，因此或迟或早，残酷、爱与软弱就会成为其主题。我相信写作还必须揭示什么是可以改变的，什么是冷酷专横的眼睛所看不见的，什么让看似无足轻重的人能够不顾他人的鄙夷而保持自信。我认为这些同样也有书写的必要，而且要忠实地书写，那样丑陋与美德才能显露真容，人类才能冲破简化与刻板印象，现出真身。做到了这一点，从中便会生出某种美来。

而那样的视角给脆弱与软弱、残酷中的温柔，还有从意想不到的源泉中涌现善良的能力全都留出了空间。正是出于这些原因，写作对我而言才是我人生中一个很有价值且十分有趣的组成部分。当然，我的人生还有其他部分，但那些不是我们此刻所要关注的。经历了这几十年的人生岁月，我演讲开头所提到的那种青涩的写作乐趣如今依然没有消失，堪称一个小小的奇迹。

最后，让我向瑞典文学院表达我最深切的谢意，感谢他们将这一莫大的荣誉授予我和我的作品。我感激不尽。

（宋金　译）

Abdulrazak Gurnah
DESERTION
Copyright © Abdulrazak Gurnah, 2005
This edition arranged with ROGERS, COLERIDGE & WHITE LTD（RCW）
Through Big Apple Agency, Inc., Labuan, Malaysia.
Simplified Chinese edition copyright：
2023 Shanghai Translation Publishing House（STPH）
All rights reserved.

古尔纳获奖演说已获 The Nobel Foundation 授权使用
Nobel Lecture
Writing
By Abdulrazak Gurnah
Copyright © The Nobel Foundation 2021

图字：09-2022-186 号

图书在版编目（CIP）数据

遗弃／（英）阿卜杜勒拉扎克・古尔纳
（Abdulrazak Gurnah）著；孙灿译. —上海：上海译
文出版社，2023.7
（古尔纳作品）
书名原文：Desertion
ISBN 978-7-5327-9295-5

Ⅰ.①遗… Ⅱ.①阿… ②孙… Ⅲ.①长篇小说—英国—现代 Ⅳ.①I561.45

中国国家版本馆 CIP 数据核字（2023）第 086085 号

遗弃
[英] 阿卜杜勒拉扎克・古尔纳 著 孙 灿 译
策划/冯 涛 责任编辑/刘岁月 装帧设计/张志全工作室

上海译文出版社有限公司出版、发行
网址：www.yiwen.com.cn
201101 上海市闵行区号景路 159 弄 B 座
苏州市越洋印刷有限公司印刷

开本 889×1194 1/32 印张 10 插页 6 字数 178,000
2023 年 7 月第 1 版 2023 年 7 月第 1 次印刷
印数：00,001—10,000 册

ISBN 978-7-5327-9295-5/I・5789
定价：78.00 元

本书中文简体字专有出版权归本社独家所有，非经本社同意不得连载、摘编或复制
如有质量问题，请与承印厂质量科联系。T：0512-68180628